TRAITÉ D'ATHÉOLOGIE

Physique de la métaphysique

Paru dans Le Livre de Poche :

L'Archipel des comètes

L'Art de jouir

Cynismes

Le Désir d'être un volcan

Esthétique du pôle Nord

Féeries anatomiques

L'Invention du plaisir : fragments cyrénaïques

Physiologie de Georges Palante

Politique du rebelle

La Sagesse tragique. Du bon usage de Nietzsche

La Sculpture de soi

Théorie du corps amoureux

Le Ventre des philosophes

Les Vertus de la foudre

MICHEL ONFRAY

Traité d'athéologie

Physique de la métaphysique

GRASSET

© Éditions Grasset & Fasquelle, 2005
ISBN : 2-253-11557-6 – 1ʳᵉ publication – LGF
ISBN : 978-2-253-11557-1 – 1ʳᵉ publication – LGF

A Raoul Vaneigem.

La notion de « Dieu » a été inventée comme antithèse de la vie – en elle se résume, en une unité épouvantable, tout ce qui est nuisible, vénéneux, calomniateur, toute haine de la vie. La notion d'« au-delà », de « monde-vrai » n'a été inventée que pour déprécier le seul *monde qu'il y ait* – pour ne plus conserver à notre réalité terrestre aucun but, aucune raison, aucune tâche ! La notion d'« âme », d'« esprit » et, en fin de compte, même d'« âme immortelle », a été inventée pour mépriser le corps, pour le rendre malade – « sacré » – pour apporter à toutes les choses qui méritent le sérieux dans la vie – les questions d'alimentation, de logement, de régime intellectuel, les soins à donner aux malades, la propreté, le temps qu'il fait – *la plus épouvantable insouciance* ! Au lieu de la santé, le « salut de l'âme » – je veux dire une *folie circulaire* qui va des convulsions de la pénitence à l'hystérie de la rédemption ! La notion de « péché » a été inventée en même temps que l'instrument de torture qui la complète, la notion de « libre arbitre », pour brouiller les instincts, pour faire de la méfiance à l'égard des instincts une seconde nature.

Nietzsche, *Ecce homo*, *Pourquoi je suis un destin*, § 8.

SOMMAIRE

PRÉFACE 15

INTRODUCTION 25

PREMIÈRE PARTIE : ATHÉOLOGIE 37

I. L'ODYSSÉE DES ESPRITS FORTS 39
1) Dieu respire encore. 2) Le nom des esprits forts.
3) Les effets de l'antiphilosophie. 4) La théologie et ses
fétiches. 5) Les noms de l'infamie.

II. ATHÉISME ET SORTIE DU NIHILISME 57
1) L'invention de l'athéisme. 2) L'organisation de l'oubli.
3) Tremblement de terre philosophique. 4) Enseigner le
fait athée. 5) Tectonique des plaques.

III. VERS UNE ATHÉOLOGIE 73
1) Spectrographie du nihilisme. 2) Une épistémè judéo-
chrétienne. 3) Traces de l'empire. 4) Une torture issue
du Paradis. 5) Sur l'ignorance chrétienne. 6) L'athéisme
chrétien. 7) Un athéisme post-moderne. 8) Principes
d'athéologie.

DEUXIÈME PARTIE : MONOTHÉISMES 99

I. TYRANNIES ET SERVITUDES DES ARRIÈRE-
   MONDES 101
   1) L'œil noir du monothéisme. 2) Haro sur l'intelligence.
   3) La kyrielle des interdits. 4) L'obsession de la pureté.
   5) Tenir le corps en respect.

II. AUTODAFÉS DE L'INTELLIGENCE 115
    1) L'atelier clandestin des livres saints. 2) Le Livre contre
    les livres. 3) Haine de la science. 4) Le déni de la matière.
    5) Une ontologie boulangère. 6) Epicure n'aime pas les
    hosties. 7) Le parti pris du ratage.

III. DÉSIRER L'INVERSE DU RÉEL 135
     1) Inventer des arrière-mondes. 2) Les oiseaux de Para-
     dis. 3) Désirer l'inverse du réel. 4) En finir avec les
     femmes. 5) Célébration de la castration. 6) Sus aux pré-
     puces ! 7) Dieu aime les vies mutilées.

TROISIÈME PARTIE : CHRISTIANISME 155

I. LA CONSTRUCTION DE JÉSUS 157
   1) Histoires de faussaires. 2) Cristalliser l'hystérie.
   3) Une catalyse du merveilleux. 4) Construire hors de
   l'histoire. 5) Un tissu de contradictions.

II. LA CONTAMINATION PAULINIENNE 175
    1) Délires d'un hystérique. 2) Névroser le monde. 3) La
    revanche d'un avorton. 4) Eloge de l'esclavage. 5) En
    haine de l'intelligence.

III. L'ÉTAT TOTALITAIRE CHRÉTIEN 187
     1) Hystériques, suite... 2) Le coup d'Etat de Constantin.

3) Le devenir persécuteur des persécutés. 4) Au nom de la loi. 5) Vandalisme, autodafés et culture de mort.

QUATRIÈME PARTIE : THÉOCRATIE 201

I. PETITE THÉORIE DU PRÉLÈVEMENT 203
1) L'extraterritorialité historique. 2) Vingt-sept siècles de chantier. 3) L'auberge espagnole monothéiste. 4) Une logique du prélèvement. 5) Le fouet et l'autre joue. 6) Hitler, disciple de saint Jean. 7) Allah n'est pas doué pour la logique. 8) Inventaire des contradictions. 9) Tout et le contraire de tout. 10) La contextualisation, une sophisterie.

II. AU SERVICE DE LA PULSION DE MORT 227
1) Les indignations sélectives. 2) L'invention juive de la guerre sainte. 3) Dieu, César & Cº. 4) L'antisémitisme chrétien. 5) Le Vatican aime Adolf Hitler. 6) Hitler aime le Vatican. 7) Les compatibilités christianisme-nazisme. 8) Guerres, fascismes et autres passions. 9) Jésus à Hiroshima. 10) Amour du prochain, suite... 11) Colonialisme, génocide, ethnocide. 12) Refoulements et pulsions de mort.

III. POUR UNE LAÏCITÉ POST-CHRÉTIENNE 257
1) Le goût musulman du sang. 2) Le local comme universel. 3) Etoile jaune et tatouages musulmans. 4) Contre la société close. 5) Du fascisme musulman. 6) Paroles d'ayatollah. 7) L'islam, structurellement archaïque. 8) Thématiques fascistes. 9) Fascisme de renard, fascisme de lion. 10) Contre la religion des laïcs. 11) Fond et forme de l'éthique. 12) Pour une laïcité post-chrétienne.

BIBLIOGRAPHIE 283

ATHÉOLOGIE.. 285
1) Pauvreté athée. 2) Dieu est mort, ah bon ? 3) De l'anti-philosophie et de son contraire. 4) Tripes bourgeoises et boyaux catholiques. 5) La coterie holbachique. 6) L'hydrothérapeute pneumatique. 7) Sur une épistémè judéo-chrétienne. 8) Un athéisme chrétien ! 9) Permanence de la scolastique.

MONOTHÉISMES... 294
1) Le prix des livres uniques. 2) Livres sur les livres uniques. 3) L'antidote aux impostures monothéistes. 4) Prépuces, raffinements et bibliothèques.

CHRISTIANISME 300
1) La chair d'un ectoplasme. 2) L'avorton de Dieu. 3) Portrait de l'époque. 4) Sur le soudard converti. 5) Le vandalisme chrétien. 6) La bouillie patrologique.

THÉOCRATIE 307
1) Totalitarismes, fascismes et autres brutalités. 2) Terreurs spécifiques. 3) Les forfaits chrétiens. 4) Svastika et crucifix. 5) Sionisme : façade et coulisses. 6) Le philosophe et l'ayatollah. 7) Une laïcité post-chrétienne.

PRÉFACE

1

La mémoire du désert. Après quelques heures de piste dans le désert mauritanien, la vision d'un vieux pasteur avec deux dromadaires, sa jeune femme et sa belle-mère, sa fille et ses garçons sur des ânes, l'ensemble chargé de tout ce qui constitue l'essentiel de la survie, donc de la vie, me donne l'impression de rencontrer un contemporain de Mahomet. Ciel blanc et brûlant, arbres calcinés et rares, buissons d'épines roulés par les vents de sable sur des étendues infinies de sable orange, le spectacle m'installe dans l'ambiance géographique – donc mentale – du Coran, aux époques intempestives des caravanes de chameaux, des camps nomades, des tribus du désert et de leurs affrontements.

Je songe aux terres d'Israël et de Judée-Samarie, à Jérusalem et Bethléem, à Nazareth et au lac de Tibériade, autant de lieux où le soleil brûle les têtes, assèche les corps, assoiffe les âmes, et génère des désirs d'oasis, des envies de paradis où l'eau coule, fraîche, limpide, abondante, où l'air est doux, parfumé, caressant, où la nourriture et les boissons abondent. Les arrière-mondes me paraissent soudain des contre-mondes inventés par des hommes fatigués, épuisés, desséchés par leurs trajets réitérés dans les dunes ou sur les pistes caillouteuses chauffées à blanc. Le monothéisme sort du sable.

Dans la nuit de Ouadane, à l'est de Chinguetti où j'étais venu voir les bibliothèques islamiques enfouies dans le sable des dunes qui, patiemment mais sûrement, avalent les villages entiers, Abduramane – notre chauffeur – étend son tapis sur le sol, dehors, dans la cour de la maison où nous sommes. Je suis dans une petite pièce, sur un matelas de fortune. La nuit bleu-gris luit sur sa peau noire, la pleine lune lisse les couleurs, sa chair paraît violette. Lentement, comme inspiré par les mouvements du monde, animé par les rythmes ancestraux de la planète, il se baisse, s'agenouille, descend la tête vers le sol, prie. La lumière des étoiles mortes nous parvient dans la chaleur nocturne du désert. J'ai l'impression d'assister à une scène primitive, en spectateur d'un geste probablement contemporain du premier émoi sacré des hommes. Le lendemain, pendant le trajet, j'interroge Abduramane sur l'islam. Etonné qu'un Blanc occidental s'y intéresse, il récuse tout renvoi au texte dès qu'on s'y réfère. Je viens de lire le Coran, plume à la main, j'ai encore quelques versets en tête, mot à mot. Sa croyance ne supporte pas qu'on en appelle à son Livre saint pour débattre du bien-fondé d'un certain nombre de thèses islamiques. Pour lui, l'islam est bon, tolérant, généreux, pacifique. La guerre sainte ? Le djihad décrété contre les infidèles ? Les fatwas lancées contre un écrivain ? Le terrorisme hypermoderne ? Le fait de fous, certainement ; de musulmans, sûrement pas...

Il n'aime pas qu'un non-musulman lise le Coran et renvoie à telle ou telle sourate pour lui dire qu'il a raison si l'on extrait les versets qui le confortent, mais qu'il existe autant de textes dans ce même livre pour donner raison au combattant armé ceint du bandeau vert des sacrifiés à la cause, au terroriste du Hezbollah bardé d'explosifs, à l'ayatollah Khomeyni condamnant à mort Salman Rushdie, aux kamikazes précipitant des avions civils sur les tours de Manhattan, aux émules de Ben Laden qui décapitent des otages civils. Je frise le blasphème... Retour au silence dans les paysages dévastés par le feu du soleil.

2

Le chacal ontologique. Après quelques heures de silence, dans un même spectacle de désert inchangé, je revins au Coran, au Paradis en l'occurrence. Croit-il, Abduramane, à cette géographie fantastique dans le détail, ou comme à un symbole ? Les fleuves de lait et de vin, les houris aux grands yeux, les lits de soie et de brocarts, les musiques célestes, les jardins magnifiques ? Oui, il précise : *C'est comme ça...* Et l'Enfer alors ? *Comme on le dit aussi...* Lui qui vit non loin de la sainteté – prévenant et délicat, partageur, soucieux d'autrui, doux et calme, en paix avec lui-même, donc avec les autres et le monde... –, il connaîtra donc un jour ces délices ? *Oui, j'espère...* Je les lui souhaite sincèrement – gardant en mon for intérieur cette certitude qu'il se leurre, qu'on le trompe et qu'il n'en connaîtra malheureusement jamais rien...

Après un temps de silence, il précise qu'avant d'entrer au Paradis, il devra toutefois rendre des comptes et qu'il n'aura probablement pas assez de toute son existence de croyant pieux pour expier une faute qui pourrait bien lui coûter la paix et la vie éternelle... Un crime ? Un meurtre ? Un péché mortel comme disent les chrétiens ? Oui, en quelque sorte : un chacal écrasé un jour sous les roues de sa voiture... Abdou roulait trop vite, ne respectait pas les limitations de vitesse sur les pistes du désert – où l'on aperçoit un pinceau de phare à des kilomètres ! –, il n'a rien vu venir, l'animal a surgi de la pénombre, deux secondes plus tard il agonisait sous le châssis du véhicule.

Obéissant à la loi du code de la route, il n'aurait pas commis ce sacrilège : tuer un animal sans la nécessité de s'en nourrir. Outre que, me semble-t-il, le Coran ne stipule rien de tel..., on ne peut tout de même être tenu pour responsable de tout ce qui nous advient ! Abduramane croit que si : Allah se manifeste dans les détails, cette histoire prouve la nécessité d'être soumis, à la loi, aux règles, à l'ordre, car toute transgression, même minime, rapproche des enfers, voire y mène directement...

Le chacal hanta ses nuits, longtemps, il l'empêcha de dormir plus d'une fois, il le voyait souvent, dans ses rêves, lui interdisant l'accès au Paradis. Au moment où il en parlait, l'émotion revenait. Son père, vieux sage nonagénaire, ancien soldat de la guerre 14-18, avait surenchéri : à l'évidence, il avait manqué de respect à la loi, il devrait donc s'en expliquer le jour de sa mort. En attendant, dans le plus infime de sa vie, Abduramane devait tâcher d'expier ce qui pouvait l'être. Aux portes du Paradis, le chacal attend. Que n'aurais-je donné pour qu'il déguerpisse et libère l'âme de cet homme intègre.

Que cet aspirant bienheureux partage la même religion que les pilotes du 11 Septembre peut paraître bien singulier ! L'un porte le poids d'un chacal malencontreusement expédié au cynosarge ; les autres jouissent d'avoir anéanti un maximum d'innocents. Le premier pense que le Paradis lui sera difficile d'accès pour avoir transformé en charogne un charognard ; les seconds imaginent que la béatitude leur revient de fait pour avoir réduit en poussière la vie de milliers d'individus – dont des musulmans... Le même livre justifie pourtant ces deux hommes évoluant chacun aux antipodes de l'humanité : l'un tend vers la sainteté, les autres *réalisent* la barbarie.

3

Cartes postales mystiques. J'ai souvent vu *Dieu* dans mon existence. Là, dans ce désert mauritanien, sous la lune qui repeignait la nuit avec des couleurs violettes et bleues ; dans des mosquées fraîches de Benghazi ou de Tripoli, en Libye, lors de mon périple vers Cyrène, la patrie d'Aristippe ; non loin de Port-Louis, à l'île Maurice, dans un sanctuaire consacré à Gamesh, le dieu coloré à trompe d'éléphant ; dans la synagogue du quartier du ghetto, à Venise, une kippa sur la tête ; dans le chœur d'églises orthodoxes à Moscou, un cercueil ouvert dans l'entrée du monastère de Novodievitchi, pendant que priaient à l'intérieur la famille, les amis et les popes aux voix magnifiques, couverts d'or et nimbés d'encens ; à Séville, devant la Macarena, en présence de femmes en larmes et d'hommes aux visages extatiques, ou à Naples, dans l'église Saint-Janvier, le dieu de la ville construite au pied du volcan, dont le sang, dit-on, se liquéfie à dates fixes ; à Palerme, au couvent des Capucins, en défilant devant les huit mille squelettes de chrétiens revêtus de leurs plus beaux vêtements ; à Tbilissi, en Géorgie, où on invite le passant à partager la viande de mouton sanguinolente cuite à l'eau sous les arbres dans lesquels les fidèles ont accroché des petits mouchoirs votifs ; place Saint-Pierre, un jour où j'avais négligé le calendrier : je venais pour revoir la Sixtine, c'était le dimanche de Pâques, Jean-Paul II vocalisait ses glossolalies dans un micro et exhibait sa mitre effondrée sur un écran géant.

J'ai vu Dieu ailleurs, aussi, et autrement : dans les eaux glacées de l'Arctique, lors de la remontée d'un saumon pêché par un chaman, abîmé par le filet, et rituellement remis dans le cosmos d'où on l'avait prélevé ; dans une arrière-cuisine de La Havane, entre un agouti crucifié et fumé, des pierres de foudre et des coquillages, avec un officiant de la santeria ; en Haïti, dans un temple vaudou perdu dans la campagne, parmi des bassines tachées de liquides rouges, dans des odeurs âcres d'herbes et de décoctions, entouré de dessins effectués dans le temple au nom des loas ; en Azerbaïdjan, près de Bakou, à Sourakhany, dans un temple zoroastrien d'adorateurs du feu ; ou encore à Kyoto, dans les jardins zen, excellents exercices pour la théologie négative.

J'ai vu également des dieux morts, des dieux fossiles, des dieux hors d'âge : à Lascaux, sidéré par les peintures de la grotte, ce ventre du monde dans lequel l'âme vacille sous les couches immenses du temps ; à Louxor, dans des chambres royales, situées à des dizaines de mètres sous terre, hommes à têtes de chien, scarabées et chats énigmatiques en veille ; à Rome, dans le temple de Mithra tauroctone, une secte qui aurait pu transformer le monde si elle avait disposé de son Constantin ; à Athènes, en gravissant les marches de l'Acropole et en me dirigeant vers le Parthénon, l'esprit plein du lieu où, en contrebas, Socrate rencontra Platon...

Nulle part je n'ai méprisé celui qui croyait aux esprits, à l'âme immortelle, au souffle des dieux, à la présence des anges, aux effets de la prière, à l'efficacité du rituel, au bien-fondé des incantations, au contact avec les loas, aux miracles à l'hémoglobine, aux larmes de la Vierge, à la résurrection d'un homme crucifié, aux vertus des cauris, aux forces chamaniques, à la valeur du sacrifice animal, à l'effet transcendant du nitre égyptien, aux moulins à prière. Au chacal ontologique. Nulle part. Mais partout j'ai constaté combien les hommes fabulent pour éviter de regarder le réel en face. La création d'arrière-mondes ne serait pas bien grave si elle ne se payait du prix fort : l'oubli du réel, donc la coupable négligence du seul monde qui soit. Quand la croyance fâche avec l'immanence, donc soi, l'athéisme réconcilie avec la terre, l'autre nom de la vie.

INTRODUCTION

1

En compagnie de Madame Bovary. Pour beaucoup, sans le bovarysme la vie serait une horreur. A se prendre pour autres que ce qu'ils sont, à s'imaginer dans une configuration différente de celle du réel, les hommes évitent le tragique, certes, mais passent à côté d'eux-mêmes. Je ne méprise pas les croyants, je ne les trouve ni ridicules ni pitoyables, mais je désespère qu'ils préfèrent les fictions apaisantes des enfants aux certitudes cruelles des adultes. Plutôt la foi qui apaise que la raison qui soucie – même au prix d'un perpétuel infantilisme mental : voilà une opération de passe-passe métaphysique à un coût monstrueux !

Dès lors je ressens ce qui toujours monte du plus profond de moi quand j'assiste à l'évidence d'une aliénation : une compassion pour l'abusé doublée d'une violente colère contre ceux qui les trompent avec constance. Pas de haine pour l'agenouillé, mais une certitude de ne jamais pactiser avec ceux qui les invitent à cette position humiliante et les y entretiennent. Qui pourrait mépriser des victimes ? Et comment ne pas combattre leurs bourreaux ?

La misère spirituelle génère le renoncement à soi ; elle vaut les misères sexuelles, mentales, politiques, intellectuelles et autres. Etrange comme le spectacle de l'aliénation du voisin fait sourire celui qui passe à côté de la sienne. Le chrétien qui mange du poisson le vendredi sourit du musulman qui refuse la viande de porc – qui moque le juif récusant les crustacés... Le loubavitch qui dodeline devant le mur des Lamentations regarde avec étonnement le chrétien agenouillé sur un prie-Dieu, pendant que le musulman installe son tapis de prière dans la direction de La Mecque. Pourtant, aucun ne conclut que la paille dans l'œil du voisin vaut bien la poutre dans le sien. Et que l'esprit critique, si pertinent et toujours bienvenu quand il s'agit d'autrui, gagnerait à être étendu à sa propre gouverne.

La crédulité des hommes dépasse ce qu'on imagine. Leur désir de ne pas voir l'évidence, leur envie d'un spectacle plus réjouissant, même s'il relève de la plus absolue des fictions, leur volonté d'aveuglement ne connaît pas de limites. Plutôt des fables, des fictions, des mythes, des histoires pour enfants, que d'assister au dévoilement de la cruauté du réel qui contraint à supporter l'évidence tragique du monde. Pour conjurer la mort, l'homo sapiens la congédie. Afin d'éviter d'avoir à résoudre le problème, il le supprime. Avoir à mourir ne concerne que les mortels : le croyant, lui, naïf et niais, *sait* qu'il est immortel, qu'il survivra à l'hécatombe planétaire...

2

Les profiteurs embusqués. Je n'en veux pas aux hommes qui consomment des expédients métaphysiques pour survivre ; en revanche, ceux qui en organisent le trafic – et se soignent au passage – campent radicalement et définitivement en face de moi, de l'autre côté de la barricade existentielle – versant idéal ascétique. Le commerce d'arrière-mondes sécurise celui qui les promeut, car il trouve pour lui-même matière à renforcer son besoin de secours mental. Comme bien souvent le psychanalyste soigne autrui pour mieux éviter d'avoir à s'interroger trop longuement sur ses propres fragilités, le vicaire des Dieux monothéistes impose son monde pour se convertir plus sûrement jour après jour. Méthode Coué...

Cacher sa propre misère spirituelle en exacerbant celle d'autrui, éviter le spectacle de la sienne en théâtralisant celle du monde – Bossuet, prédicateur emblématique ! –, voilà autant de subterfuges à dénoncer. Le croyant, passe encore ; celui qui s'en prétend le berger, voilà trop. Tant que la religion reste une affaire entre soi et soi, après tout, il s'agit seulement de névroses, psychoses et autres affaires privées. On a les perversions qu'on peut, tant qu'elles ne mettent pas en danger ou en péril la vie d'autrui...

Mon athéisme s'active quand la croyance privée devient une affaire publique et qu'au nom d'une pathologie mentale personnelle on organise aussi pour autrui le monde en conséquence. Car de l'angoisse existentielle personnelle à la gestion du corps et de l'âme d'autrui, il existe un monde dans lequel s'activent, embusqués, les profiteurs de cette misère spirituelle et mentale. Détourner la pulsion de mort qui les travaille sur la totalité du monde ne sauve pas le tourmenté et ne change rien à sa misère, mais contamine l'univers.

En voulant éviter la négativité, il l'étend autour de lui, puis génère une épidémie mentale.

Moïse, Paul de Tarse, Constantin, Mahomet, au nom de Yahvé, Dieu, Jésus et Allah, leurs fictions utiles, s'activent à gérer des forces sombres qui les envahissent, les travaillent et les tourmentent. En projetant leurs noirceurs sur le monde, ils l'obscurcissent plus encore et ne se déchargent d'aucune peine. L'empire pathologique de la pulsion de mort ne se soigne pas avec un épandage chaotique et magique, mais par un travail philosophique sur soi. Une introspection bien menée obtient le recul des songes et des délires dont se nourrissent les dieux. L'athéisme n'est pas une thérapie mais une santé mentale recouvrée.

3

Augmenter les Lumières. Ce travail sur soi suppose la philosophie. Non pas la foi, la croyance, les fables, mais la raison, la réflexion correctement conduite. L'obscurantisme, cet humus des religions, se combat avec la tradition rationaliste occidentale. Un bon usage de son entendement, la conduction de son esprit selon l'ordre des raisons, la mise en œuvre d'une véritable volonté critique, la mobilisation générale de son intelligence, l'envie d'évoluer debout, voilà autant d'occasions d'obtenir le recul des fantômes. D'où un retour à l'esprit des Lumières qui donnent leur nom au XVIIIᵉ siècle.

Certes il y aurait beaucoup à dire sur l'historiographie de cet autre Grand Siècle. La Révolution française en ligne de mire, les historiens du siècle suivant écrivent dans la foulée une histoire singulière. Rétrospectivement on privilégie ce qui paraît produire directement le récent événement historique ou y contribuer vivement. Les démontages ironiques de Voltaire, Montesquieu et ses trois pouvoirs, le Rousseau du *Contrat social*, Kant et son culte de la raison, d'Alembert maître d'œuvre de l'*Encyclopédie*, etc. En fait, on privilégie des Lumières pas plus aveuglantes que ça, des Lumières présentables et politiquement correctes.

Je tiens pour des Lumières plus vives, plus franches, nettement plus audacieuses. Car, sous l'apparente diversité, tout ce beau monde communie dans le déisme. Et tous combattent l'athéisme avec force, à quoi ces penseurs choisis ajoutent un égal et souverain mépris pour le matérialisme et le sensualisme – autant d'options philosophiques constitutives d'une aile gauche des Lumières et d'un pôle de radicalité oublié, mais susceptible d'être sollicité aujourd'hui. Celui qui m'agrée.

Kant excelle dans les audaces retenues. La *Critique de la raison pure* propose en six cents pages de quoi faire exploser la métaphysique occidentale, mais le philosophe renonce. La séparation entre foi et raison, noumènes et phénomènes, consacre deux mondes séparés, c'est déjà un progrès... Un effort supplémentaire aurait permis qu'un de ces deux mondes – la raison – revendique des droits sur l'autre – la foi. Et que l'analyse n'épargne pas la question de la croyance. Car, en déclarant ces deux mondes séparés, la raison renonce à ses pouvoirs, elle épargne la foi, la religion est sauvée. Kant peut alors *postuler* (!) (quel besoin d'autant de pages pour en être réduit à postuler...) Dieu, l'immortalité de l'âme et l'existence du libre arbitre, trois piliers de toute religion.

4

Derechef, qu'est-ce que les Lumières ? On connaît l'opuscule de Kant *Qu'est-ce que les Lumières ?* Est-il encore lisible deux siècles plus tard ? Oui. On peut, et l'on doit souscrire au projet, toujours d'actualité : sortir les hommes de leur minorité ; donc vouloir les moyens de réaliser leur majorité ; renvoyer chacun à sa responsabilité quant à son état de mineur ; avoir le courage de se servir de son entendement ; se donner, et donner aux autres, les moyens d'accéder à la maîtrise de soi ; faire un usage public et communautaire de sa raison dans tous les domaines, sans exception ; ne pas tenir pour vérité révélée ce qui provient de la puissance publique. Projet magnifique...

Pourquoi faut-il donc que Kant soit si peu kantien ? Car comment permettre l'accès à l'âge adulte en interdisant l'usage de la raison dans le domaine religieux qui jubile tant d'avoir affaire à des mineurs mentaux ? On peut penser, certes, il faut avoir l'audace de questionner, bien sûr, y compris le percepteur ou le prêtre, écrit Kant – dès lors, pourquoi s'arrêter en si bon chemin ? Allons-y : postulons plutôt l'inexistence de Dieu, la mortalité de l'âme et l'inexistence du libre arbitre !

Encore un effort, donc, pour augmenter la clarté des Lumières. Un peu plus de Lumières, plus et mieux de Lumières. Contre Kant, soyons kantien, acceptons le pari de l'audace à laquelle il nous invite sans l'oser lui-même – Madame Kant mère, piétiste austère et rigoureuse s'il en est, doit probablement tenir un peu la main du fils quand il conclut sa *Critique de la raison pure* en désamorçant le potentiel de cet explosif faramineux...

5

L'immense clarté athéologique. Les Lumières qui suivent Kant sont connues : Feuerbach, Nietzsche, Marx, Freud entre autres. *L'ère du soupçon* permet au XXe siècle un réel découplage de la raison et de la foi, puis un retournement des armes rationnelles contre les fictions de la croyance. Enfin un dégagement du terrain et la libération d'une aire nouvelle. Sur cette zone métaphysique vierge, une discipline inédite peut voir le jour : nommons-la l'*athéologie*.

Le terme n'est pas un néologisme de ma fabrication : on le trouve chez Georges Bataille qui annonce dès 1950, dans une lettre à Raymond Queneau datée du 29 mars, son désir de réunir ses livres publiés chez Gallimard en trois volumes sous le titre générique : *La Somme athéologique*. En 1954, Bataille propose un autre plan, certains textes annoncés quatre ans plus tôt n'ont pas été écrits, d'autres restent en chantier, l'économie intérieure de l'ouvrage bouge sans cesse. Un tome quatre est annoncé : *Le pur bonheur*, puis un cinquième : *Le système inachevé du non-savoir*. Aucun ne verra le jour. L'ouvrage existe aujourd'hui, mais comme un assemblage de *parerga* et *paralipomena*.

L'inachèvement de ce corpus important, l'abondance

de plans et de projets, les tergiversations visibles dans la correspondance sur l'architectonique, l'aveu fait par Bataille de son désir forcené de ne pas être philosophe, le renoncement au projet de jeunesse qui conduisait alors ses lectures, ses pensées et son écriture – fonder une religion –, tout ceci témoigne en faveur d'un chantier laissé en état, et ce définitivement. Reste l'athéologie, ce concept en déshérence, il est sublime.

Deleuze et Foucault entendent les concepts comme les instruments d'une boîte à outils à disposition pour quiconque aspire au travail philosophique. Je ne tiens pas pour l'acception batallienne du terme – d'autant que le mot exigerait une archéologie minutieuse probablement destinée à n'offrir que d'insatisfaisants résultats –, mais pour ce qu'on peut en faire aujourd'hui : la contre-allée de la théologie, le chemin qui remonte en amont le discours sur Dieu pour en examiner les mécanismes de plus près afin de découvrir l'envers du décor d'un théâtre planétaire saturé de monothéisme. L'occasion d'un démontage philosophique.

Au-delà de ce *Traité d'athéologie* liminaire, la discipline suppose la mobilisation de domaines multiples : *psychologie* et *psychanalyse* (envisager les mécanismes de la fonction fabulatrice), *métaphysique* (traquer les généalogies de la transcendance), *archéologie* (faire parler les sols et sous-sols des géographies desdites religions), *paléographie* (établir le texte de l'archive), *histoire* bien sûr (connaître les épistémès, leurs strates et leurs mouvements dans les zones de naissance des religions), *comparatisme* (constater la permanence de schèmes mentaux actifs dans des temps distincts et des lieux éloignés), *mythologie* (enquêter sur les détails de la rationalité poétique), *herméneutique, linguistique, langues* (penser l'idiome local), *esthétique* (suivre la propagation iconique des croyances). Puis la *philosophie*, évidemment, car elle paraît la mieux indiquée pour présider aux agencements de toutes ces disciplines. L'enjeu ? Une physique de la métaphysique, donc une réelle théorie de l'immanence, une ontologie matérialiste.

PREMIÈRE PARTIE

Athéologie

I

L'ODYSSÉE DES ESPRITS FORTS

1

Dieu respire encore. Dieu est mort ? Cela reste à voir... Pareille bonne nouvelle aurait produit des effets solaires dont on attend toujours, et en vain, la moindre preuve. En lieu et place d'un champ fécond découvert par une pareille disparition on constate plutôt le nihilisme, le culte du rien, la passion pour le néant, le goût morbide du nocturne des fins de civilisations, la fascination pour les abîmes et les trous sans fond où l'on perd son âme, son corps, son identité, son être et tout intérêt à quoi que ce soit. Tableau sinistre, apocalypse déprimante...

La mort de Dieu fut un gadget ontologique, un effet de manche consubstantiel à un XXe siècle voyant la mort partout : mort de l'art, mort de la philosophie, mort de la métaphysique, mort du roman, mort de la tonalité, mort de la politique. Qu'on décrète donc aujourd'hui la mort de ces morts fictives ! Ces fausses nouvelles servaient jadis à quelques-uns pour scénographier des paradoxes avant retournement de veste métaphysique. La mort de la philosophie permettait des livres de philosophie, la mort du roman générait des romans, la mort de l'art des œuvres d'art, etc. La mort de Dieu, elle, a produit du sacré, du divin, du religieux à qui mieux mieux. Nous nageons aujourd'hui dans cette eau lustrale...

A l'évidence, l'annonce de la fin de Dieu a été d'autant plus tonitruante qu'elle était fausse... Trompettes embouchées, annonces théâtrales, on a joué du tambour en se réjouissant trop tôt. L'époque croule sous les informations vénérées comme la parole autorisée de nouveaux oracles et l'abondance se fait au détriment de la qualité et de la véracité : jamais autant de fausses informations n'ont été célébrées comme autant de vérités révélées. Pour que la mort de Dieu fût avérée, il eût fallu des certitudes, des indices, des pièces à conviction. Or tout cela manque...

Qui a vu le cadavre ? A part Nietzsche, et encore... A la manière du corps du délit chez Ionesco, on aurait subi sa présence, sa loi, il aurait envahi, empesté, empuanti, il se serait défait petit à petit, jour après jour, et l'on n'aurait pas manqué d'assister à une réelle décomposition – au sens philosophique du terme également. Au lieu de cela, le Dieu invisible de son vivant est resté invisible même mort. Effet d'annonce... On attend encore les preuves. Mais qui pourra les donner ? Quel nouvel insensé pour cette impossible tâche ?

Car Dieu n'est ni mort ni mourant – contrairement à ce que pensent Nietzsche et Heine. Ni mort ni mourant parce que non mortel. Une fiction ne meurt pas, une illusion ne trépasse jamais, un conte pour enfants ne se réfute pas. Ni l'hippogriffe ni le centaure ne subissent la loi des mammifères. Un paon, un cheval oui ; un animal du bestiaire mythologique, non. Or Dieu relève du bestiaire mythologique, comme des milliers d'autres créatures répertoriées dans des dictionnaires aux innombrables entrées, entre Déméter et Dionysos. Le soupir de la créature opprimée durera autant que la créature opprimée, autant dire toujours...

D'ailleurs, où serait-il mort ? Dans *Le gai savoir* ? Assassiné à Sils-Maria par un philosophe inspiré, tragique et sublime, hantant, hagard, la seconde moitié du XIXᵉ siècle ? Avec quelle arme ? Un livre, des livres, une œuvre ? Des imprécations, des analyses, des démonstrations, des réfutations ? A coups de boutoir idéologique ? L'arme blanche des écrivains... Seul, le tueur ? Embusqué ? En bande : avec l'abbé Meslier et Sade en grands-parents tutélaires ? Ne serait-il pas un Dieu supérieur le meurtrier de Dieu s'il existait ? Et ce faux crime, ne masque-t-il pas un désir œdipien, une envie impossible, une irrépressible aspiration vaine à mener à bien une tâche nécessaire pour générer de la liberté, de l'identité et du sens ?

On ne tue pas un souffle, un vent, une odeur, on ne tue pas un rêve, une aspiration. Dieu fabriqué par les mortels à leur image hypostasiée n'existe que pour rendre possible la vie quotidienne malgré le trajet de tout un chacun vers le néant. Tant que les hommes auront à mourir, une partie d'entre eux ne pourra soutenir cette idée et inventera des subterfuges. On n'assassine pas un subterfuge, on ne le tue pas. Ce serait même plutôt lui qui nous tue : car Dieu met à mort tout ce qui lui résiste. En premier lieu la Raison, l'Intelligence, l'Esprit Critique. Le reste suit par réaction en chaîne...

Le dernier dieu disparaîtra avec le dernier des hommes. Et avec lui la crainte, la peur, l'angoisse, ces machines à créer des divinités. La terreur devant le néant, l'incapacité à intégrer la mort comme un processus naturel, inévitable, avec lequel il faut composer, devant quoi seule l'intelligence peut produire des effets, mais également le déni, l'absence de sens en dehors de celui qu'on donne, l'absurdité a priori, voilà les faisceaux généalogiques du divin. Dieu mort supposerait le néant apprivoisé. Nous sommes à des années-lumière d'un tel progrès ontologique...

2

Le nom des esprits forts. Dieu durera donc autant que les raisons qui le font exister ; ses négateurs aussi... Toute généalogie paraît fictive : il n'existe pas de date de naissance à Dieu. Pas plus à l'athéisme pratique – le discours, c'est autre chose. Conjecturons : le premier homme – une autre fiction... – affirmant Dieu doit en même temps ou successivement et alternativement ne pas y croire. Douter coexiste avec croire. Le sentiment religieux habite probablement le même individu travaillé par l'incertitude ou hanté par le refus. Affirmer et nier, savoir et ignorer : un temps pour la génuflexion, un autre pour la rébellion, et ce en fonction des occasions de créer une divinité ou de la brûler...

Dieu paraît donc immortel. Ses thuriféraires gagnent sur ce point. Mais pas pour les raisons qu'ils imaginent, car la névrose conduisant à forger des dieux résulte du mouvement habituel des psychismes et des inconscients. La génération du divin coexiste avec le sentiment angoissé devant le vide d'une vie qui s'arrête. Dieu naît des raideurs, rigidités et immobilités cadavériques des membres de la tribu. Au spectacle du corps mort, les songes et fumées dont se nourrissent les dieux prennent de plus en plus consistance. Quand s'effondre une âme devant la froideur d'un être aimé, le déni prend le relais et transforme cette fin en commencement, cet aboutissement en début d'une aventure. Dieu, le ciel, les esprits mènent la danse pour éviter la douleur et la violence du pire.

Et l'athée ? La négation de Dieu et des arrière-mondes se partage probablement l'âme du premier homme qui croit. Révolte, rébellion, refus de l'évidence, raidissement devant les arrêtés du destin et de la nécessité, la généalogie de l'athéisme paraît tout aussi simple que celle de la croyance. Satan, Lucifer, le porteur de clarté – le philosophe emblématique des Lumières... –, celui qui dit non et ne veut pas se soumettre à la loi de Dieu, évolue en contemporain de cette période de gésines. Le Diable et Dieu fonctionnent en avers et revers de la même médaille, comme théisme et athéisme.

Pour autant, le mot n'est pas ancien dans l'histoire et son acception précise – position de celui qui nie l'existence de Dieu sinon comme fiction fabriquée par les hommes pour tâcher de survivre malgré l'inéluctabilité de la mort – tardive en Occident. Certes, l'athée existe dans la Bible – Psaumes (X, 4 et XIV, 1) et Jérémie (V, 12) –, mais dans l'Antiquité il qualifie parfois, souvent même, non pas celui qui ne croit pas en Dieu, mais celui qui se refuse aux dieux dominants du moment, à leurs formes socialement arrêtées. Longtemps l'athée caractérise la personne qui croit à un dieu voisin, étranger, hétérodoxe. Non pas l'individu qui vide le ciel, mais celui qui le peuple avec ses propres créatures...

De sorte que l'athéisme sert politiquement à écarter, repérer ou fustiger l'individu croyant à un autre dieu que celui dont l'autorité du moment et du lieu se réclame pour asseoir son pouvoir. Car Dieu invisible, inaccessible, donc silencieux sur ce qu'on peut lui faire dire ou endosser, ne se rebelle pas quand d'aucuns se prétendent investis par lui pour parler, édicter, agir en son nom pour le meilleur et le pire. Le silence de Dieu permet le bavardage de ses ministres qui usent et abusent de l'épithète : quiconque ne croit pas à leur Dieu, donc à eux, devient immédiatement un athée. Donc le pire des hommes : l'immoraliste, le détestable, l'immonde, l'incarnation du mal. A enfermer illico ou à torturer, à mettre à mort.

Difficile dès lors de se dire athée... On est dit tel, et toujours dans la perspective insultante d'une autorité soucieuse de condamner. La construction du mot le précise d'ailleurs : a-thée. Préfixe privatif, le mot suppose une négation, un manque, un trou, une démarche d'opposition. Aucun terme n'existe pour qualifier positivement celui qui ne sacrifie pas aux chimères en dehors de cette construction linguistique exacerbant l'amputation : a-thée donc, mais aussi mécréant, a-gnostique, in-croyant, ir-réligieux, in-crédule, a-religieux, im-pie (l'a-dieu manque à l'appel !) et tous les mots qui procèdent de ceux-là : irréligion, incroyance, impiété, etc. Rien pour signifier l'aspect solaire, affirmateur, positif, libre, fort de l'individu installé au-delà de la pensée magique et des fables.

L'athéisme relève donc d'une création verbale des déicoles. Le mot ne découle pas d'une décision volontaire et souveraine d'une personne qui se définit avec ce terme dans l'histoire. L'athée qualifie l'autre qui refuse le dieu local quand tout le monde ou la plupart y croient. Et a intérêt à croire... Car l'exercice théologique en cabinet s'appuie toujours sur des milices armées, des polices existentielles et des soldats ontologiques qui dispensent de réfléchir et invitent au plus vite à croire et bien souvent à se convertir.

Baal et Yahvé, Zeus et Allah, Râ et Wotan, mais aussi Manitou doivent leurs patronymes à la géographie et à l'histoire : au regard de la métaphysique qui les rend possibles ils nomment avec des noms différents une seule et même réalité fantasmatique. Or aucun n'est plus vrai qu'un autre puisque tous évoluent dans un panthéon de joyeux drilles inventés où banquettent Ulysse et Zarathoustra, Dionysos et Don Quichotte, Tristan et Lancelot du Lac, autant de figures magiques comme le Renard des Dogons ou les Loas vaudous...

3

Les effets de l'antiphilosophie. A défaut de nom pour qualifier l'inqualifiable, pour nommer l'innommable – le fou ayant l'audace de ne pas croire... –, faisons donc avec *athée*... Des périphrases existent ou des mots, mais les christicoles les ont forgés et lancés

sur le marché intellectuel avec la même volonté dépré-
ciatrice. Ainsi les *esprits forts* si souvent fustigés par
Pascal à longueur des paperolles cousues dans la dou-
blure de son manteau, ou encore les *libertins*, voire
les *libres-penseurs* ou, chez nos amis belges d'aujour-
d'hui, les partisans du *libre examen*.

L'antiphilosophie – ce courant du XVIIIe siècle en
avers sombre des Lumières qu'à tort on oublie et qu'on
devrait pourtant remettre sous les feux de l'actualité
pour montrer combien la communauté chrétienne ne
recule devant aucun moyen, y compris les plus moralement indéfendables, pour discréditer la pensée des
tempéraments indépendants qui n'ont pas l'heur de
sacrifier à leurs fables... –, l'antiphilosophie, donc,
combat avec une violence sans nom la liberté de penser
et la réflexion découplée des dogmes chrétiens.

D'où, par exemple, le travail du père Garasse, ce
jésuite sans foi ni loi qui invente la propagande
moderne en plein Grand Siècle avec *La Doctrine
curieuse des Beaux esprits de ce temps, ou prétendus
tels* (1623), un volume pléthorique de plus de mille
pages dans lequel il calomnie la vie des philosophes
libres présentés comme des débauchés, sodomites,
yvrognets, luxurieux, bâfreurs, pédophiles – pauvre
Pierre Charron l'ami de Montaigne... – et autres qualités diaboliques afin de dissuader de fréquenter ces
œuvres progressistes. Le même ministre de la Propagande jésuite commet une *Apologie pour son livre
contre les athéistes et Libertins de notre siècle* l'année
suivante. Garasse ajoute une couche sur le même principe, nullement étouffé par le mensonge, la calomnie,

la vilenie et l'attaque ad hominem. L'amour du prochain ne connaît pas de limites...

D'Epicure, calomnié de son vivant par les bigots et puissants de l'époque, aux philosophes libres qui – parfois sans renier le christianisme pour autant... – ne pensent pas que la Bible constitue l'horizon indépassable de toute intelligence, la méthode produit ses effets encore aujourd'hui. Outre que certains philosophes attaqués et fusillés par Garasse ne s'en sont toujours pas remis et croupissent dans un oubli déplorable, que d'aucuns souffrent d'une réputation fautive d'immoralistes et de gens infréquentables, et que les calomnies atteignent également leurs œuvres, le devenir négatif des athées se trouve celé pour des siècles... En philosophie, *libertin* constitue encore et toujours une qualification dépréciative et polémique interdisant toute pensée sereine et digne de ce nom.

A cause du pouvoir dominant de l'antiphilosophie dans l'historiographie officielle de la pensée, des pans entiers d'une réflexion vigoureuse, vivante, forte, mais antichrétienne ou irrévérencieuse, voire simplement indépendante de la religion dominante, demeurent ignorés, y compris bien souvent des professionnels de la philosophie en dehors d'une poignée de spécialistes. Qui, pour le seul Grand Siècle, a lu Gassendi par exemple ? Ou La Mothe Le Vayer ? Ou Cyrano de Bergerac – le philosophe, pas la fiction... ? Si peu... Et pourtant Pascal, Descartes, Malebranche et autres tenants de la philosophie officielle sont impensables sans la connaissance de ces figures ayant travaillé à l'autonomie de la philosophie à l'endroit de la théologie – en l'occurrence de la religion judéo-chrétienne...

4

La théologie et ses fétiches. La pénurie de mots posi-
tifs pour qualifier l'athéisme et la déconsidération des épithètes de substitution possibles va de pair
avec l'abondance du vocabulaire pour caractériser les
croyants. Pas une seule variation sur ce thème qui ne
dispose de son mot pour la qualifier : théiste, déiste,
panthéiste, monothéiste, polythéiste, à quoi on peut
ajouter animiste, totémiste, fétichiste ou encore, en
regard des cristallisations historiques : catholiques et
protestants, évangélistes et luthériens, calvinistes et
bouddhistes, shintoïstes et musulmans, chiites et sunni-
tes, bien sûr, juifs et témoins de Jéhovah, orthodoxes
et anglicans, méthodistes et presbytériens, le catalogue
ne connaît pas de fin...

Les uns adorent les pierres – des tribus les plus primitives aux musulmans d'aujourd'hui tournant autour
du bétyle de la Ka'aba –, d'autres la lune ou le soleil,
certains un Dieu invisible, impossible à représenter
sous peine d'idolâtrie, ou encore une figure anthropo-
morphe – blanche, mâle, aryenne évidemment... –, tel
voit Dieu partout, en panthéiste accompli, tel autre,
adepte de la théologie négative, nulle part, une fois il
est adoré couvert de sang, couronné d'épines, cadavre,
une autre dans un brin d'herbe sur le mode oriental
shinto : il n'existe aucune facétie inventée par les hommes qui n'ait été mise à contribution pour étendre le
champ des possibles divins...

A ceux qui doutent encore des extravagances possibles des religions en matière de supports, renvoyons à
la danse de l'urine chez les Zuni du Nouveau-Mexique,

à la confection d'amulettes avec les excréments du grand lama du Tibet, à la bouse et à l'urine de vache pour les ablutions de purification chez les hindouistes, au culte de Stercorius, Crepitus et Cloacine chez les Romains – respectivement divinités des ordures, du pet et des égouts –, aux offrandes de fumier offertes à Siva, la Vénus assyrienne, à la consommation de ses excréments par Suchiquecal, la déesse mexicaine mère des dieux, à telle prescription divine d'utiliser les matières fécales humaines pour cuire les aliments dans le livre d'Ezéchiel et autres voies impénétrables ou manières singulières d'entretenir un rapport avec le divin et le sacré...

Devant ces noms multiples, ces pratiques sans fin, ces détails infinis dans la façon de concevoir Dieu, de penser la liaison avec lui, face à ce déluge de variations sur le thème religieux, en présence de tant de mots pour dire l'incroyable passion croyante, l'athée compose avec cette seule et pauvre épithète pour le discréditer ! Ceux qui adorent tout et n'importe quoi, les mêmes qui, au nom de leurs fétiches, justifient leurs violences intolérantes et leurs guerres depuis toujours contre les sans-dieux, ceux-là donc réduisent l'esprit fort à n'être étymologiquement qu'un individu incomplet, amputé, morcelé, mutilé, une entité à laquelle il manque Dieu pour être vraiment...

Les tenants de Dieu disposent même d'une discipline tout entière consacrée à examiner les noms de Dieu, ses faits et gestes, ses dits mémorables, ses pensées, ses paroles – car il parle ! – et ses actions, ses penseurs affidés et appointés, ses professionnels, ses lois, ses thuriféraires, ses défenseurs, ses sicaires, ses dialecticiens, ses rhéteurs, ses philosophes – et oui... –, ses hommes de main, ses serviteurs, ses représentants sur terre, ses institutions induites, ses idées, ses diktats et autres fariboles : la théologie. La discipline du discours sur Dieu...

Les rares moments dans l'histoire occidentale où le christianisme a été mis à mal – 1793 par exemple – ont produit quelques activités philosophiques nouvelles, donc généré quelques mots inédits bien vite renvoyés aux oubliettes. On parle encore de *déchristianisation*, certes, mais en historien, pour nommer cette période de la Révolution française au cours de laquelle les citoyens transforment les églises en hôpitaux, en écoles, en maisons pour les jeunes, où les révolutionnaires remplacent les croix faîtières par des drapeaux tricolores et les crucifix de bois mort par des arbres bien vivants. L'*athéiste* des *Essais* de Montaigne, les *attaystes* des *Lettres* (CXXXVII) de Monluc et l'*athéistique* de Voltaire disparaissent bien vite. L'*athéiste* de la Révolution française aussi...

5

Les noms de l'infamie. La pauvreté du vocabulaire athéiste s'explique par l'indéfectible domination historique des tenants de Dieu : ils disposent des pleins pouvoirs politiques depuis plus de quinze siècles, la tolérance n'est pas leur vertu première et ils mettent tout en œuvre pour rendre impossible la chose, donc le mot. *Athéisme* date de 1532, *athée* existe au IIe siècle de l'ère commune chez les chrétiens qui dénoncent et stigmatisent les *atheos* : ceux qui ne croient pas en leur dieu ressuscité le troisième jour. De là à conclure que ces individus à l'esprit non encombré par les histoires pour enfants ne sacrifient à aucun dieu, le pas se trouve très vite franchi. De sorte que les païens – ils rendent un culte aux dieux de la campagne, l'étymologie confirme – passent pour des négateurs des dieux, puis de Dieu. Le jésuite Garasse fait de Luther un athée (!), Ronsard de même avec les huguenots...

Le mot vaut comme une insulte absolue, l'athée, c'est l'immoraliste, l'amoral, l'immonde personnage dont il devient coupable de vouloir en savoir plus ou d'étudier les livres une fois l'épithète tombée. Le mot suffit pour empêcher l'accès à l'œuvre. Il fonctionne en rouage d'une machine de guerre lancée contre tout ce qui n'évolue pas dans le registre de la plus pure orthodoxie catholique, apostolique et romaine. Athée, hérétique, c'est finalement tout un. Ce qui finit par faire beaucoup de monde !

Très tôt Epicure doit faire face à des accusations d'athéisme. Or ni lui ni les épicuriens ne nient l'existence des dieux : composés de matière subtile, nombreux, installés dans les inter-mondes, impassibles, insoucieux du destin des hommes et de la marche du monde, véritables incarnations de l'ataraxie, idées de la raison philosophique, modèles susceptibles de générer une sagesse dans l'imitation, les dieux du philosophe et de ses disciples existent bel et bien – en quantité en plus... Mais pas comme ceux de la cité grecque qui invitent via leurs prêtres à se plier aux exigences communautaires et sociales. Voilà leur seul tort : leur nature antisociale...

L'historiographie de l'athéisme – rare, parcimonieuse et plutôt mauvaise... – commet donc une erreur en le datant des premiers temps de l'humanité. Les cristallisations sociales appellent la transcendance : l'ordre, la hiérarchie – étymologiquement : le pouvoir du sacré... La politique, la cité peuvent d'autant plus facilement fonctionner qu'elles en appellent au pouvoir vengeur des dieux censément représentés sur terre par les dominants qui, fort opportunément, disposent des commandes.

Embarqués dans une entreprise de justification du pouvoir, les dieux – ou Dieu – passent pour les interlocuteurs privilégiés des chefs de tribu, des rois et des princes. Ces figures terrestres prétendent détenir leur puissance des dieux qui la leur confirmeraient à l'aide de signes évidemment décodés par la caste des prêtres intéressée elle aussi aux bénéfices de l'exercice prétendu légal de la force. L'athéisme devient dès lors une arme utile pour précipiter tel ou tel, pourvu qu'il résiste ou regimbe un peu, dans les geôles, les cachots, voire au bûcher.

L'athéisme ne commence pas avec ceux que l'historiographie officielle condamne et identifie comme tels. Le nom de Socrate ne peut figurer décemment dans une histoire de l'athéisme. Ni celui d'Epicure et des siens. Pas plus celui de Protagoras qui se contente d'affirmer dans *Sur les dieux* qu'à leur propos il ne peut rien conclure, ni leur existence, ni leur inexistence. Ce qui, pour le moins, définit un agnosticisme, une indétermination, un scepticisme même si l'on veut, mais sûrement pas l'athéisme qui, lui, suppose une franche affirmation de l'inexistence des dieux.

Le Dieu des philosophes entre souvent en conflit avec celui d'Abraham, de Jésus et de Mahomet. D'abord parce que le premier procède de l'intelligence, de la raison, de la déduction, du raisonnement, ensuite parce que le second suppose plutôt le dogme, la révélation, l'obéissance – pour cause de collusion entre pouvoirs spirituel et temporel. Le Dieu d'Abraham qualifie plutôt celui de Constantin, puis des papes ou des princes guerriers très peu chrétiens. Pas grand-chose à voir avec les constructions extravagantes bricolées avec des causes incausées, des premiers moteurs immobiles, des idées innées, des harmonies préétablies et autres preuves cosmologiques, ontologiques ou physico-théologiques...

Souvent toute velléité philosophique de penser Dieu en dehors du modèle politique dominant devient athéisme. Ainsi lorsque l'Eglise coupe la langue du prêtre Jules-César Vanini, le pend, puis l'envoie au bûcher à Toulouse le 19 février 1619, elle assassine l'auteur d'un ouvrage dont le titre est : *Amphithéâtre de l'éternelle Providence divino-magique, christiano-physique et non moins astrologico-catholique, contre les philosophes, les athées, les épicuriens, les péripatéticiens et les stoïciens* (1615).

Sauf si l'on tient ce titre pour rien – un tort vu, au moins, sa longueur explicite... – il faut comprendre que cette pensée oxymorique ne récuse pas la providence, le christianisme, le catholicisme, mais qu'elle refuse en revanche nettement l'athéisme, l'épicurisme et autres écoles philosophiques païennes. Or tout cela ne fait pas un athée – motif pour lequel on le met à mort –, mais plus probablement un genre de panthéiste éclectique. De toute façon hérétique parce qu'hétérodoxe...

Spinoza, panthéiste lui aussi – et avec une intelligence inégalée –, se voit également condamné pour athéisme, autant dire : défaut d'orthodoxie juive. Le 27 juillet 1656, les *parnassim* siégeant au *mahamad* – les autorités juives d'Amsterdam – lisent en hébreu, devant l'arche de la synagogue, sur le Houtgracht, un texte d'une effroyable violence : on lui reproche d'horribles hérésies, des actes monstrueux, des opinions dangereuses, une mauvaise conduite, en conséquence de quoi un *herem* est prononcé – et jamais annulé !

La communauté profère des mots d'une extrême brutalité : exclu, chassé, exécré, maudit le jour et la nuit, pendant son sommeil et sa veille, en entrant et en sortant de chez lui... Les hommes de Dieu en appellent à la colère de leur fiction et à sa malédiction déchaînée sans limite dans le temps et dans l'espace. Pour compléter le cadeau, les *parnassim* veulent que le nom de Spinoza soit effacé de la surface de la planète et pour toujours. Raté...

A quoi les rabbins, tenants théoriques de l'amour du prochain, ajoutent à cette excommunication l'interdiction pour quiconque d'avoir des relations écrites ou verbales avec le philosophe. Personne n'ayant le droit non plus de lui rendre service, de l'approcher à moins de deux mètres ou de se trouver sous le même toit que lui... Interdit, bien sûr, de lire ses écrits : à l'époque Spinoza a vingt-trois ans, il n'a encore rien publié. L'*Ethique* paraîtra de manière posthume vingt et un ans plus tard en 1677. Aujourd'hui on le lit sur toute la planète...

Où est l'athéisme de Spinoza ? Nulle part. On chercherait en vain dans son œuvre complète une seule phrase qui affirme l'inexistence de Dieu. Certes, il nie l'immortalité d'une âme et affirme l'impossibilité d'un châtiment ou d'une récompense post mortem ; il avance l'idée que la Bible est un ouvrage composé par divers auteurs et relève d'une composition historique, donc non révélée ; il ne sacrifie aucunement à la notion de peuple élu et l'affirme clairement dans le *Traité théologico-politique* ; il enseigne une morale hédoniste de la joie par-delà le bien et le mal ; il ne sacrifie pas à la haine judéo-chrétienne de soi, du monde et du corps ; bien que juif, il trouve des qualités philosophiques à Jésus. Mais rien de tout cela ne fait un négateur de Dieu, un athée...

La liste des malheureux mis à mort pour cause d'athéisme dans l'histoire de la planète et qui étaient prêtres, croyants, pratiquants, sincèrement convaincus de l'existence d'un Dieu unique, catholiques, apostoliques et romains ; celle des tenants du Dieu d'Abraham ou d'Allah eux aussi passés par les armes en quantité incroyable pour n'avoir pas professé une foi dans les normes et dans les règles ; celle des anonymes pas même rebelles ou opposants aux pouvoirs qui se réclamaient du monothéisme, ni réfractaires, pas plus rétifs – toutes ces comptabilités macabres témoignent : l'athée, avant de qualifier le négateur de Dieu, sert à poursuivre et condamner la pensée de l'individu affranchi, même de la façon la plus infime, de l'autorité et de la tutelle sociale en matière de pensée et de réflexion. L'athée ? Un homme libre devant Dieu – y compris pour en nier bientôt l'existence...

II

ATHÉISME ET SORTIE DU NIHILISME

1

L'invention de l'athéisme. Le christianisme épicurien d'Erasme ou de Montaigne, celui de Gassendi, chanoine de Digne, le christianisme pyrrhonien de Pierre Charron, théologal de Condom, écolâtre de Bordeaux, le déisme du protestant Bayle, celui de Hobbes l'anglican méritent parfois à leurs auteurs de passer pour des impies, des athées. Là encore le terme ne convient pas. Croyants hétérodoxes, penseurs libres, certes, mais chrétiens, philosophes affranchis bien que chrétiens par tradition, cette large gamme permet de croire en Dieu sans la contrainte d'une orthodoxie appuyée sur une armée, une police et un pouvoir. L'auteur des *Essais* passe pour un athée ? Quid de son pèlerinage à Notre-Dame de Lorette ? de ses professions de foi catholiques dans son maître livre, de sa chapelle privée, de sa mort en présence d'un prêtre au moment, dit-on, de l'élévation ? Non, tout ce beau monde philosophique croit en Dieu...

Or il faut un premier, un inventeur, un nom propre

telle une borne à partir de laquelle on peut affirmer : voici le premier athée, celui qui dit l'inexistence de Dieu, le philosophe qui le pense, l'affirme, l'écrit clairement, nettement, sans fioritures, et non avec moult sous-entendus, une infinie prudence et d'interminables contorsions. Un athée radical, franc du collier, avéré ! Voire fier. Un homme dont la profession de foi – si je puis dire... – ne se déduit pas, ne se suppute pas, ne procède pas d'hypothèses alambiquées de lecteurs en chasse d'un début de pièce à conviction.

Pas bien loin du héraut franchement athée, l'homme aurait pu s'appeler Cristovao Ferreira, ancien jésuite portugais abjurant sous la torture japonaise en 1614. En 1636, l'année où Descartes travaille au *Discours de la méthode*, le prêtre, dont la foi devait être bien faiblarde si l'on en juge par la pertinence d'arguments qui n'ont pu lui venir juste pour l'occasion de l'abjuration, écrit en effet *La Supercherie dévoilée*, un petit livre explosif et radical.

Dans une trentaine de pages seulement, il affirme : Dieu n'a pas créé le monde ; d'ailleurs le monde ne l'a jamais été ; l'âme est mortelle ; il n'existe ni enfer, ni paradis, ni prédestination ; les enfants morts sont indemnes du péché originel qui, de toute façon, n'existe pas ; le christianisme est une invention ; le décalogue, une sottise impraticable ; le pape, un immoral et dangereux personnage ; le paiement de messes, les indulgences, l'excommunication, les interdits alimentaires, la virginité de Marie, les rois mages, autant de billevesées ; la résurrection, un conte déraisonnable, risible, scandaleux, une duperie ; les sacrements, la confession, des sottises ; l'eucharistie, une métaphore ; le jugement dernier, un incroyable délire...

Peut-on imaginer charge plus violente et tirs de barrages plus concentrés ? Et le jésuite de poursuivre : La religion ? Une invention des hommes pour s'assurer le pouvoir sur leurs semblables. La raison ? L'instrument permettant de lutter contre toutes ces fariboles. Cristovao Ferreira démonte toutes ces inventions grossières. Alors, athée ? Non. Car à aucun moment il ne dit, n'écrit, n'affirme ou ne pense que Dieu n'existe pas. Et puis, pour confirmer la thèse d'un spiritualiste tout de même croyant, le jésuite abjure la religion chrétienne, certes, mais se convertit au bouddhisme zen... Le premier athée, ce ne sera pas pour cette fois-ci, mais nous n'en sommes plus très loin...

Le miracle viendra bientôt, avec un autre prêtre, l'abbé Meslier, saint, héros et martyr de la cause athée enfin repérable ! Curé d'Etrépigny dans les Ardennes, discret pendant toute la durée de son ministère, sauf une altercation avec le seigneur du village, Jean Meslier (1664-1729) écrit un volumineux *Testament* dans lequel il conchie l'Eglise, la Religion, Jésus, Dieu, mais aussi l'aristocratie, la Monarchie, l'Ancien Régime, il dénonce avec une violence sans nom l'injustice sociale, la pensée idéaliste, la morale chrétienne doloriste et professe en même temps un communalisme anarchiste, une authentique et inaugurale philosophie matérialiste et un athéisme hédoniste d'une étonnante modernité.

Pour la première fois dans l'histoire des idées, un philosophe – quand en conviendra-t-on ? – consacre un ouvrage à la question de l'athéisme : il le professe, le prouve, le démontre, argumente, cite, fait part de ses lectures, de ses réflexions, mais s'appuie également sur ses commentaires du monde comme il va. Le titre le dit nettement : *Mémoire des pensées et sentiments de Jean Meslier* et son développement aussi qui annonce *Des démonstrations claires et évidentes de la Vanité et de la Fausseté de toutes les Divinités et de toutes les Religions du Monde*. Le livre paraît en 1729, après sa mort, Meslier y a travaillé une grande partie de son existence. L'histoire de l'athéisme véritable commence...

2

L'organisation de l'oubli. L'historiographie dominante occulte la philosophie athée. Outre l'oubli pur et simple de l'abbé Meslier, vaguement cité comme une curiosité, un oxymore d'école – un prêtre mécréant ! – quand on lui fait l'honneur d'une mention, en passant, on cherche en vain les preuves et les traces d'un travail digne de ce nom autour des figures du matérialisme français par exemple : La Mettrie le furieux jubilatoire, dom Deschamps l'inventeur d'un hégélianisme communaliste, d'Holbach l'imprécateur de Dieu, Helvétius le matérialiste voluptueux, Sylvain Maréchal et son *Dictionnaire des athées*, mais aussi les idéologues Cabanis, Volney ou Destutt de Tracy habituellement passés sous silence alors que la bibliographie de l'idéalisme allemand déborde de titres, travaux et recherches.

Exemple : le travail du baron d'Holbach n'existe pas dans l'Université : pas d'édition savante ou scientifique chez un éditeur philosophique ayant pignon sur rue ; pas de travaux, de thèses ou de recherches actuelles d'un professeur prescripteur dans l'institution ; pas d'ouvrages en collections de poche, évidemment, encore moins en Pléiade – quand Rousseau, Voltaire, Kant ou Montesquieu disposent de leurs éditions ; pas de cours ou de séminaires consacrés au démontage et à la diffusion de sa pensée ; pas une seule biographie... Affligeant !

L'Université rabâche toujours, pour en rester au seul siècle dit des Lumières, le contrat social rousseauiste, la tolérance voltairienne, le criticisme kantien ou la séparation des pouvoirs du penseur de la Brède, ces scies musicales, ces images d'Epinal philosophiques. Et rien sur l'athéisme de d'Holbach, sur sa lecture décapante et historique des textes bibliques ; rien sur la critique de la théocratie chrétienne, de la collusion de l'Etat et de l'Eglise, sur la nécessité d'une séparation des deux instances ; rien sur l'autonomisation de l'éthique et du religieux ; rien sur le démontage des fables catholiques ; rien sur le comparatisme des religions ; rien sur les critiques faites sur son travail par Rousseau, Diderot, Voltaire et la clique déiste prétendument éclairée ; rien sur le concept d'éthocratie ou la possibilité d'une morale post-chrétienne ; rien sur le pouvoir de la science utile pour combattre la croyance ; rien sur la généalogie physiologique de la pensée ; rien sur l'intolérance constitutive du monothéisme chrétien ; rien sur la nécessaire soumission de la politique à l'éthique ; rien sur l'invitation à utiliser une partie des biens de l'Eglise au profit des pauvres ; rien sur le féminisme et la critique de la misogynie catholique.

Autant de thèses holbachiques d'une actualité surprenante...

Silence sur Meslier *l'imprécateur* (*Le Testament*, 1729), silence sur d'Holbach *le démystificateur* (*La Contagion sacrée* date de 1768), silence également dans l'historiographie sur Feuerbach *le déconstructeur* (*L'Essence du christianisme*, 1841), ce troisième grand moment de l'athéisme occidental, un pilier considérable d'une athéologie digne de ce nom : car Ludwig Feuerbach propose une explication de ce qu'est Dieu. Il ne nie pas son existence, il dissèque la chimère. Pas question de dire *Dieu n'existe pas*, mais *Qu'est-ce que ce Dieu auquel la plupart croient ?* Et de répondre : une fiction, une création des hommes, une fabrication obéissant à des lois particulières, en l'occurrence la projection et l'hypostase : les hommes créent Dieu à leur image inversée.

Mortels, finis, limités, douloureux de ces contraintes, les humains travaillés par la complétude inventent une puissance dotée très exactement des qualités opposées : avec leurs défauts retournés comme les doigts d'une paire de gants, ils fabriquent les qualités devant lesquelles ils s'agenouillent puis se prosternent. Je suis mortel ? Dieu est immortel ; je suis fini ? Dieu est infini ; je suis limité ? Dieu est illimité ; je ne sais pas tout ? Dieu est omniscient ; je ne peux pas tout ? Dieu est omnipotent ; je ne suis pas doué du talent d'ubiquité ? Dieu est omniprésent ; je suis créé ? Dieu est incréé ; je suis faible ? Dieu incarne la Toute-Puissance ; je suis sur terre ? Dieu est au ciel ; je suis imparfait ? Dieu est parfait ; je ne suis rien ? Dieu est tout, etc.

La religion devient donc la pratique d'aliénation par excellence : elle suppose la coupure de l'homme avec lui-même et la création d'un monde imaginaire dans lequel la vérité se trouve fictivement investie. La théologie, affirme Feuerbach, est une « pathologie psychique », à quoi il oppose son anthropologie appuyée sur un genre de « chimie analytique ». Non sans humour, il invite à une « hydrothérapie pneumatique » – utiliser l'eau froide de la raison naturelle contre les chaleurs et vapeurs religieuses, notamment chrétiennes...

Malgré cet immense chantier philosophique, Feuerbach demeure un grand oublié de l'histoire de la philosophie dominante. Certes son nom apparaît parfois, mais parce qu'aux temps de la splendeur d'Althusser, le Caïman de Normale Sup avait jeté son dévolu sur lui comme maillon hégélien utile pour vendre son jeune Marx et sa lecture des *Manuscrits de 1844* puis de *L'Idéologie allemande*. Ce furent moins des occasions pour Althusser de préparer le Grand Soir que l'oral d'agrégation de philosophie de ses élèves en 1967... Le génie propre de Feuerbach disparaît sous les considérations utilitaires du professeur. Parfois l'oubli pur et simple vaut mieux que le malentendu ou la mauvaise et fausse réputation durables...

3

Tremblement de terre philosophique. Et Nietzsche vint... Après les imprécations du curé, la démythologisation du chimiste – d'Holbach pratiquait la géologie et la science de haute volée –, la déconstruction du chef d'entreprise – Feuerbach n'était pas philosophe de profession, refusé par l'Université pour avoir publié *Les Pensées sur la mort et l'immortalité* où il nie toute immortalité personnelle, mais, via un mariage, propriétaire de gauche d'une usine de porcelaine, et aimé de ses ouvriers... –, Nietzsche apparaît. Avec lui, la pensée idéaliste, spiritualiste, judéo-chrétienne, dualiste, autant dire la pensée dominante, peut enfin se faire du souci : son monisme dionysiaque, sa logique des forces, sa méthode généalogique, son éthique athée permettent d'envisager une sortie du christianisme. Pour la première fois, une pensée post-chrétienne radicale et élaborée apparaît dans le paysage occidental.

Pour plaisanter (?), Nietzsche écrit dans *Ecce homo* qu'il ouvre l'histoire en deux et qu'à la manière du Christ il y a un avant et un après lui... Il manque au philosophe de Sils-Maria son Paul et son Constantin, son voyageur de commerce hystérique et son empereur planétaire pour transformer sa conversion en métamorphose de l'univers. Ce qui n'est nullement souhaitable historiquement parlant. La dynamite de sa pensée représente un danger trop grand pour ces brutes que sont toujours les acteurs de l'histoire concrète.

Mais sur le terrain philosophique, le père de Zarathoustra a raison : avant et après *Par-delà le bien et le mal* et *L'Antéchrist*, ça n'est plus le même monde idéologique : Nietzsche ouvre une brèche dans l'édifice judéo-chrétien. Sans accomplir toute la tâche athéologique à lui seul, il la rend enfin possible. D'où l'utilité d'être nietzschéen. A savoir ? Etre nietzschéen – ce qui ne veut pas dire être Nietzsche comme le croient les imbéciles... – exclut de reprendre à son

compte les thèses majeures du philosophe au serpent :
le ressentiment, l'éternel retour, le surhomme, la
volonté de puissance, la physiologie de l'art et autres
grands moments du système philosophique. Nul besoin
– quel intérêt ? – de se prendre pour lui, de se croire
Nietzsche, et de devoir endosser, puis assumer toute sa
pensée. Seuls les esprits courts imaginent cela...

Etre nietzschéen suppose penser à partir de lui, là
même où le chantier de la philosophie a été transfiguré
par son passage. Il appelait à des disciples infidèles
qui, par leur seule trahison, prouveraient leur fidélité,
il voulait des gens qui lui obéissent en se suivant eux
seuls et personne d'autre, pas même lui. Surtout pas
lui. Le chameau, le lion et l'enfant d'*Ainsi parlait
Zarathoustra* enseignent une dialectique et une poétique à pratiquer : le conserver et le dépasser, se souvenir
de son œuvre, certes, mais surtout s'appuyer sur elle
comme on prend appui sur un formidable levier pour
déplacer les montagnes philosophiques.

D'où un chantier nouveau et supérieur pour l'athéisme :
Meslier a nié toute divinité, d'Holbach a démonté le
christianisme, Feuerbach a déconstruit Dieu, Nietzsche
révèle la transvaluation : l'athéisme ne doit pas fonctionner comme une fin seulement. Supprimer Dieu,
certes, mais pour quoi faire ? Une autre morale, une
nouvelle éthique, des valeurs inédites, impensées car
impensables, voilà ce que permettent la réalisation et
le dépassement de l'athéisme. Une tâche redoutable et
à venir.

L'Antéchrist raconte le nihilisme européen – le nôtre
encore... – et propose une pharmacopée à cette pathologie métaphysique et ontologique de notre civilisation.

Nietzsche donne ses solutions. On les connaît, elles accusent plus d'un siècle d'existence et de malentendus. Etre nietzschéen, c'est proposer d'autres hypothèses, nouvelles, post-nietzschéennes, mais en intégrant son combat sur les cimes. Les formes du nihilisme contemporain appellent plus que jamais une transvaluation qui dépasse enfin les solutions et les hypothèses religieuses ou laïques issues des monothéismes. Zarathoustra doit reprendre du service : l'athéisme seul rend possible la sortie du nihilisme.

4

Enseigner le fait athée. Alors que le 11 Septembre vu par les Etats-Unis, donc l'Occident, somme tout un chacun de choisir son camp dans la guerre de religion qui opposerait le judéo-christianisme et l'islam, on peut vouloir échapper aux termes de l'alternative posés par les protagonistes et opter pour une position nietzschéenne : ni judéo-chrétien, ni musulman pour la bonne raison que ces belligérants continuent leur guerre de religion entamée depuis les invites juives des Nombres – originellement titrés le « Livre de guerre du Seigneur » – et constitutifs de la Torah, qui justifie le combat sanglant contre les ennemis, jusqu'aux variations récurrentes sur ce thème dans le Coran, à massacrer les infidèles. Soit tout de même près de vingt-cinq siècles d'appels au crime *de part et d'autre* ! Leçon de Nietzsche : entre les trois monothéismes, on peut ne pas vouloir choisir. Et ne pas opter pour Israël et les

USA n'oblige pas de fait à devenir compagnon de route des talibans...

Le Talmud et la Torah, la Bible et le Nouveau Testament, le Coran et les Hadith ne paraissent pas des garanties suffisantes pour que le philosophe choisisse entre la misogynie juive, chrétienne ou musulmane, qu'il opte contre le porc et l'alcool mais pour le voile ou la burka, qu'il fréquente la synagogue, le temple, l'église ou la mosquée, tous endroits où l'intelligence se porte mal et où l'on préfère depuis des siècles l'obéissance aux dogmes et la soumission à la Loi – donc à ceux qui se prétendent les élus, les envoyés et la parole de Dieu.

A l'heure où se pose la question de l'enseignement du fait religieux à l'école sous prétexte de fabriquer du lien social, de ressouder une communauté en déshérence – à cause d'un libéralisme qui produit la négativité au quotidien, rappelons-le... –, de générer un nouveau type de contrat social, de retrouver des sources communes – monothéistes en l'occurrence... –, il me semble qu'on peut préférer l'enseignement du fait athée. Plutôt la *Généalogie de la morale* que les épîtres aux Corinthiens.

Le désir de faire rentrer par la fenêtre la Bible et autres colifichets monothéistes que plusieurs siècles d'efforts philosophiques ont fait sortir par la porte – dont les Lumières et la Révolution française, le socialisme et la Commune, la gauche et le Front populaire, l'esprit libertaire et Mai 68, mais aussi Freud et Marx, l'école de Francfort et celle du soupçon des nietzschéens de gauche français... –, c'est proprement et

étymologiquement consentir à la pensée réactionnaire.
Pas sur le mode Joseph de Maistre, Louis de Bonald
ou Blanc de Saint-Bonnet – trop grosses ficelles... –
mais sur celui, gramscien, du retour des idéaux dilués,
dissimulés, travestis, hypocritement réactivés du
judéo-christianisme.

On ne vante pas clairement les mérites de la théocratie, on n'assassine pas 1789 – encore que... –, on ne
publie pas ouvertement un ouvrage intitulé *Du pape*
pour célébrer l'excellence de la puissance politique du
souverain pontife, mais on stigmatise l'individu, on lui
dénie des droits et lui inflige des devoirs à la pelle, on
célèbre la collectivité contre la monade, on en appelle
à la transcendance, on dispense l'Etat et ses parasites
de rendre des comptes sous prétexte de son extraterritorialité ontologique, on néglige le peuple et qualifie
de populiste et de démagogue quiconque s'en soucie,
on méprise les intellectuels et les philosophes qui
effectuent leur travail et résistent, la liste pourrait continuer...

Jamais autant qu'aujourd'hui ce que le XVIIIe siècle
connaissait sous le nom d'« antiphilosophie » n'a
connu pareille vitalité : le retour du religieux, la preuve
que Dieu n'est pas mort, mais qu'il fut seulement quelque temps somnolent et que son réveil annonce des
lendemains qui déchantent, tout cela oblige à reprendre
des positions qu'on croyait révolues et à remonter au
créneau athée. L'enseignement du fait religieux réintro-
duit le loup dans la bergerie : ce que les prêtres ne
peuvent plus commettre ouvertement ils pourraient
désormais le faire en douce, en enseignant les fables

de l'Ancien et du Nouveau Testament, en transmettant les fictions du Coran et des Hadith sous prétexte de permettre aux scolaires d'accéder plus facilement à Marc Chagall, à la *Divine Comédie*, à la chapelle Sixtine ou à la musique de Ziryab...

Or les religions devraient s'enseigner dans le cursus déjà existant – philosophie, histoire, littérature, arts plastiques, langues, etc. – comme on enseigne des proto-sciences : par exemple l'alchimie dans le cours de chimie, la phytognomonique et la phrénologie en sciences naturelles, le totémisme et la pensée magique en philosophie, la géométrie euclidienne en mathématiques, la mythologie en histoire... Ou comment épistémologiquement raconter de quelle manière le mythe, la fable, la fiction, la déraison précèdent la raison, la déduction et l'argumentation. La religion procède d'un mode de rationalité primitif, généalogique et daté. Réactiver cette histoire d'avant l'histoire induit le retard, voire le ratage de l'histoire d'aujourd'hui et de demain.

Enseigner le fait athée supposerait une archéologie du sentiment religieux : la peur, la crainte, l'incapacité à regarder la mort en face, l'impossible conscience de l'incomplétude et de la finitude chez les hommes, le rôle majeur et moteur de l'angoisse existentielle. La religion, cette création de fictions, appellerait un démontage en bonne et due forme de ces placebos ontologiques – comme en philosophie on aborde la question de la sorcellerie, de la folie et des marges pour produire et circonscrire une définition de la raison.

5

Tectonique des plaques. Nous vivons toujours à un stade théologique ou religieux de la civilisation. Des signes montrent des mouvements apparentés à une tectonique des plaques : rapprochements, éloignements, mouvements, chevauchements, craquements. Le *continent pré-chrétien* existe comme tel : de la mythologie des présocratiques au stoïcisme impérial, de Parménide à Epictète, le secteur païen apparaît nettement dessiné. Entre celui-ci et le *continent chrétien*, on repère des zones de turbulences : des millénarismes prophétiques du IIᵉ siècle de l'ère commune à la décapitation de Louis XVI (janvier 1793) qui marque la fin ouverte de la théocratie, la géographie semble également cohérente : des Pères de l'Eglise au déisme laïc des Lumières, la logique paraît évidente.

Ce troisième temps vers lequel nous nous acheminons – un *continent post-chrétien* – fonctionne de la même manière que ce qui sépare les continents païen et chrétien. La fin du pré-chrétien et le début du post-chrétien se ressemblent étrangement : même nihilisme, mêmes angoisses, mêmes jeux dynamiques entre conservatisme, tentation réactionnaire, désir du passé, religion de l'immobilité et progressisme, positivisme, goût du futur. La religion tient le rôle philosophique de la nostalgie ; la philosophie, celui de la futurition.

Les forces en jeu sont clairement repérables : non pas judéo-christianisme occidental, progressiste, éclairé, démocratique contre islam oriental, passéiste, obscurantiste, mais monothéismes d'hier contre athéisme de demain. Non pas Bush contre Ben Laden, mais Moïse,

Jésus, Mahomet et leurs religions du Livre contre le baron d'Holbach, Ludwig Feuerbach, Friedrich Nietzsche et leurs formules philosophiques de déconstruction radicales des mythes et fictions.

Le post-chrétien va se déployer historiquement comme le pré-chrétien le fit : le continent monothéiste n'est pas insubmersible. La religion du Dieu unique ne saurait devenir – comme jadis le communisme pour certains, ou pour d'autres le libéralisme aujourd'hui... – l'horizon indépassable de la philosophie et de l'histoire tout court. Une ère chrétienne ayant succédé à une ère païenne, une ère post-chrétienne va prendre la suite, inévitablement. La période de turbulences dans laquelle nous nous trouvons indique que l'heure est aux recompositions continentales. D'où l'intérêt d'un projet athéologique.

III

VERS UNE ATHÉOLOGIE

1

Spectrographie du nihilisme. L'époque semble athée, mais seulement aux yeux des chrétiens ou des croyants. En fait, elle est nihiliste. Les dévots d'hier et d'avant-hier ont tout intérêt à faire passer le pire et la négativité contemporaine pour un produit de l'athéisme. La vieille idée persiste de l'athée immoral, amoral, sans foi ni loi éthique. Le lieu commun pour classes terminales en vertu de quoi « si Dieu n'existe pas, alors tout est permis » – rengaine prélevée dans les *Frères Karamazov* de Dostoïevski – continue à produire des effets et l'on associe effectivement la mort, la haine et la misère à des individus qui se réclameraient de l'absence de Dieu pour commettre leurs forfaits. Cette thèse fautive mérite un démontage en bonne et due forme. Car l'inverse me semble bien plutôt vrai : « Parce que Dieu existe, alors tout est permis... » Je m'explique. Trois millénaires témoignent, des premiers textes de l'Ancien Testament à aujourd'hui : l'affirmation d'un Dieu unique, violent, jaloux, querelleur, into-

lérant, belliqueux a généré plus de haine, de sang, de
morts, de brutalité que de paix... Le fantasme juif du
peuple élu qui légitime le colonialisme, l'expropria-
tion, la haine, l'animosité entre les peuples, puis la
théocratie autoritaire et armée ; la référence chrétienne
des marchands du Temple ou d'un Jésus paulinien prétendant venir pour apporter le glaive, qui justifie les
Croisades, l'Inquisition, les guerres de Religion, la
Saint-Barthélemy, les bûchers, l'Index, mais aussi le
colonialisme planétaire, les ethnocides nord-améri-
cains, le soutien aux fascismes du XX\ :sup:`e` siècle, et la
toute-puissance temporelle du Vatican depuis des siècles dans le moindre détail de la vie quotidienne ; la
revendication claire à presque toutes les pages du
Coran d'un appel à détruire les infidèles, leur religion,
leur culture, leur civilisation, mais aussi les juifs et les
chrétiens – au nom d'un Dieu miséricordieux ! Voilà
autant de pistes pour creuser cette idée que, justement,
à cause de l'existence de Dieu tout est permis – en lui,
par lui, en son nom, sans que ni les fidèles, ni le clergé,
ni le petit peuple, ni les hautes sphères y trouvent à
redire...

Si l'existence de Dieu, indépendamment de sa forme
juive, chrétienne ou musulmane, prémunissait un tant
soit peu de la haine, du mensonge, du viol, du pillage,
de l'immoralité, de la concussion, du parjure, de la
violence, du mépris, de la méchanceté, du crime,
de la corruption, de la rouerie, du faux témoignage, de
la dépravation, de la pédophilie, de l'infanticide, de la
crapulerie, de la perversion, on aurait vu non pas les
athées – puisqu'ils sont intrinsèquement vicieux... –,
mais les rabbins, les prêtres, les papes, les évêques, les

pasteurs, les imams, et avec eux leurs fidèles, tous leurs fidèles – et ça fait du monde... – pratiquer le bien, exceller dans la vertu, montrer l'exemple et prouver aux pervers sans Dieu que la moralité se trouve de leur côté : qu'ils respectent scrupuleusement le décalogue et obéissent à l'invite de sourates choisies, donc ne mentent ni ne pillent, ne volent ni ne violent, ne font de faux témoignage ni ne tuent – encore moins ne fomentent des attentats terroristes à Manhattan, des expéditions punitives dans la bande de Gaza ou ne couvrent les agissements de leurs prêtres pédophiles. On verrait dès lors les fidèles convertir autour d'eux par leurs comportements radieux, exemplaires ! Au lieu de cela...

Qu'on cesse donc d'associer le mal sur la planète et l'athéisme ! L'existence de Dieu, me semble-t-il, a bien plus généré en son nom de batailles, de massacres, de conflits et de guerres dans l'histoire que de paix, de sérénité, d'amour du prochain, de pardon des péchés ou de tolérance. Je ne sache pas que les papes, les princes, les rois, les califes, les émirs aient majoritairement brillé dans la vertu tant déjà Moïse, Paul et Mahomet excellaient respectivement pour leur part dans le meurtre, les passages à tabac ou les razzias – les biographies témoignent. Autant de variations sur le thème de l'amour du prochain...

L'histoire de l'humanité enseigne sans aucun doute les prospérités du vice et les malheurs de la vertu... Il n'existe pas plus de justice transcendante qu'immanente. Dieu ou non, aucun homme n'a jamais eu à payer de l'avoir insulté, négligé, méprisé, oublié ou contrarié ! Les théistes ont fort à faire en termes de contorsions métaphysiques pour justifier le mal sur la planète tout en affirmant l'existence d'un Dieu à qui rien n'échappe ! Les déistes paraissent moins aveugles, les athées semblent plus lucides.

2

Une épistémè judéo-chrétienne. L'époque dans laquelle nous vivons n'est donc pas athée. Elle ne paraît pas encore post-chrétienne non plus, ou si peu. En revanche, elle demeure chrétienne, et beaucoup plus qu'il n'y paraît. Le nihilisme provient de ces turbulences enregistrées dans la zone de passage entre le judéo-chrétien encore très présent et le post-chrétien qui pointe modestement, le tout dans une ambiance où s'entrecroisent l'absence des dieux, leur présence, leur prolifération, leur multiplicité fantasque et leur extravagance. Le ciel n'est pas vide, mais au contraire plein de divinités fabriquées au jour le jour. La négativité procède du nihilisme consubstantiel à la coexistence d'un judéo-christianisme déliquescent et d'un post-chrétien encore dans les limbes.

En attendant une ère franchement athée, nous devons compter et composer avec une épistémè judéo-chrétienne très prégnante. D'autant plus que les institutions et les hommes de main qui l'ont incarnée et transmise pendant des siècles ne disposent plus d'une exposition et d'une visibilité qui les rend identifiables. L'effacement de la pratique religieuse, l'apparente autonomie de l'éthique envers la religion, la prétendue indifférence à l'endroit des invites papales, les églises vides le dimanche – mais pas pour les mariages, encore moins les enterrements... –, la séparation de l'Eglise et de l'Etat, tous ces signes donnent l'impression d'une époque insoucieuse de religion.

Qu'on y prenne garde... Jamais peut-être cet apparent effacement n'a caché la présence forte, puissante et déterminante du judéo-christianisme. La désaffection de la pratique ne témoigne pas du recul de la croyance. Mieux : la corrélation entre la fin de l'une et la disparition de l'autre est une erreur d'interprétation. On peut même penser que la fin du monopole des professionnels de la religion sur le religieux a libéré l'irrationnel et généré une plus grande profusion de sacré, de religiosité et de soumission généralisée à la déraison.

Le retrait des troupes judéo-chrétiennes ne modifie en rien leur pouvoir et leur empire sur les territoires conquis, conservés et gérés par eux depuis presque deux millénaires. La terre est un acquis, la géographie un témoignage d'une présence ancienne et d'une infusion idéologique, mentale, conceptuelle, spirituelle. Même absents, les conquérants demeurent présents car ils ont conquis les corps, les âmes, les chairs, les esprits du plus grand nombre. Leur repli stratégique ne signifie pas la fin de leur empire effectif. Le judéo-christianisme laisse derrière lui une épistémè, un socle sur lequel s'effectue tout échange mental et symbolique. Sans le Prêtre, ni son ombre, sans les religieux ni leurs thuriféraires, les sujets demeurent soumis, fabriqués, formatés par deux millénaires d'histoire et de domination idéologique. D'où la permanence et l'actualité d'un combat contre cette force d'autant plus menaçante qu'elle donne l'impression d'être caduque.

Certes, plus grand monde ne croit à la transsubstantiation, à la virginité de Marie, à l'immaculée conception, à l'infaillibilité papale et autres dogmes de l'Eglise catholique, apostolique et romaine. La présence effective et non symbolique du corps du Christ dans l'hostie ou dans le calice ? L'existence d'un Enfer, d'un Paradis ou d'un Purgatoire avec géographies associées et logiques propres ? L'existence des Limbes où stagne l'âme des enfants morts avant le baptême ? Plus personne ne sacrifie à ces billevesées, même et surtout parmi nombre des catholiques fervents de messes dominicales...

Où donc demeure le substrat catholique ? Quid d'une épistémè judéo-chrétienne ? Dans cette idée que la matière, le réel et le monde n'épuisent pas la totalité. Que *quelque chose* demeure en dehors des instances explicatives dignes de ce nom : une force, une puissance, une énergie, un déterminisme, une volonté, un vouloir. Après la mort ? Non, sûrement pas rien, mais *quelque chose*... Pour expliquer ce qui advient : une série de causes, d'enchaînements rationnels et déductibles ? Pas totalement, *quelque chose* déborde la série logique. Le spectacle du monde : absurde, irrationnel, illogique, monstrueux, insensé ? Sûrement pas... *Quelque chose* doit bien exister qui justifie, légitime, fasse sens. Sinon...

Cette croyance à *quelque chose* génère une superstition vivace qui explique qu'à défaut, l'Européen sacrifie à la religion dominante – de son roi et de sa nourrice écrit Descartes... – du pays dans lequel il voit le jour. Montaigne affirme qu'on est chrétien comme picard ou breton ! Et nombre d'individus qui se croient athées professent sans s'en apercevoir une éthique, une pensée, une vision du monde imbibées de judéo-christianisme. Entre le prêche d'un prêtre sincère sur l'excellence de Jésus et les éloges du Christ effectués par l'anarchiste Kropotkine dans *L'Ethique*, on cherche en vain l'abîme, voire le fossé...

L'athéisme suppose la conjuration de toute transcendance. Sans exclusive. Il oblige également à un dépassement des acquis chrétiens. Du moins à un droit d'inventaire, à un libre examen des vertus présentées comme telles et des vices affirmés péremptoirement. La mise à plat laïque et philosophique des valeurs de la Bible et leur conservation, puis leur usage, ne suffisent pas à produire une éthique post-chrétienne.

Dans *La Religion dans les limites de la simple raison* Kant propose une éthique laïque. Qu'on lise ce texte majeur pour la constitution d'une morale laïque dans l'histoire de l'Europe, on y découvrira la formulation philosophique d'un inextinguible fonds judéo-chrétien. La révolution se repère dans la forme, le style, le vocabulaire, elle paraît évidente en regard de l'allure et de l'apparence, oui. Mais en quoi l'éthique chrétienne et celle de Kant diffèrent-elles ? En rien... La montagne kantienne accouche d'une souris chrétienne.

On rit des propos du pape sur la condamnation du préservatif ? Mais on se marie encore beaucoup à l'église – pour faire plaisir aux familles et belles-familles, prétendent les hypocrites. On sourit à la lecture du *Catéchisme* – du moins si on a la curiosité de le compulser... ? Mais on enregistre un nombre infime d'enterrements civils... On moque les curés et leurs croyances ? Mais on les sollicite pour les bénédictions, ces indulgences modernes qui réconcilient les tartufes des deux bords : les demandeurs composent avec leur entourage et, par la même occasion, les officiants récupèrent quelques clients...

3

Traces de l'empire. Michel Foucault nommait épistémè ce dispositif invisible mais efficace de discours, de vision des choses et du monde, de représentation du réel, qui verrouillent, cristallisent et durcissent une époque sur des représentations figées. L'épistémè judéo-chrétienne nomme ce qui, depuis les crises d'hystérie de Paul de Tarse sur le chemin de Damas jusqu'aux interventions planétairement télévisées de Jean-Paul II sur la place Saint-Pierre, constitue un empire conceptuel et mental diffus dans l'ensemble des rouages d'une civilisation et d'une culture. Deux exemples, parmi une multitude possible, pour illustrer mon hypothèse de l'imprégnation : le corps et le droit.

La chair occidentale est chrétienne. Y compris celle des athées, des musulmans, des déistes, des agnostiques éduqués, élevés ou dressés dans la zone géographique et idéologique judéo-chrétienne... Le corps que nous habitons, le schéma corporel platonico-chrétien dont nous héritons, la symbolique des organes et leurs fonctions hiérarchisées – la noblesse du cœur et du cerveau, la trivialité des viscères et du sexe, neurochirurgien contre proctologue... –, la spiritualisation et la dématérialisation de l'âme, l'articulation d'une matière peccamineuse et d'un esprit lumineux, la connotation ontologique de ces deux instances artificiellement opposées, les forces troublantes d'une économie libidinale moralement appréhendée, tout cela structure le corps à partir de deux mille ans de discours chrétiens : l'anatomie, la médecine, la physiologie, certes, mais également la philosophie, la théologie, l'esthétique contribuent à la sculpture chrétienne de la chair.

Le regard porté sur soi, celui du médecin, du technicien de l'imagerie médicale, la philosophie de la santé et de la maladie, la conception de la souffrance, le rôle consenti à la douleur, donc le rapport à la pharmacie, aux substances, aux drogues, le langage du soignant avec le soigné, mais aussi le rapport de soi à soi, l'intégration d'une image de soi et la construction d'un idéal du moi physiologique, anatomique et psychologique, rien de tout cela ne se constitue sans les discours précités. De sorte que la chirurgie ou la pharmacologie, la médecine allopathique et les soins palliatifs, la gynécologie et la thanatologie, l'urgentisme et l'oncologie, la psychiatrie et la clinique subissent la loi judéo-chrétienne sans visibilité particulièrement nette des symptômes de cette contamination ontologique.

La frilosité bioéthique contemporaine procède de cette domination invisible. Les décisions politiques laïques sur ce sujet correspondent à peu de choses près aux positions formulées par l'Eglise sur ces grands sujets. On ne s'en étonnera pas car l'éthique de la bioéthique reste fondamentalement judéo-chrétienne. A part la légalisation de l'avortement et la contraception artificielle, ces deux avancées en direction d'un corps post-chrétien – que j'ai appelé par ailleurs un *corps faustien* –, la médecine occidentale colle de très près aux invites de l'Eglise.

La *Charte des personnels de la santé* élaborée par le Vatican condamne la transgenèse, l'expérimentation sur l'embryon, la FIVETE, les mères porteuses, la procréation médicalement assistée pour les couples non mariés ou homosexuels, le clonage reproductif, mais aussi thérapeutique, les cocktails analgésiques qui suspendent la conscience en fin de vie, l'usage thérapeutique du cannabis, l'euthanasie, elle célèbre en revanche les soins palliatifs et insiste sur le *rôle salvifique de la douleur* : autant de positions reprises en chœur par les comités d'éthique prétendument laïcs et faussement indépendants des religions...

Certes, quand en Occident les soignants abordent un corps malade, ils ignorent la plupart du temps qu'ils pensent, agissent et diagnostiquent à partir de leur formation qui suppose l'épistémè chrétienne. La conscience n'entre pas en jeu, mais une série de déterminismes plus profonds, plus anciens qui renvoient aux heures d'élaboration d'un tempérament, d'un caractère et d'une conscience. L'inconscient du thérapeute et celui du patient procèdent d'un même bain métaphysique. L'athéisme suppose un travail sur ces formatages devenus invisibles mais prégnants dans le détail d'une vie quotidienne corporelle – une analyse circonstanciée du corps sexué, sexuel et des relations afférentes occuperait un livre entier...

4

Une torture issue du Paradis. Second exemple : le droit. Dans les palais de justice de France, les signes religieux ostentatoires et ostensibles sont interdits. Quand une décision de justice se rend, ce ne peut être sous un crucifix, encore moins sous un verset de la Torah ou une sourate du Coran affichés sur les murs. Code civil et Code pénal affirment prétendument le droit et la loi indépendamment de la religion et de l'Eglise. Or rien n'existe dans la juridiction française qui contredit fondamentalement les prescriptions de l'Eglise catholique, apostolique et romaine. L'absence de croix dans le prétoire ne certifie pas l'indépendance de la justice à l'endroit de la religion dominante.

Car les fondations mêmes de la logique juridique procèdent des premières lignes de la Genèse. D'où une généalogie juive – le Pentateuque – et chrétienne – la Bible – du Code civil français. L'appareillage, la technique, la logique, la métaphysique du droit découlent en droite ligne de ce qu'enseigne la fable du Paradis originel : un homme libre, donc responsable, donc possiblement coupable. Parce que doué de liberté, l'individu peut choisir, élire et préférer ceci plutôt que cela dans le champ des possibles. Toute action procède donc d'un libre choix, d'une volonté libre, informée et manifeste.

Le postulat du libre arbitre est indispensable pour envisager la suite de toute opération répressive. Car la consommation du fruit défendu, la désobéissance, la faute commise dans le jardin des Délices découlent d'un acte volontaire, donc susceptible d'être reproché et puni. Adam et Eve pouvaient ne pas pécher, car ils ont été créés libres, mais ils ont préféré le vice à la vertu. Ainsi peut-on leur demander des comptes. Voire les faire payer. Et Dieu ne s'en prive pas qui les condamne, eux et leur descendance, à la pudeur, à la honte, au travail, à l'enfantement dans la douleur, à la souffrance, au vieillissement, à la soumission des femmes aux hommes, à la difficulté de toute intersubjectivité sexuée. Dès lors, sur ce schéma, et en vertu du principe édicté dans les premiers moments des Ecritures, le juge peut jouer à Dieu sur terre...

Quand un tribunal fonctionne sans signes religieux, il s'active pourtant en regard de cette métaphysique : le violeur d'enfant est libre, il a le choix entre une sexualité normale avec un partenaire consentant et une violence ahurissante avec des victimes détruites pour toujours. En son âme et conscience, doté d'un libre arbitre qui lui permet de vouloir ceci plutôt que cela, il préfère la violence – quand il aurait pu décider autrement ! De sorte qu'au tribunal, on peut lui demander des comptes, vaguement l'écouter, ne pas l'entendre et l'envoyer passer des années dans une prison où probablement il se fera violer en guise de bienvenue avant de croupir dans une cellule d'où on le sortira après avoir négligé la maladie qui l'afflige...

Qui accepterait d'un hôpital qu'il enferme un homme ou une femme à qui l'on découvrirait une tumeur au cerveau – pas plus choisie qu'un tropisme pédophilique – dans une cellule, l'exposant à la violence répressive de quelques compagnons de chambre entretenus dans la sauvagerie éthologique d'un confinement cellulaire avant de l'abandonner, un quart de son existence, au travail du cancer, sans soin, sans souci, sans thérapie ? Qui ? Réponse : tous ceux qui activent la machine judiciaire et la font fonctionner comme une mécanique trouvée aux portes du jardin d'Eden sans se demander ce qu'elle est, pourquoi elle se trouve là, de quelle manière elle fonctionne...

Cette machine de la colonie pénitentiaire de Kafka produit ses effets au quotidien dans les palais dits de justice européens et dans leurs prisons attenantes. Cette collusion entre libre arbitre et préférence volontaire du Mal au Bien qui légitime la responsabilité, donc la culpabilité, donc la punition, suppose le fonctionnement d'une pensée magique ignorant ce que la démarche post-chrétienne de Freud éclaire avec la psychanalyse et d'autres philosophes qui mettent en évidence la puissance des déterminismes inconscients, psychologiques, culturels, sociaux, familiaux, éthologiques, etc.

Le corps et le droit, même et surtout quand ils se pensent, se croient et se disent laïcs, procèdent de l'épistémè judéo-chrétienne. A quoi l'on pourrait ajouter, pour compléter l'inventaire des domaines concernés, mais ça n'est pas le lieu ici, des analyses sur la pédagogie, l'esthétique, la philosophie, la politique – ah ! la sacro-sainte trinité : travail, famille, patrie... –, et tant d'autres activités dont on pourrait montrer l'imprégnation religieuse biblique. Encore un effort pour être vraiment républicain...

5

Sur l'ignorance chrétienne. La méconnaissance du fonctionnement de ces logiques d'imprégnation peut se comprendre si l'on souligne que nombre de ces déterminations se propagent sur le registre inconscient, en échappant aux niveaux de clarté de la conscience informée et lucide. Les interférences entre les sujets et cette idéologie se manifestent hors langage, sans les signes d'une revendication ouverte. Hors cas de théocratie revendiquée – les régimes politiques clairement inspirés par l'un des trois Livres –, la généalogie judéo-chrétienne des pratiques laïques échappe la plupart du temps au plus grand nombre, y compris aux praticiens, acteurs et individus concernés.

L'invisibilité de ce processus ne tient pas qu'à son mode de diffusion inconscient. Il suppose également l'inculture judéo-chrétienne de nombre des parties prenantes. Y compris chez les croyants et pratiquants souvent sous-informés, voire informés par les seuls brouets idéologiques infligés par l'institution et ses relais. La messe dominicale n'a jamais brillé comme un lieu de réflexion, d'analyse, de culture, de savoir diffusé et échangé, le catéchisme non plus, ni même les autres occasions rituelles et cultuelles des autres religions monothéistes.

Mêmes remarques avec les prières au mur des Lamentations ou les cinq occasions quotidiennes des musulmans : on prie, on pratique la réitération des invocations, on exerce sa mémoire, mais pas son intelligence. Pour les chrétiens, les prêches de Bossuet constituent une exception au milieu d'un flot de platitudes deux fois millénaires... Et pour un Averroès ou un Avicenne – ces prétextes tellement utiles... –, combien d'imams hyper-mnésiques mais hypo-intelligents ?

La construction de leur religion, la connaissance des débats et controverses, les invitations à réfléchir, analyser, critiquer, les confrontations d'informations contradictoires, les débats polémiques brillent par leur absence dans la communauté où triomphent plutôt le psittacisme et le recyclage des fables à l'aide d'une mécanique bien huilée qui répète mais n'innove pas, qui sollicite la mémoire et non l'intelligence. Psalmodier, réciter, répéter n'est pas penser. Prier non plus. Loin de là.

Entendre pour la x-ième fois un texte de Paul et ignorer l'existence du nom de Grégoire de Nazianze ; reconstituer la crèche tous les ans et ne pas savoir ce qu'étaient les querelles fondatrices de l'arianisme ou le concile sur l'iconophilie ; communier avec du pain azyme et méconnaître l'existence du dogme de l'infaillibilité papale ; assister à la messe de Noël et ne rien savoir de la récupération par l'Eglise de cette date païenne du solstice d'hiver où se fêtait *sol invictus* ; assister aux baptêmes, mariages et enterrements familiaux devant l'autel et ne jamais avoir entendu parler des évangiles apocryphes ; s'exposer sous des crucifix et passer à côté de l'information que pour le motif retenu contre Jésus à son procès on ne crucifiait pas, mais on lapidait ; et tant d'autres impasses culturelles pour cause de fétichisation des rites et des pratiques, voilà qui pose problème pour un hypothétique exercice éclairé de sa religion...

L'antique invite de la Genèse à ne pas vouloir savoir, à se contenter de croire et d'obéir, à préférer la Foi à la Connaissance, à récuser le goût de la science et à célébrer la passion pour la soumission et l'obéissance ne contribue pas à rehausser le débat ; l'étymologie de musulman qui signifie, dixit Littré, *soumis* à Dieu et à Mahomet ; l'impossibilité de penser et d'agir dans le moindre détail du quotidien en dehors des prescriptions millimétriques de la Torah ; tout cela dissuade de préférer la Raison à la soumission... Comme si la religion avait besoin d'innocence, d'inculture et d'ignorance pour proliférer et exister plus sûrement !

Quand par ailleurs la culture religieuse et historique existe – souvent chez des professionnels de la religion... –, elle est mise au service d'un arsenal jésuitique sans nom ! Des siècles de rhétorique, un millénaire de sophisteries théologiques, des bibliothèques de pinaillages scolastiques permettent l'usage du savoir comme d'une arme : le souci tient moins de l'argumentation honnête que de l'apologétique, un art que Tertullien a exercé avec brio pour le christianisme, et qui suppose la soumission de toute l'Histoire et de toutes les références au présupposé idéologique du polémiste. Voir la double acception de l'épithète « jésuite »...

Fait-on remarquer à un chrétien que depuis la conversion de Constantin l'Eglise a choisi le camp des puissants en négligeant les petits, les misérables ? Il répond : « théologie de la libération » – oubliant en même temps sa condamnation par Jean-Paul II, chef et guide de l'Eglise. Avance-t-on cette évidence que le christianisme paulinien, l'officiel donc, a discrédité le corps, la chair, le plaisir, qu'il méprise les femmes ?

le même rétorque : « extase mystique » – passant sous silence que toute manifestation de cet ordre a suscité au Vatican une condamnation du vivant de l'érotomane avant récupération, via canonisation, béatification et autres cérémonies de récupération des égarés d'hier. Lui parle-t-on des génocides amérindiens au nom de la religion très catholique, du déni de l'âme et de l'humanité des Indiens professé par les colonisateurs dévots ? Il s'esclaffe : « Bartolomeo de Las Casas » – négligeant en passant que, tout défenseur théorique des Indiens qu'il était, ce brave chrétien n'en a pas moins nourri les bûchers des livres écrits par les Guatémaltèques, tout en prenant soin qu'on découvre après sa mort seulement, et par testament, qu'il assimilait la cause des Noirs à celle des Indiens...

La même logique anime les interprètes de la loi coranique – ayatollahs et mollahs – qui tâchent de donner sens et cohérence à des textes contradictoires dans le corps même de leur livre saint en jonglant avec les sourates, les versets et les milliers de hadith ou en finassant avec versets abrogeants et versets abrogés ! On attire leur attention sur la haine des juifs et des non-musulmans qui truffe à longueur de pages le Coran ? Ils renvoient à la pratique de la dhimma qui permet vaguement aux gens du Livre non musulman d'exister et d'être protégés. Mais ils évitent soigneusement d'expliquer que cette protection existe seulement après le versement sonnant et trébuchant d'un impôt – la gizya. Ce qui apparente cette prétendue tolérance à une pratique mafieuse de protection de l'individu soumis au financement de l'entreprise qui le rackette... Ou comment inventer l'impôt révolutionnaire !

Ces oublis, cette déperdition d'informations, cette soumission à l'obéissance plus qu'à l'intelligence vident la religion de ses contenus authentiques pour ne plus produire qu'une pâle vulgate vaguement susceptible d'être accommodée à toutes les sauces métaphysiques et sociologiques. A la manière de marxistes qui se croient tels et nient la lutte des classes, puis abandonnent la dictature du prolétariat, nombre de juifs, de chrétiens et de musulmans se fabriquent une morale sur mesure qui suppose, à leur convenance, le prélèvement dans le corpus pour constituer une règle du jeu et une appartenance communautaire au détriment de la totalité de leur religion. D'où le double mouvement d'une disparition des pratiques visibles coextensive au renforcement de l'épistémè dominante. Ainsi l'athéisme chrétien...

6

L'athéisme chrétien. Trop longtemps l'athée a fonctionné en inversion du prêtre, point par point. Le négateur de Dieu, fasciné par son ennemi, lui a souvent emprunté nombre de ses tics et travers. Or le cléricalisme athée ne présente aucune forme d'intérêt. Les chapelles de libre-pensée, les unions rationalistes aussi prosélytes que le clergé, les loges maçonniques sur le modèle de la IIIe République ne méritent guère l'attention. Désormais il s'agit de viser ce que Deleuze nomme un *athéisme tranquille*, à savoir un souci moins statique de négation ou de combat de Dieu qu'une méthode dynamique débouchant sur une proposition positive destinée à construire après le combat. La négation de Dieu n'est pas une fin, mais un moyen pour viser une éthique post-chrétienne ou franchement laïque.

Pour dessiner les contours de l'athéisme post-chrétien, arrêtons-nous sur ce qu'il faut dépasser encore aujourd'hui : l'*athéisme chrétien*– ou le christianisme sans Dieu. Quelle étrange chimère une fois encore ! La chose existe, elle caractérise un négateur de Dieu qui affirme en même temps l'excellence des valeurs chrétiennes et le caractère indépassable de la morale évangélique. Son travail suppose la dissociation de la morale et de la transcendance : le bien n'a pas besoin de Dieu, du ciel ou d'un ancrage intelligible, il se suffit à lui-même et relève d'une nécessité immanente – proposer une règle du jeu, un code de conduite entre les hommes.

La théologie cesse d'être généalogie de la morale, la philosophie prend le relais. Quand la lecture judéochrétienne suppose une logique verticale – du bas des humains vers le haut des valeurs –, l'hypothèse de l'athéisme chrétien annonce une exposition horizontale : rien en dehors du rationnellement déductible, pas d'agencements sur un autre terrain que le monde réel et sensible. Dieu n'existe pas, les vertus ne découlent pas d'une révélation, elles ne descendent pas du ciel, mais procèdent d'une mise au point utilitariste et pragmatique. Les hommes se donnent à eux-mêmes des lois et n'ont pas besoin pour cela d'en appeler à une puissance extraterrestre.

L'écriture immanente du monde distingue l'athée chrétien du chrétien croyant. Mais pas les valeurs qui restent communes. Le prêtre et le philosophe, le Vatican et Kant, les Evangiles et la *Critique de la raison pratique*, Mère Teresa et Paul Ricœur, l'amour du prochain catholique et l'humanisme transcendantal de Luc Ferry exposé dans *L'Homme-Dieu*, l'éthique chrétienne et les grandes vertus d'André Comte-Sponville évoluent sur un terrain commun : la charité, la tempérance, la compassion, la miséricorde, l'humilité, mais aussi l'amour du prochain et le pardon des offenses, l'autre joue tendue quand on est frappé une fois, le désintérêt pour les biens de ce monde, l'ascèse éthique qui récuse le pouvoir, les honneurs, les richesses comme autant de fausses valeurs qui détournent de la sagesse véritable. Voilà les options *théoriquement* professées...

Cet athéisme chrétien évacue la plupart du temps la haine paulinienne du corps, son refus des désirs, des plaisirs, des pulsions et des passions. Plus en phase avec leur époque sur les questions de morale sexuelle que les chrétiens avec Dieu, ces tenants d'un retour aux Evangiles – sous couvert de retour à Kant, voire à Spinoza – considèrent que le remède au nihilisme de notre époque ne nécessite pas un effort post-chrétien, mais une relecture laïque, immanente du contenu et du message laissé par le Christ. Venus du continent juif, Vladimir Jankélévitch – voir son *Traité des vertus* –, Emmanuel Levinas – lire *Humanisme de l'autre homme* ou *Totalité et infini* –, mais aussi aujourd'hui Bernard-Henri Lévy – *Le Testament de Dieu* – ou Alain Finkielkraut – *Sagesse de l'amour* – fournissent à ce judéo-christianisme sans Dieu une partie de ses modèles.

7

Un athéisme post-moderne. Le dépassement de cet athéisme chrétien permet d'envisager, sans qu'il soit redondant de le qualifier ainsi, un authentique *athéisme athée*... Ce presque pléonasme pour signifier une négation de Dieu couplée à une négation d'une partie des valeurs qui en découlent, certes, mais aussi pour changer d'épistémè, puis déplacer la morale et la politique sur un autre socle, non pas nihiliste, mais post-chrétien. Non pas aménager les Eglises, pas plus les détruire, mais construire ailleurs, autrement, autre chose pour ceux qui ne voudraient pas continuer de loger intellectuellement dans des lieux ayant beaucoup servi.

L'athéisme post-moderne abolit la référence théologique, mais aussi scientifique, pour construire une morale. Ni Dieu ni la Science, ni le Ciel intelligible ni l'agencement de propositions mathématiques, ni Thomas d'Aquin ni Auguste Comte ou Marx. Mais la Philosophie, la Raison, l'Utilité, le Pragmatisme, l'Hédonisme individuel et social, autant d'invitations à évoluer sur le terrain de l'immanence pure, dans le souci des hommes, par eux, pour eux, et non par Dieu, pour Dieu.

Le dépassement des modèles religieux et géométriques s'effectue dans l'histoire du côté des Anglo-Saxons Jeremy Bentham – lire et relire *Déontologie* ! – par exemple – ou son disciple John Stuart Mill. Tous deux échafaudent des constructions intellectuelles ici et maintenant, ils visent des édifices modestes, certes, mais habitables : non pas d'immenses cathédrales invivables, belles à voir – ainsi les édifices de l'idéalisme allemand ! – , impraticables, mais des bâtisses à même d'être réellement habitées.

Bien et Mal existent non plus parce qu'ils coïncident avec les notions de fidèle ou d'infidèle dans une religion, mais en regard de l'utilité et du bonheur du plus grand nombre possible. Le contrat hédoniste – on ne peut plus immanent... – légitime toute intersubjectivité, il conditionne la pensée et l'action, il se passe tout à fait de Dieu, de la religion et des prêtres. Nul besoin de menacer d'un Enfer ou de faire miroiter un Paradis, pas utile de mettre sur pied une ontologie de la récompense et de la punition post mortem pour inviter à l'action bonne, juste et droite. Une éthique sans obligations ni sanctions transcendantes.

8

Principes d'athéologie. L'athéologie se propose trois tâches : d'abord – deuxième partie – *déconstruire les trois monothéismes* et montrer combien, malgré leurs diversités historiques et géographiques, malgré la haine animant les protagonistes des trois religions depuis des siècles, malgré l'apparente irréductibilité en surface de la loi mosaïque, des dits de Jésus et de la parole du Prophète, malgré les temps généalogiques différents de ces trois variations effectuées sur plus de dix siècles avec un seul et même thème, le fond demeure le même. Variation de degrés, pas de nature.

Qu'en est-il de ce fond, justement ? Une série de haines violemment imposées dans l'histoire par des hommes qui se prétendent dépositaires et interprètes de la parole de Dieu – les Clergés : haine de l'intelligence à laquelle les monothéistes préfèrent l'obéissance et la soumission ; haine de la vie doublée d'une indéfectible passion thanatophilique ; haine de l'ici-bas sans cesse dévalorisé en regard d'un au-delà, seul réservoir de sens, de vérité, de certitude et de béatitude possibles ; haine du corps corruptible déprécié dans le moindre détail quand l'âme éternelle, immortelle et divine est parée de toutes les qualités et de toutes les vertus ; haine des femmes enfin, du sexe libre et libéré au nom de l'Ange, cet anticorps archétypal commun aux trois religions.

Après le démontage de la réactivité des monothéismes à l'endroit de la vie immanente et possiblement jubilatoire, l'athéologie peut s'occuper particulièrement de l'une des trois religions pour regarder comment elle se constitue, s'installe et s'enracine sur des principes qui supposent toujours la falsification, l'hystérie collective, le mensonge, la fiction et les mythes auxquels on donne les pleins pouvoirs. La réitération d'une somme d'erreurs par le plus grand nombre finit par devenir un corpus de vérités auquel il est interdit de toucher, sous peine des dangers les plus graves pour les esprits forts – des bûchers chrétiens d'avant-hier aux fatwas musulmanes d'aujourd'hui.

Pour tâcher de voir comment se fabrique une mythologie, on peut proposer – troisième partie – une *déconstruction du christianisme*. En effet, la construction de Jésus procède d'une forgerie réductible à des moments repérables dans l'histoire pendant un ou deux siècles : la cristallisation de l'hystérie d'une époque dans une figure qui catalyse le merveilleux, ramasse les aspirations millénaristes, prophétiques et apocalyptiques du moment dans un personnage conceptuel nommé Jésus ; l'existence méthodologique et nullement historique de cette fiction ; l'amplification et la promotion de cette fable par Paul de Tarse qui se croit mandaté par Dieu quand il se contente de gérer sa propre névrose ; sa haine de soi transformée en haine du monde ; son impuissance, son ressentiment, la revanche d'un *avorton* – selon son propre terme... – transformés en moteur d'une individualité qui se répand dans tout le bassin méditerranéen ; la jouissance masochiste d'un homme étendue à la dimension d'une secte parmi des milliers à l'époque : tout cela surgit quand on réfléchit un tant soit peu et qu'en matière de religion on récuse l'obéissance ou la soumission pour réactiver un acte ancien et défendu : goûter du fruit de l'arbre de la connaissance...

Cette déconstruction du christianisme suppose certes un démontage de la fabrication de la fiction, mais aussi une analyse du devenir planétaire de cette névrose. D'où des considérations historiques sur la conversion politique de Constantin à la religion sectaire pour de pures raisons d'opportunisme historique. Conséquemment, le devenir impérial d'une pratique limitée à une poignée d'illuminés devient clair : de persécutés et minoritaires les chrétiens deviennent persécuteurs et majoritaires grâce à l'intercession d'un empereur devenu l'un des leurs.

Le treizième apôtre, comme Constantin se proclame lors d'un Concile, met sur pied un Empire totalitaire qui édicte des lois violentes à l'endroit des non-chrétiens et pratique une politique systématique d'éradication de la différence culturelle. Bûchers et autodafés, persécutions physiques, confiscations des biens, exils contraints et forcés, assassinats et voies de fait, destructions d'édifices païens, profanations de lieux et d'objets de culte, incendies de bibliothèques, recyclages architecturaux de bâtiments religieux antiques dans les nouveaux monuments ou dans le remblayage des routes, etc.

Avec les pleins pouvoirs pendant plusieurs siècles, le spirituel se confond avec le temporel... D'où – quatrième partie – une *déconstruction des théocraties* qui supposent la revendication pratique et politique du pouvoir prétendument issu de Dieu qui ne parle pas, et pour cause, mais que font parler les prêtres et le clergé. Au nom de Dieu, mais via ses prétendus serviteurs, le Ciel commande à ce qui doit être fait, pensé, vécu et pratiqué sur Terre pour Lui être agréable ! Et les mêmes qui prétendent porter Sa parole affirment leur compétence dans l'interprétation de ce qu'Il pense des actions effectuées en Son nom...

La théocratie trouve son remède dans la démocratie : le pouvoir du peuple, la souveraineté immanente des citoyens contre le prétendu magistère de Dieu, en fait de ceux qui s'en réclament... Au nom de Dieu, l'Histoire témoigne, les trois monothéismes font couler pendant des siècles d'incroyables fleuves de sang ! Des guerres, des expéditions punitives, des massacres, des assassinats, du colonialisme, des ethnocides, des génocides, des Croisades, des Inquisitions, aujourd'hui l'hyper-terrorisme planétaire...

Déconstruire les monothéismes, démythifier le

judéo-christianisme – mais aussi l'islam, bien sûr –,
puis démonter la théocratie, voilà trois chantiers inau-
guraux pour l'athéologie. De quoi travailler ensuite à
une nouvelle donne éthique et produire en Occident les
conditions d'une véritable morale post-chrétienne où le
corps cesse d'être une punition, la terre une vallée de
larmes, la vie une catastrophe, le plaisir un péché, les
femmes une malédiction, l'intelligence une présomp-
tion, la volupté une damnation.

A quoi pourrait dès lors s'ajouter une politique
moins fascinée par la pulsion de mort que par la pulsion de vie. L'Autre ne s'y penserait pas comme un
ennemi, un adversaire, une différence à supprimer,
réduire et soumettre, mais comme la chance d'une
intersubjectivité à construire ici et maintenant, non pas
sous le regard de Dieu ou des dieux, mais sous celui
des seuls protagonistes, dans l'immanence la plus radicale. De sorte que le Paradis fonctionnerait moins en
fiction pour le Ciel qu'en idéal de la raison ici-bas.
Rêvons un peu...

DEUXIÈME PARTIE

Monothéismes

I

TYRANNIES ET SERVITUDES
DES ARRIÈRE-MONDES

1

L'œil noir du monothéisme. On sait les animaux
intacts de Dieu. Indemnes de religion, ils ignorent
l'encens et l'hostie, les agenouillements et les prières,
on ne les voit pas en extase devant les astres ou les
prêtres, ils ne bâtissent ni cathédrales, ni temples,
jamais on ne les surprend adressant des invocations à
des fictions. Avec Spinoza, on imagine que s'ils se
créaient un Dieu, ils le fabriqueraient à leur image :
avec de grandes oreilles pour les ânes, une trompe pour
les éléphants, un dard pour les abeilles. De sorte que
les hommes, quand ils se mettent en tête de donner le
jour à un Dieu unique, le font à leur image : violent,
jaloux, vengeur, misogyne, agressif, tyrannique, intolérant. Pour tout dire, ils sculptent leur pulsion de mort,
leur part sombre, et en font une machine lancée à
pleine vitesse contre eux-mêmes...

Car seuls les hommes inventent des arrière-mondes,
des dieux ou un seul Dieu ; seuls ils se prosternent,

s'humilient, s'abaissent ; seuls ils fabulent et croient dur comme fer aux histoires fabriquées par leurs soins pour éviter de regarder leur destin en face ; seuls ils échafaudent à partir de ces fictions un délire qui entraîne avec lui une kyrielle de sottises dangereuses et de nouvelles échappatoires ; seuls, sur le principe de Gribouille, ils travaillent ardemment à la réalisation de ce qu'ils aspirent pourtant à fuir plus que tout : la mort.

La vie leur paraît-elle invivable avec la mort pour inévitable fin ? Vite ils s'arrangent pour appeler l'ennemie à gouverner leur vie, ils veulent mourir un peu, régulièrement, tous les jours, afin, l'heure venue, de croire le trépas plus facile. Les trois religions monothéistes invitent à renoncer au vivant ici et maintenant sous prétexte qu'il faut un jour y consentir : elles vantent un au-delà (fictif) pour empêcher de jouir pleinement de l'ici-bas (réel). Leur carburant ? La pulsion de mort et d'incessantes variations sur ce thème.

Etrange paradoxe ! La religion répond au creux ontologique découvert par quiconque apprend qu'il va mourir un jour, que son séjour sur terre est limité dans le temps, que toute existence s'inscrit brièvement entre deux néants. Les fables accélèrent le processus. Elles installent la mort sur terre au nom de l'éternité au ciel. De ce fait, elles gâchent le seul bien dont nous disposons : la matière vive d'une existence tuée dans l'œuf sous prétexte de sa finitude. Or ne pas être pour n'avoir pas à mourir, voilà un mauvais calcul. Car deux fois on donne à la mort un tribut qu'il suffit de payer une fois.

La religion procède de la pulsion de mort. Cette étrange force noire au creux de l'être travaille à la destruction de ce qui est. Là où quelque chose vit, se répand, vibre, se meut une contre-force nécessaire à l'équilibre qui veut arrêter le mouvement, immobiliser les flux. Quand la vitalité fraye des passages, creuse des galeries, la mort s'active, c'est son mode de vie, sa façon d'être. Elle met à mal les projets d'être pour faire s'effondrer l'ensemble. Venir au monde, c'est découvrir l'être pour la mort ; être pour la mort, c'est vivre au jour le jour le décompte de la vie. Seule la religion donne l'impression d'enrayer le mouvement. En fait, elle le précipite...

Retournée contre soi, la pulsion de mort génère toutes les conduites à risque, les tropismes suicidaires et les mises en danger de soi-même ; dirigée contre autrui, elle produit l'agression, la violence, les crimes, les meurtres. La religion du Dieu unique épouse ces mouvements : elle travaille à la haine de soi, au mépris de son corps, au discrédit de l'intelligence, à la déconsidération de la chair, à la valorisation de tout ce qui nie la subjectivité épanouie ; projetée contre autrui, elle fomente le mépris, la méchanceté, l'intolérance qui produisent les racismes, la xénophobie, le colonialisme, les guerres, l'injustice sociale. Regarder l'Histoire suffit pour constater la misère et les flots de sang versés au nom du Dieu unique...

Les trois monothéismes, animés par une même pulsion de mort généalogique, partagent une série de mépris identiques : haine de la raison et de l'intelligence ; haine de la liberté ; haine de tous les livres au nom d'un seul ; haine de la vie ; haine de la sexualité, des femmes et du plaisir ; haine du féminin ; haine du corps, des désirs, des pulsions. En lieu et place de tout cela, judaïsme, christianisme et islam défendent : la foi et la croyance, l'obéissance et la soumission, le goût de la mort et la passion pour l'au-delà, l'ange asexué et la chasteté, la virginité et la fidélité monogamique, l'épouse et la mère, l'âme et l'esprit. Autant dire la vie crucifiée et le néant célébré...

2

Haro sur l'intelligence. Le monothéisme déteste l'intelligence, cette vertu sublime que définit l'art de lier ce qui, a priori, et pour la plupart, passe pour délié. Elle rend possibles les causalités inattendues, mais vraies : elle produit des explications rationnelles, convaincantes, appuyées sur des raisonnements ; elle récuse toute fiction fabriquée. Avec elle, on évite les mythes et les histoires pour les enfants. Pas de paradis après la mort, d'âme sauvée ou damnée, pas de Dieu qui sait tout et voit tout : bien conduite, et selon l'ordre des raisons, l'intelligence, a priori athée, empêche toute pensée magique.

Les tenants de la loi mosaïque, des fariboles christiques et de leurs clones coraniques partagent la même fable sur l'origine de la négativité dans le monde : dans la Genèse (III, 6) – commune à la Torah et à l'Ancien Testament de la Bible chrétienne –, et dans le Coran (II, 29), on trouve la même histoire d'Adam et Eve dans un Paradis où un Dieu interdit d'approcher un arbre pendant qu'un démon invite à la désobéissance. Version monothéiste du mythe grec de Pandore, la première femme commet évidemment l'irréparable, et son acte répand le mal sur toute la planète.

Ce récit, en temps normal tout juste bon à grossir le rang des contes ou des histoires à dormir debout, a eu sur les civilisations des conséquences considérables ! Haine des femmes et de la chair, culpabilité et désir de résipiscence, quête d'une impossible réparation et soumission à la nécessité, fascination pour la mort et passion pour la douleur – autant d'occasions d'activer la pulsion de mort.

Qu'y a-t-il dans le dossier de cette histoire ? Un Dieu qui interdit au couple primordial la consommation du fruit de l'arbre de la connaissance. A l'évidence, nous sommes dans la métaphore. Il faut les Pères de l'Eglise pour sexualiser cette histoire, car le texte est clair : manger ce fruit dessille et permet de distinguer le bien du mal, donc d'être semblable à Dieu. Un verset parle d'un arbre *désirable pour acquérir l'intelligence* (III, 6). Passer outre au diktat de Dieu, c'est préférer le savoir à l'obéissance, vouloir connaître plutôt que se soumettre. Disons-le autrement : opter pour la philosophie contre la religion.

Que signifie cet interdit de l'intelligence ? On peut tout dans ce Jardin magnifique, mais pas devenir intelligent – l'arbre de la connaissance – ni immortel – l'arbre de vie ? Quel destin Dieu réserve donc aux hommes : l'imbécillité et la mortalité ? Il faut imaginer un Dieu pervers pour offrir ce cadeau à ses créatures... Célébrons donc Eve qui opte pour l'intelligence au prix de la mort quand Adam ne saisit pas tout de suite les enjeux du moment paradisiaque : l'éternelle félicité de l'imbécile heureux !

Que découvrent ces malheureux, la dame ayant croqué du fruit sublime ? Le réel. Le réel et rien d'autre :

la nudité, leur part naturelle, mais aussi, et depuis cette fraîche acquisition du savoir, leur part culturelle, du moins ses potentialités via la création d'un pagne avec feuilles de figuier – et non de vigne... Et encore : la rudesse du quotidien, le tragique de tout destin, la brutalité de la différence sexuelle, l'abîme qui sépare pour toujours homme et femme, l'impossibilité d'éviter le travail pénible, la maternité douloureuse et la mort impériale. Une fois affranchis, et pour éviter l'ajout de la transgression qui permet d'accéder à la vie éternelle – car l'arbre de vie côtoie l'arbre de la connaissance – , le Dieu un, décidément bon, doux, aimant, généreux, expulse Adam et Eve du paradis. Nous en sommes là depuis...

Leçon numéro un : si l'on refuse l'illusion de la foi, les consolations de Dieu et les fables de la religion, si l'on préfère vouloir savoir et qu'on opte pour la connaissance et l'intelligence, alors le réel nous apparaît tel qu'il est, tragique. Mais mieux vaut une vérité qui désespère tout de suite et permet de ne pas perdre complètement sa vie en la plaçant sous le signe du mort-vivant qu'une histoire qui console sur le moment, certes, mais fait passer à côté de notre seul vrai bien : la vie ici et maintenant.

3

La kyrielle des interdits. Dieu ne s'est pas contenté une fois d'interdire de manger le fruit défendu car, depuis ce jour, il ne se manifeste que par interdictions. Les religions monothéistes ne vivent que de prescriptions et d'invitations : faire et ne pas faire, dire et ne pas dire, penser et ne pas penser, agir et ne pas agir. Interdit et autorisé, licite et illicite, d'accord et pas d'accord, les textes religieux abondent en codifications existentielles, alimentaires, comportementales, rituelles, et autres...

Car on ne mesure bien l'obéissance qu'avec les interdits. Plus ils pullulent, plus grandes sont les occasions de fauter, plus les probabilités de perfection s'amenuisent, plus la culpabilité augmente. Et c'est une bonne chose pour Dieu – du moins le clergé qui s'en réclame ! – de pouvoir jouer avec ce puissant ressort psychologique. Chacun doit savoir sans cesse qu'il lui faut toujours obéir, se conformer, faire comme il faut, comme la religion nous y invite. Ne pas se comporter comme Eve, mais, tel Adam, se soumettre au vouloir du Dieu unique.

L'étymologie nous renseigne : *islam* signifie *soumission*... Et comment mieux renoncer à l'intelligence qu'en se soumettant aux interdits des hommes. Car on entend mal, peu ou pas du tout la voix de Dieu ! Comment peut-il manifester ses préférences alimentaires, vestimentaires, rituelles autrement que par l'entremise d'un clergé qui pose des interdits, décide en son nom du licite et de l'illicite ? Obéir à ces lois et règles, c'est se soumettre à Dieu, peut-être, mais plus certainement à qui s'en autorise : le prêtre.

Au jardin d'Eden, Dieu parle à Adam et Eve, époque bénie du rapport direct entre la Divinité et ses créatures... Mais avec l'expulsion du Paradis, le contact est rompu. D'où l'intérêt de manifester Sa présence dans le détail, au moindre moment du quotidien, dans le plus infime geste. Pas seulement au ciel, Dieu veille et menace partout – et le diable aussi, donc, guette dans son ombre...

L'essentiel est dans l'anecdote : par exemple les juifs s'interdisent de manger des crustacés, car Dieu répugne aux animaux sans nageoires ni écailles qui, de surcroît, affichent leur squelette à l'extérieur ; de même les chrétiens évitent la viande le Vendredi saint – jour célèbre pour son excès d'hémoglobine ; ou encore les musulmans soucieux de ne pas se réjouir avec du boudin noir. Voilà trois occasions parmi d'autres de montrer sa foi, sa croyance, sa piété et sa dévotion à Dieu...

Le licite et l'illicite occupent une place de choix dans la Torah et le Talmud, un peu dans le Coran, mais surtout dans les Hadith. Le christianisme – gloire soit rendue à saint Paul, une fois n'est pas coutume ! – ne s'encombre pas de tout ce qui, dans le Lévitique ou le Deutéronome parmi d'autres textes prescripteurs d'interdits majeurs, oblige, empêche, contraint sur tous les terrains : les usages de la table, les comportements au lit, les récoltes des champs, la texture et les couleurs de la garde-robe, l'emploi du temps heure par heure, etc.

Les Evangiles n'interdisent ni le vin ni le porc, ni aucun aliment, pas plus qu'ils n'obligent à porter des vêtements particuliers. L'appartenance à la communauté chrétienne suppose l'adhésion au message évangélique, pas aux détails de prescription maniaque. Il ne viendrait pas à l'idée d'un chrétien d'interdire le sacerdoce à un individu contrefait, aveugle, boiteux, défiguré, difforme, bossu, malingre comme Yahvé demande à Moïse d'y veiller pour quiconque envisage le culte comme profession – Lévitique (XXI, 16)... En revanche, Paul conserve la manie du licite et de l'illicite sur le terrain sexuel. Les Actes des apôtres témoignent sur ce point d'une intime liaison de l'Ancien et du Nouveau Testament.

Juifs et musulmans obligent à penser à Dieu dans chaque seconde de la vie quotidienne. Du réveil au coucher, en passant par les heures de prière, ce qu'il faut ou non manger, la manière de se vêtir, aucun comportement, même le plus insignifiant a priori, n'est libre d'interprétation. Pas de jugement personnel ou d'appréciation individuelle : obéissance et soumission. Négation de toute liberté d'agir et déclaration du règne de la nécessité. La logique du licite et de l'illicite enferme dans une prison où l'abdication de la volonté vaut acte d'allégeance et preuve du comportement pieux – un investissement payé rubis sur l'ongle, mais plus tard, au Paradis...

4

L'obsession de la pureté. Le couple licite/illicite fonctionne avec l'attelage pur/impur. Qu'est-ce qui est pur ? Ou impur ? Qui l'est ? Qui ne l'est pas ? Quel individu décide de tout cela ? Autorisé et légitimé par qui ou quoi ? Le pur désigne le sans mélange. Le contraire de l'alliage. Du côté du pur : l'Un, Dieu, le Paradis, l'Idée, l'Esprit ; en face, l'impur : le Divers, le Multiple, le Monde, le Réel, la Matière, le Corps, la Chair. Les trois monothéismes partagent cette vision du monde et jettent le discrédit sur la matérialité du monde.

A l'évidence, une série d'impuretés signalées par le Talmud peut se justifier et procéder d'une sagesse pratique : trouver impurs un cadavre, une charogne, des écoulements de substances corporelles, la lèpre, on comprend. Le bon sens associe la décomposition, la pourriture, la maladie, à des risques et des dangers pour les individus de mettre en péril la communauté. Attraper des fièvres, contracter une maladie, générer une épidémie, une pandémie, propager des maladies sexuellement transmissibles, voilà qui justifie le discours préventif, une médecine populaire efficace. Ne pas aller au-devant du mal est le premier des biens.

L'impureté contamine : le lieu, l'endroit, sous la tente, les objets, les gens au contact, certes, mais aussi à proximité, les vases ouverts dans l'habitacle. La personne concernée affecte à son tour ce qu'elle approche ou touche tant que la purification et les ablutions ne mettent pas fin à cet état de danger collectif. L'hygiéniste y voit mesures bienvenues pour éviter la propagation du mal. Mais pour d'autres impuretés, l'argument prophylactique ne tient pas. Que risque-t-on à côtoyer une femme ayant ses règles ? Ou une autre qui vient d'accoucher ? Toutes deux impures. Autant on peut comprendre la crainte des écoulements anormaux qui peuvent dangereusement signifier blennorragie, gonorrhée ou syphilis, autant on s'interroge sur ce discrédit du sang menstruel ou de la récente parturiente. Sauf à poser l'hypothèse que dans ces deux cas la femme n'est pas féconde, dès lors elle peut disposer librement de son corps et de sa sexualité sans risquer la grossesse

– un état ontologiquement inacceptable pour les rabbins, tenants de l'idéal ascétique et de l'expansion démographique...

Les musulmans partagent nombre de conceptions avec les juifs. Notamment cette fixation sur la pureté. Globalement, le corps est impur du simple fait d'être. D'où une obsession à le purifier en permanence par des soins particuliers : circoncision, nettoyage et taille de la barbe, de la moustache, de la chevelure, coupage des ongles, interdit d'ingérer des aliments non rituellement préparés, proscription de tout contact avec les chiens, évidemment prohibition absolue du porc et de l'alcool, puis évitement radical de toute matière corporelle – urine, sang, sueur, salive, sperme, fèces.

Certes, une fois encore on peut justifier tout cela de manière rationnelle : prophylaxie, hygiène, propreté, sans qu'on sache pourquoi le porc plutôt que la viande de chameau – certains avancent l'hypothèse du cochon comme animal emblématique de certaines légions romaines, un mauvais souvenir sur place, d'autres s'appuient sur le caractère omnivore de l'animal qui ingère les détritus publics... La haine du chien peut renvoyer aux risques des morsures et de la rage ; la condamnation de l'alcool au fait que les régions chaudes paraissent propices au farniente, au repos et à l'hydratation intempérante, dès lors, mieux vaut de l'eau ou du thé en quantité plutôt que les spiritueux à cause de leurs effets induits. Tout cela peut trouver une justification rationnelle.

Mais pourquoi ne pas se contenter d'une pratique laïque ? Quel besoin de transformer ces préventions de bon sens légitime en occasions de règles strictes, de

lois inflexibles, puis de soumettre le salut ou la damnation éternelle à l'observance de ces diktats ? Qu'il
faille de la propreté dans les toilettes, nul ne le
conteste, surtout dans les époques et les régions où le
tout-à-l'égout, l'eau courante, l'évacuation sanitaire,
les fosses septiques, les produits de désinfection
n'existent pas.

Mais que des hadith prescrivent dans le détail les
modalités du nettoyage anal : pas moins de trois pierres, pas de recours aux déchets (!) ni aux ossements
(!) ; ne pas diriger le jet d'urine en direction de La
Mecque ; celles de l'état de pureté avant la prière : ne
pas avoir émis de liquide prostatique, de gaz, d'urines,
de fèces, de menstrues bien sûr, mais aussi, cause de
rupture du lien avec l'islam, ne pas avoir eu de relations sexuelles pendant les règles de sa compagne, ni
de rapport anal – là encore pour cause de sexe dissocié
de la procréation... On voit mal la liaison rationnelle
et raisonnable.

5

Tenir le corps en respect. Comment comprendre ces
séries d'interdits juifs et musulmans – si semblables –
sinon par l'association systématique du corps à l'impureté ? Corps sale, malpropre, corps infecté, corps de
matières viles, corps libidinal, corps malodorant, corps
de fluides et de liquides, corps infectés, corps malades,
corps de morts, de chiens et de femmes, corps de
déchets, corps de saletés, corps sanguinolent, corps

puant, corps sodomite, corps stérile, corps infécond, corps détestable...

Un hadith enseigne la nécessité de le purifier en pratiquant des ablutions. Il affirme que plus ces pratiques auront été nombreuses, plus grande sera la chance de disposer au ciel d'un corps glorieux, au sens donné par les chrétiens à ce mot. Le jour de la résurrection, le corps renaît avec des marques lumineuses aux points de contact avec le tapis de prière. Corps de chair noire et sombre, contre corps d'esprit blanc et incandescent. Qui, parmi les âmes simples, peut vouloir aimer une chair terrestre peccamineuse quand l'espoir d'un anti-corps paradisiaque se présente comme une certitude admirable à tout croyant qui se plie aux logiques licite/illicite selon le principe pur/impur ? Qui donc ?

Le rituel de purification fournit également des occasions de tenir le corps en respect, comme en lisière de lui-même. Chaque organe occupe sa place dans un processus de prière organisé, méticuleusement ordonné. Rien n'échappe à l'œil d'Allah. Habilitation des matériaux et du matériel utilisés – eau, pierres, sable, terre –, numérotage des abattis, codification rituelle, inscription de toute l'anatomie dans un ordre de passage, scénographie de la réitération des gestes : doigts, poignets droits, avant-bras, coudes, trois fois, etc. Ne pas oublier le talon, car cette négligence conduit en Enfer...

Evitons une pure lecture rationnelle appuyée sur le seul désir de propreté. S'il s'agit de mettre en garde contre les souillures d'urine sur le vêtement, d'utiliser pour se nettoyer aux toilettes la main avec laquelle on ne mange pas, l'argument tient. Mais il s'effondre quand on examine les hadith qui autorisent la purification des pieds par-dessus le chausson, selon l'expression consacrée – et la traduction que j'utilise... –, et qu'on déclare même possible l'opération en gardant ses chaussettes. Dieu dispose sûrement d'autres raisons que purement hygiéniques !

Le dressage du corps dans la purification se double d'un même dressage dans la pratique de la prière – des cinq prières quotidiennes, toutes annoncées par le muezzin du haut de son minaret. Pas question de disposer de son temps pour soi, ni même de son corps : le réveil et le coucher dépendent de l'appel, le déroulement de la journée aussi, car tout cesse pour la prière. Alignement pour signifier l'ordre, l'organisation et la bonne entente de la communauté. Pas de femmes. Les plus âgés devant. Prosternation du corps selon un code très précis : sept os doivent être en contact avec le sol – le front, les deux mains, les deux genoux, l'extrémité des deux pieds. On ne chipotera pas l'imam, mais un seul pied, c'est cinq orteils, deux pieds, dix et, podologie aidant, on outrepasse la théorie des sept...

Certaines postures sont prohibées, car non conformes. Des inclinations et des prosternations également : elles doivent être effectuées selon les règles. Pas question que le corps s'en donne à cœur joie, il lui faut prouver sa soumission et son obéissance. On n'est pas musulman sans montrer avec zèle sa jouissance à se plier aux détails. Car Allah est dans les détails. Encore un mot : les anges n'aiment pas l'ail, ni les échalotes, on évitera donc de se promener près des mosquées avec ces bulbes dans la djellaba. Encore moins d'y pénétrer le burnous chargé !

II

AUTODAFÉS DE L'INTELLIGENCE

1

L'atelier clandestin des livres saints. La haine de l'intelligence et du savoir, l'invitation à obéir plutôt qu'à réfléchir, le fonctionnement du double couple licite-illicite/pur-impur pour générer obéissance et soumission en lieu et place du libre usage de soi, tout cela se trouve codifié dans des livres. Le monothéisme passe pour la religion du Livre – mais il paraît bien plutôt celle de trois livres qui ne se supportent guère. Les pauliniens n'aiment pas beaucoup la Torah, les musulmans ne prisent pas vraiment le Talmud ni les Evangiles, les amateurs du Pentateuque prennent le Nouveau Testament et le Coran pour autant d'impostures... Bien sûr, tous enseignent l'amour du prochain. Dur, déjà, d'être irréprochable avec les frères des religions abrahamiques !

La confection de ces livres dits saints relève des lois les plus élémentaires de l'histoire. On devrait aborder tout ce corpus avec l'œil philologique, historique, philosophique, symbolique, allégorique, et tout autre qualificatif qui dispense de croire ces textes inspirés et produits sous la dictée de Dieu. Aucun de ces livres n'est révélé. Par qui d'ailleurs ? Pas plus que les fables persanes ou les sagas islandaises ces pages ne descendent du ciel.

La Torah n'est pas si vieille que l'affirme la tradition ; Moïse est improbable ; Yahvé n'a rien dicté ; sûrement pas dans une écriture inexistante au temps de Moïse ! Aucun évangéliste n'a connu personnellement le fameux Jésus ; le canon testamentaire procède de décisions politiques tardives, notamment quand Eusèbe de Césarée, mandaté par l'empereur Constantin, constitue un corpus à partir de vingt-sept versions, nous sommes dans la première moitié du IVe siècle ; les écrits apocryphes sont plus nombreux que ceux qui constituent le Nouveau Testament. Mahomet n'a pas écrit le Coran ; ce livre existe d'ailleurs en tant que tel seulement vingt-cinq ans après sa mort ; la deuxième source d'autorité musulmane, les Hadith, voit le jour au IXe siècle, soit deux siècles après la disparition du Prophète. De quoi constater dans l'ombre des trois Dieux la présence très active des hommes...

2

Le Livre contre les livres. Pour asseoir l'autorité du Coran définitif, les autorités politiques – Marwan, gouverneur de Médine – commencent par récupérer, puis détruire et brûler les versions existantes afin d'en garder une seule pour éviter la confrontation historique et surprendre les traces d'une fabrication humaine, trop

humaine. (Une version échappe d'ailleurs à cet autodafé des sept primitives, elle prévaut encore dans certains pays d'Afrique.) Préfiguration des nombreux
bûchers de livres allumés au nom du seul Livre. Chacun de ces trois livres se prétend le seul et affirme
contenir la totalité de ce qu'il faut savoir et connaître.
De manière encyclopédique, il ramasse l'essentiel et
déconseille fortement d'aller chercher dans d'autres
livres, païens, laïcs, ce qui déjà se trouve en lui.

Les chrétiens donnent le ton avec Paul de Tarse qui
appelle, dans les Actes des apôtres (XIX, 19), à brûler
les manuscrits dangereux. L'invite ne tombe pas dans
l'oreille de sourds avec Constantin et autres empereurs
très chrétiens qui expulsent et interdisent des philosophes, persécutent des prêtres polythéistes interdits
d'existence sociale, emprisonnés, puis tués pour un
certain nombre. La haine des livres non chrétiens
génère un appauvrissement général de la civilisation.
La création de l'*Index des livres prohibés* au XVIᵉ siècle, à quoi s'ajoute l'Inquisition, parachève l'entreprise
d'éradication de tout ce qui déborde la ligne de l'Eglise
catholique, apostolique et romaine.

Le désir d'en finir avec les livres non chrétiens,
l'interdiction d'une pensée libre (tout ce qui compte
de philosophes importants de Montaigne à Sartre en
passant par Pascal, Descartes, Kant, Malebranche, Spinoza, Locke, Hume, Berkeley, Rousseau, Bergson, et
tant d'autres – sans parler des matérialistes, des socia-
listes, des freudiens – figure dans l'*Index*...), appau-
vrissent la pensée contrainte à renoncer, à se taire ou à
une prudence extrême. La Bible, sous prétexte de tout

contenir, empêche tout ce qu'elle ne contient pas. Pendant des siècles, le dommage est considérable.

Nombreuses sont les fatwas lancées contre les auteurs musulmans même s'ils ne défendent pas de positions athées, ne discréditent pas les enseignements du Coran, ne recourent ni aux blasphèmes ni aux injures. Il suffit, pour s'attirer les foudres, de penser tout simplement, de formuler librement. Toute velléité de pensée autonome se paie le prix fort : l'exil, la traque, la persécution, la calomnie, voire l'assassinat, toutes misères expérimentées par Ali Abderraziq, Muhammad Khalafallâh, Taha Hussein, Nasr Hamid Abû Zayd, Muhammad Iqbal, Fazlur Rahman, Mahmoud Mohammed Taha...

Les prêtres des trois religions refusent qu'on pense et réfléchisse par soi-même. Ils préfèrent donner l'autorisation – l'imprimatur... – aux prestidigitateurs qui enfument l'auditeur avec leur dextérité à manier le langage, dérouler le vocabulaire et chantourner les formulations. Qu'est-ce que la scolastique effectue pendant des siècles, sinon envelopper verbalement, avec le registre abscons de la corporation philosophique, les vieilles fables chrétiennes et les dogmes de l'Eglise ?

Juifs, chrétiens et musulmans aiment les exercices de mémoire, ils goûtent particulièrement le jeu des fidèles qui psalmodient. Les musulmans apprennent très jeunes à mémoriser les sourates du Coran, à le lire correctement avec une bonne diction – *tajwid* –, et à le psalmodier dans les formes – *tartil*. La *tajwid* définit une déclamation lente et mélodieuse avec des variations de mélismes riches et ornementées, le tout avec d'importantes pauses ; le *tartil* est une récitation lente.

Traditionnellement les écoles de théologie préconisent sept types de lecture en vertu de connotations linguistiques et phonétiques : consonnes abaissées, renforcées, sans connotations ; voyelles occultées ; prononciation très légère ; ornementation avec l'aide d'anaphores ; l'ensemble contribuant à faire passer l'esprit, le sens et l'intelligence du texte derrière le pur travail phonique de la lettre...

Les litanies entendues dans les écoles talmudiques ou les écoles coraniques – les *madrasas*, souvent utilisées pour combattre la *falsafa*, la philosophie – témoignent : on apprend à haute voix, en groupe, en cadence, sur un rythme collectif et communautaire. Les mélopées aident à mémoriser les enseignements de Yahvé ou Allah. La mnémotechnique juive suppose même une méthode d'apprentissage de la lecture et de l'alphabet par association des lettres avec des contenus qui relèvent de la doctrine talmudique.

Le Livre vise donc paradoxalement à sa presque suppression matérielle après une intégrale mémorisation. Ruse de la raison, on apprend la Torah ou le Coran par cœur, de sorte qu'en cas de persécution, d'exil, de conditions empêchant d'avoir le volume sous la main, ou dans le cas de quelque situation imprévue, on puisse disposer mentalement du Livre et de ses enseignements.

3

Haine de la science. Cette loi du Livre unique, total, intégral, doublée de la fâcheuse habitude de croire que tout se trouve dans un seul texte, conduit à écarter le recours et le secours des livres non religieux – sans pour autant être athées – comme les ouvrages scientifiques. Le monothéisme, en dehors des usages intéressés, n'aime pas beaucoup le travail rationnel des scientifiques. Certes, l'islam chérit l'astronomie, l'algèbre, les mathématiques, la géométrie, l'optique, *mais* pour pouvoir mieux calculer la direction de La Mecque avec les étoiles, établir les calendriers religieux, arrêter les heures de prière ; certes il aime la géographie, *mais* pour faciliter la convergence vers la Ka'aba lors du pèlerinage des fidèles du monde entier ; certes il pratique la médecine, *mais* pour éviter l'impureté qui empêche le rapport avec Allah ; certes il prise la grammaire, la philosophie et le droit, *mais* pour mieux commenter le Coran et les Hadith. L'instrumentalisation religieuse de la science soumet la raison à un usage domestique et théocratique. En terre d'islam, la science ne se pratique pas pour elle-même mais pour l'augmentation de la pratique religieuse. Depuis des siècles de culture musulmane on ne pointe aucune invention ou aucune recherche, aucune découverte notable sur le terrain de la science laïque. Un hadith célèbre effectivement la quête de la science jusqu'en Chine, mais toujours dans la logique de son instrumentalisation par la religion, jamais pour l'idéal purement humain et immanent d'un progrès social.

Le christianisme considère lui aussi que la Bible contient la totalité du savoir nécessaire au bon fonctionnement de l'Eglise. Pendant des siècles, elle a puissamment contribué à rendre impossible toute recherche qui, sans même les contredire, déborde les textes saints, les inquiète et les interroge. Fidèle aux leçons données par la Genèse (le savoir n'est pas désirable, la science éloigne de l'essentiel – Dieu), la religion catholique entrave la marche de la civilisation occidentale en occasionnant des dommages inestimables.

Dès le départ du christianisme, au début du IIe siècle, le paganisme fait l'objet d'une condamnation intégrale : tout ce qu'il produit est récusé, associé aux faux dieux, au polythéisme, à la magie et à l'erreur. Les mathématiques d'Euclide ? La physique d'Archimède ? La géographie d'Eratosthène ? La cartographie de Ptolémée ? Les sciences naturelles d'Aristote ? L'astronomie d'Aristarque ? La médecine d'Hippocrate ? L'anatomie d'Hérophile ? Pas assez chrétien !

Les trouvailles faites par ces génies grecs – l'héliocentrisme d'Aristarque pour ne retenir que cet exemple... – valent, évidemment, indépendamment des dieux et du système religieux d'alors. Peu importe l'existence de Zeus et des siens s'il faut déterminer les lois de l'hydrostatique, calculer la longueur d'un méridien, inventer latitudes et longitudes, mesurer la distance qui nous sépare du soleil, professer la giration de la terre autour du soleil, perfectionner la théorie des épicycles, lever la carte du ciel, établir la durée d'une année solaire, mettre en relation les marées et l'attraction lunaire, découvrir le système nerveux, proposer des hypothèses sur la circulation sanguine, autant de vérités indifférentes au peuplement du Ciel...

Tourner le dos aux acquis de ces recherches, agir comme si ces trouvailles n'avaient jamais eu lieu, reprendre les choses à zéro, c'est pour le moins stagner, entrer dans un dangereux immobilisme ; pour le pire, pendant que d'autres avancent, reculer à vive allure et se diriger aveuglément vers les ténèbres dont, par essence et par définition, toute civilisation essaie de s'affranchir pour être. Le refus des Lumières caractérise les religions monothéistes : elles chérissent les nuits mentales utiles pour entretenir leurs fables.

4

Le déni de la matière. En matière de science, l'Eglise se trompe sur tout depuis toujours : en présence d'une vérité épistémologique, elle persécute le découvreur. L'histoire de son rapport au christianisme accouche d'une somme considérable de bêtises et de stupidités. Du refus de l'hypothèse héliocentriste de l'Antiquité aux condamnations contemporaines du génie génétique s'amoncellent vingt-cinq siècles de gâchis pour l'humanité. On n'ose imaginer l'allure de l'Occident sans d'aussi longues brimades de la science !

L'une des lignes de force de ce tropisme antiscience ? La condamnation constante et acharnée des hypothèses matérialistes. Le coup de génie de Leucippe et Démocrite qui, au Vᵉ siècle avant l'ère commune, découvrent l'atome sans disposer des moyens matériels de confirmer leur intuition, ne cesse d'étonner ! Pas de microscope, pas d'instrument grossissant, pas de loupe, pas de lentilles, mais une pensée expérimentale efficace : l'extrapolation, au vu des grains de poussière dans un rai de lumière, de l'existence de particules invisibles à l'œil nu, certes, mais pourtant bel et bien existantes. Et la conclusion que l'agencement de ces atomes rend compte de la constitution de toute matière, donc du monde.

De Leucippe à Diogène d'Œnanda en passant par Epicure, Lucrèce et Philodème de Gadara la tradition atomiste est vive. Elle perdure pendant huit siècles dans l'Antiquité grecque et romaine. *De la nature des choses* propose l'exposé le plus abouti de la physique épicurienne : forme, nature, poids, nombre, constitution des atomes, agencement dans le vide, théorie de la déclivité, génération et corruption, rien ne manque pour un décodage intégral du monde. Certes, si tout est composé de matière, l'âme, l'esprit, les dieux le sont aussi. De même les hommes. Avec l'avènement de l'immanence pure, cessent les fictions, les fables, donc les religions et avec elle disparaissent les moyens de circonscrire le corps et l'âme des habitants de la cité.

La physique antique procède d'une méthode poétique. Malgré tout elle se trouve confirmée avec le temps. Les siècles passent, mais, à l'heure du microscope à balayage électronique, des accélérateurs de particules, des positrons, de la fission nucléaire et des moyens technologiques d'entrer dans le cœur de la matière, l'intuition démocritéenne se trouve validée. L'atome philosophique reçoit l'adoubement du monde scientifique – nucléaire en particulier. Cependant, l'Eglise persiste jusqu'à cette heure dans une position idéaliste, spiritualiste, antimatérialiste : dans l'âme résiste un réel irréductible à toute matière.

Pas étonnant, dès lors, que le matérialisme constitue la bête noire du christianisme depuis les origines. L'Eglise ne recule devant rien pour discréditer cette philosophie cohérente qui rend absolument compte de tout le réel. Comment mieux procéder, pour empêcher l'accès à la physique atomiste, qu'en discréditant la morale atomiste ? Calomniez donc l'éthique épicurienne : l'épicurien définit le plaisir par l'ataraxie ? transformez cette définition négative – absence de trouble – en aberration définitive, et dites qu'il célèbre la jouissance bestiale, grossière et triviale des animaux ! Dès lors, on cesse de tenir pour notable une physique dangereuse aux yeux de la caste chrétienne puisqu'elle procède d'un pourceau d'Epicure... Calomniez dix fois, cent fois, un siècle, dix siècles, il reste toujours quelque chose d'utile pour le parti du sycophante – saint Jérôme le premier.

Ainsi, l'Eglise frappe partout où un soupçon de matérialisme apparaît. Quand Giordano Bruno meurt, brûlé par les chrétiens sur le bûcher du Campo dei Fiori en 1600, il périt moins pour athéisme – il n'a jamais nié l'existence de Dieu – que pour matérialisme – il affirme la coextensivité de Dieu et du monde. Nulle part il ne blasphème, à aucun endroit de son œuvre il ne professe d'injures envers le Dieu des catholiques, il écrit, pense et affirme que ce Dieu, qui est, ne peut pas ne pas être sur le mode extensif. La substance étendue du vocabulaire à venir avec Descartes.

Giordano Bruno, dominicain par ailleurs (!), ne nie pas l'existence de l'esprit. Mais, pour son malheur, il en situe l'existence au niveau physique des atomes. Les particules sont entendues par lui comme autant de centres de vie, de lieux dans lesquels se manifeste l'esprit coéternel à Dieu. La divinité existe donc, certes, mais elle compose avec la matière, elle en est le mystère résolu. L'incarnation de Dieu, l'Eglise y croit, mais seulement dans un Fils rejeton d'une vierge et d'un charpentier. Nullement dans les atomes...

Même remarque avec Galilée, l'emblématique représentant de la haine de l'Eglise pour la science et du conflit entre Foi et Raison. La légende retient l'histoire de l'héliocentrisme : le pape et les siens condamnent l'auteur du *Dialogue concernant les deux plus grands systèmes du monde* parce qu'il défend l'hypothèse de la terre satellite d'un soleil placé au centre de l'univers. Accusation, procès, rétractation, on connaît l'histoire qui se termine par un Galilée affirmant au sortir du prétoire : *Et pourtant elle tourne...* – dixit Brecht.

En fait, les choses se sont passées autrement. Que reproche-t-on *vraiment* à Galilée ? Pas tant sa défense de l'astronomie copernicienne – une thèse pourtant contradictoire avec la position aristotélicienne de l'Eglise – que sa prise de position matérialiste... A l'époque, devant les tribunaux l'héliocentrisme vaut assignation à résidence la vie durant, une peine relativement douce ; en revanche, la défense de l'atomisme conduit directement au bûcher ! Dans ce cas, autant choisir le motif le moins dommageable... En l'occurrence plutôt confesser le péché d'héliocentrisme, véniel, que le péché atomique, mortel.

5

Une ontologie boulangère. Pour quelle raison l'Eglise tient-elle à ce point à persécuter les défenseurs d'une conception atomiste du monde ? D'abord parce que l'existence de la matière, à l'exclusion de toute autre réalité, conduit conséquemment à affirmer l'existence d'un Dieu matériel. Donc à la négation de son caractère spirituel, intemporel, immatériel et autres qualités qui figurent sur sa carte d'identité chrétienne. Ruine, dès lors, du Dieu intangible fabriqué par le judéo-christianisme.

Mais il existe une autre raison, boulangère en l'occurrence. Car l'Eglise croit à la transsubstantiation. A savoir ? Elle affirme, à partir des paroles de Jésus lors de la Cène – *Ceci est mon corps, ceci est mon sang* (Mat. XXVI, 26-28) – que le corps réel et le sang réel du Christ se trouvent dans le pain azyme. Non pas symboliquement, ni allégoriquement, mais réellement... Lors de l'élévation, le prêtre porte donc le corps du Christ réel au bout de ses bras.

Par quelle opération du Saint-Esprit le pain du boulanger produit le mystère d'un corps démultiplié et d'un sang surabondant sur toute la planète ? Au moment même où les curés officient, sur la totalité du globe, c'est à chaque fois *réellement* la chair d'un mort ressuscité réapparaissant dans son éternelle fraîcheur, telle que l'éternité ne le change pas. Féru de linguistique, le Christ use du performatif et crée du réel par sa parole : il fait que soit ce qu'il dit du simple fait de le formuler.

L'Eglise des premières heures croit à ce miracle. Celle des dernières aussi. Le *Catéchisme de l'Eglise catholique* – version XXIe siècle... – affirme toujours la présence *réelle* du Christ dans les espèces eucharistiques (article 1373). Suivent, pour légitimer cette fable, des références au concile de Trente, à la *Somme théologique* de saint Thomas d'Aquin, aux Mystères de la

Foi – étiqueté numéro 39 par l'Eglise – et autres textes de saint Jean Chrysostome qui, dans sa *Première homélie contre les Anoméens*, a bien raison de souscrire à l'invitation de Paul de Tarse qui affirme aux Corinthiens comme une occasion de se réjouir : *la science sera abolie* (1 Cor. XIII, 8). Un pareil postulat de départ semble bien nécessaire pour parvenir à de telles inepties !

Donc l'Eglise de toujours croit à la présence réelle du corps et du sang du Christ dans le pain du boulanger et le nectar du viticulteur. Mais pour faire passer pareille pilule ontologique, il faut quelques contorsions intellectuelles, et non des moindres. Et c'est la boîte à outils conceptuels d'Aristote, le philosophe chéri du Vatican, qui permet ce magnifique tour de passe-passe. D'où une série de numéros d'illusionnistes permanents avec les catégories métaphysiques du Stagirite.

Explication : le corps du Christ se trouve *véritablement, réellement, substantiellement* – vocabulaire officiel – dans l'hostie – idem pour l'hémoglobine dans le vin. Car la *substance* du pain disparaît avec les paroles du prêtre pendant que persistent les *espèces sensibles*, les *accidents* – couleur, saveur, chaleur, froideur. Les espèces se maintiennent par la volonté divine de manière miraculeuse. Qui peut le plus – créer un monde – peut le moins – tromper sur une marchandise boulangère. Certes, ça a le goût du pain, mais ce n'est pas (ou plus) du pain ! Même remarque avec le vin : ça y ressemble fortement, c'est blanc, comme le sang rouge du Christ, ça n'enivre pas (ou plus), mais il s'agit tout de même d'un monbazillac.

Il faut bien ces jongleries avec la substance et les

espèces sensibles pour parvenir à faire croire au fidèle que ce qui est (le pain et le vin) n'existe pas, et que ce qui n'est pas (le corps et le sang du Christ) existe vraiment ! Tour de prestidigitation métaphysique sans pareil ! Quand la théologie s'en mêle, la gastronomie et l'œnologie, voire la diététique et l'hématologie renoncent à leurs prétentions. Or le destin du christianisme se joue dans cette pitoyable comédie de bonneteau ontologique.

6

Epicure n'aime pas les hosties. Et Epicure dans tout cela ? Il aime le pain, puisque sa bombance avec un quignon et un modeste pot de fromage traverse les siècles et laisse d'impérissables souvenirs dans l'histoire de la philosophie. Mais il aurait ri du lapin eucharistique sorti du chapeau chrétien ! D'un long et inextinguible rire... Car, en vertu des principes énoncés dans la *Lettre à Hérodote*, une hostie se réduit à des atomes. Lucrèce expliquerait comment, avec la farine de froment et l'eau, en évitant le levain, on fabrique cette galette blanche, fade, pâteuse en bouche, fondante, avec un petit paquet d'atomes liés à leurs semblables. Rien d'utile pour la fiction de la transsubstantiation. La matière, rien d'autre.

Voilà le danger de l'atomisme et du matérialisme : il rend métaphysiquement impossibles les billevesées théologiques de l'Eglise ! A l'étalonnage atomique contemporain, on trouve dans le pain et le vin uniquement la prédiction d'Epicure : des matières. Les escamotages rendus possibles par les logorrhées sur les substances et les espèces sensibles deviennent impossibles avec la théorie épicurienne. Voilà pourquoi il faut abattre les disciples de Démocrite. Notamment en discréditant leurs vies, leurs biographies, en travestissant leur éthique ascétique en licence, dévergondage et bestialité.

En 1340, Nicolas d'Autrecourt a le front de proposer une théorie extrêmement moderne, mais atomiste de la lumière : il croit à sa nature corpusculaire (la modernité valide aujourd'hui cette théorie), ce qui suppose une identification de la substance et des qualités. Danger pour la soupe métaphysique aristotélicienne ! Sans hésiter, l'Eglise le contraint à abjurer et brûle ses écrits. C'est le début d'une persécution de toutes les recherches scientifiques qui passent par l'atomisme – que les jésuites interdisent dès 1632, et ce pendant des siècles. Le matérialisme (articles 285 et 2124 du *Catéchisme*) figure toujours parmi les condamnations de l'Eglise contemporaine...

7

Le parti pris du ratage. Puisque le fatras biblique suffit à toute science, l'Eglise passe à côté de toutes les découvertes majeures effectuées pendant les dix siècles où la poussée de l'intelligence est contenue mais pas stoppée par les autorités catholiques, apostoliques et romaines. Le progrès s'effectue grâce à des individus rebelles, des chercheurs déterminés, des scientifiques privilégiant les vérités de la raison aux croyances de la foi. Mais si l'on examine un peu les réactions de l'Eglise face aux découvertes scientifiques sur les mille dernières années, on demeure stupéfait des ratages accumulés !

Donc, refus de l'atomisme au nom de l'aristotélisme ; puis récusation de tout mécanisme au nom de l'intentionnalité d'un Dieu créateur : puisque la Genèse rapporte que Dieu part de rien et crée le monde en une semaine, tout ce qui contrarie cette thèse déchaîne les foudres du Vatican. Des causalités rationnelles ? Des enchaînements raisonnables ? Des rapports déductibles de l'observation ? Une méthode expérimentale ? Une dialectique des raisons ? Et puis quoi encore... Dieu décide, veut, crée : un point c'est tout ! Une autre option que le créationnisme ? Impossible.

Des chercheurs croient à l'éternité du monde ? A la pluralité des mondes ? (Thèses par ailleurs épicuriennes...) Impossible : Dieu a créé l'univers à partir de rien. Avant rien, il n'y a... rien. Les ténèbres, le chaos, mais aussi, parmi ce capharnaüm de néant, Dieu et ses velléités de changer tout ça. La lumière, le jour, la nuit, le firmament, le ciel, la terre, les eaux, on connaît l'histoire jusqu'aux bestiaux, reptiles, bêtes sauvages et autres humains. Voilà l'histoire officielle : généalogie datée. L'éternité des mondes ? Impossible...

Après calculs précis et minutieux, des scientifiques confirment l'idée d'Aristarque : le soleil se trouve bel et bien au centre de notre monde. L'Eglise répond : impossible. La création d'un Dieu parfait ne peut se trouver ailleurs qu'au centre, lieu de la perfection. Et puis le soleil central réactive presque les cultes solaires païens... La périphérie serait le signe d'une inconcevable imperfection, *donc* elle ne peut être prouvée scientifiquement ! Le réel a tort, et la fiction raison. L'héliocentrisme ? Impossible...

Lamarck d'abord, Darwin ensuite publient leurs découvertes, puis avancent l'un que les espèces se transforment, l'autre qu'elles évoluent en vertu de lois dites de la sélection naturelle. Les lecteurs du seul Livre secouent la tête : Dieu a créé de toutes pièces le loup et le chien, le rat des villes et le rat des champs, le chat, la belette et le petit lapin. Aucune probabilité qu'une comparaison d'ossements prouve l'évolution ou la transformation. Et puis cette idée que l'homme provient du singe ! Insupportable blessure narcissique, explique Freud. Le pape, cousin d'un babouin ? Misère... Le transformisme ? L'évolutionnisme ? Impossibles...

Dans l'atmosphère laborieuse de leurs cabinets de travail, des scientifiques affirment le polygénisme – l'existence simultanée d'un groupe d'humains sur plusieurs points géographiques à l'origine. Contradiction, éructe l'Eglise : Adam et Eve sont, de fait, réellement, le premier homme et la première femme, avant eux, rien n'existe. Le couple premier, celui du péché originel, permet cette logique de la faute, de la culpabilité, du rachat et de la rédemption. Que faire d'hommes et de femmes existant avant le péché, donc épargnés par lui ? Les pré-adamites ? Impossible...

Nettoyant des pierres, scrutant des fossiles, des géologues proposent une datation du monde. Les coquillages découverts sur des montagnes, les strates et les couches témoignent pour une chronologie immanente. Mais, problème : le chiffre ne correspond pas à la numérologie sacrée fournie par la Bible. Les chrétiens affirment que le monde a quatre mille ans, ni plus, ni moins. Les scientifiques prouvent l'existence d'un monde avant leur monde. La science a tort... La géologie, une discipline fiable ? Impossible.

Des hommes de bonne volonté ne supportent pas la mort et la maladie et pour comprendre comment faire reculer les épidémies, les pathologies, ils veulent ouvrir des corps pour apprendre du cadavre des leçons utiles aux vivants. Leur désir ? Que la mort sauve la vie. L'Eglise s'oppose absolument à des recherches sur les corps. Pas de causalités rationnelles, mais des raisons théologiques : le mal, la mort découlent d'Eve la pécheresse. La douleur, la souffrance, la maladie procèdent d'une volonté et d'une décision divines : il s'agit d'éprouver la foi des hommes et de leurs proches. Les voies du Seigneur sont impénétrables, mais il agit selon un plan connu de lui seul. Des causalités matérielles aux pathologies ? Une étiologie rationnelle ? Impossible...

Au pied de son divan, vers 1900, un médecin viennois découvre l'inconscient, les mécanismes du refoulement et de la sublimation, l'existence de la pulsion de mort, le rôle du rêve et mille autres trouvailles qui révolutionnent la psychologie alors à son stade préhistorique ; il met au point une méthode qui soigne, apaise, guérit les névroses, les affections mentales, les psychoses ; il est vrai qu'en passant, dans *L'Avenir d'une illusion*, il prouve aussi que toute religion procède d'une « névrose obsessionnelle » qui entretient également des rapports avec la « psychose hallucinatoire ». L'Eglise condamne, décrète sa fatwa et met à l'Index. L'homme animé par une force sombre sise dans son inconscient ? Voilà qui touche au dogme du libre arbitre tellement nécessaire aux chrétiens pour rendre tout un chacun responsable, donc coupable, donc punissable... Tellement utile aussi pour justifier la logique du jugement dernier ! Freud et ses trouvailles ? Allons donc... La psychanalyse ? Impossible...

Et puis, pour finir : les généticiens du XXe siècle découvrent la carte d'identité génétique, ils entrent doucement dans cet univers qui offre des possibilités magnifiques en termes de construction d'un diagnostic, de prévention des maladies, de soins plus précis, de pathologies à empêcher, ils travaillent à l'avènement d'une médecine prédictive qui révolutionne la discipline : la *Charte des personnels de santé*, éditée par le Vatican, condamne. Eviter douleurs et souffrance ? S'imaginer dispensés du prix à payer pour le péché originel ? Vouloir une médecine humaine ? Impossible...

Etonnant parti pris d'échec ! Cette constance à (se) tromper, à refuser la vérité, cette persistance dans la pulsion de mort lancée contre le vivant des recherches, la vitalité de la science, le dynamisme du progrès, ne cessent de stupéfier ! La condamnation des vérités scientifiques – la théorie atomiste, l'option matérialiste, l'astronomie héliocentrique, la datation géologique, le transformisme, puis l'évolutionnisme, la thérapie psychanalytique, le génie génétique –, voilà les succès de Paul de Tarse qui appelait à tuer la science. Projet réussi au-delà de toute espérance !

On comprend que pour parvenir à ce taux phénoménal de réussite dans l'échec, l'Eglise a dû montrer une détermination sans nom ! La persécution, les mises à l'Index, les bûchers, les machineries de l'Inquisition, les emprisonnements, les procès n'ont pas cessé... Interdiction fut faite pendant des siècles de lire directement la Bible sans la médiation du clergé. Pas question d'aborder ce livre avec les armes de la raison, de l'analyse, de la critique, en historien, en philologue, en géologue, en scientifique. Avec Richard Simon au XVIIᵉ siècle paraissent les premières études exégétiques chrétiennes sur l'Ancien et le Nouveau Testament. Evidemment, Bossuet et l'Eglise catholique le persécutent vivement. Le fruit de l'arbre de la connaissance libère une amertume longue en bouche...

III

DÉSIRER L'INVERSE DU RÉEL

1

Inventer des arrière-mondes. Les monothéismes n'aiment pas l'intelligence, les livres, le savoir, la science. A cela, ils ajoutent une forte détestation pour la matière et le réel, donc toute forme d'immanence. A la célébration de l'ignorance, de l'innocence, de la naïveté, de l'obéissance, de la soumission, les trois religions du Livre ajoutent un semblable dégoût pour la texture, les formes et les forces du monde. L'ici-bas n'a pas droit de cité, car la terre entière porte le poids du péché originel jusqu'à la fin des temps.

Pour signifier cette haine de la matière, les monothéistes ont créé de toutes pièces un monde d'antimatière ! Dans l'Antiquité, honnie quand il s'agit de science, les doctrinaires du Dieu unique sollicitent Pythagore – lui-même formé à la pensée religieuse orientale... – et Platon pour bâtir leur cité sans chair : les Idées font merveille dans ce chantier intellectuel, elles ressemblent à s'y méprendre à des clones de Dieu : comme lui elles sont éternelles, immortelles, sans étendue, inaccessibles au temps, elles échappent à la génération et à la corruption, elles résistent à toute appréhension sensuelle, phénoménale, corporelle, elles n'exigent rien d'autre qu'elles-mêmes pour exister, durer, persévérer dans leur être, et tutti quanti ! Leurs identités collent à celles de Yahvé, Dieu et Allah. Avec une pareille substance, les monothéismes créent des châteaux en Espagne utiles pour discréditer toute autre habitation réelle, concrète et immanente.

D'où la schizophrénie des monothéismes : ils jugent et jaugent l'ici et maintenant au nom d'un ailleurs ; ils pensent la cité terrestre uniquement en regard de la cité céleste ; ils se soucient des hommes, mais à l'aune des anges ; ils considèrent l'immanence si et seulement si elle sert de marchepied à la transcendance ; ils veulent bien se soucier du réel sensible, mais pour mesurer le rapport entretenu avec son modèle intelligible ; ils considèrent la Terre, pourvu qu'elle fournisse l'occasion du Ciel. A force de se trouver entre ces deux instances contradictoires, il se crée une béance de l'être, une blessure ontologique impossible à refermer. De ce vide existentiel sans comblement naît le malaise des hommes.

Là encore le monisme atomiste et l'unité matérialiste permettent d'éviter ces métaphysiques trouées. La logique de qui pense le réel exclusivement constitué de matière et le réel réductible à ses seules manifestations terrestres, sensuelles, mondaines, phénoménales, empêche l'errance mentale et la coupure avec le seul et vrai monde. Le dualisme pythagoricien, platonicien, chrétien écartèle l'être qui s'y soumet. A viser le Paradis, on manque la Terre. L'espoir d'un au-delà, l'aspiration à un arrière-monde génèrent immanquablement le désespoir ici et maintenant. Ou l'imbécile béatitude du ravi de la crèche...

2

Les oiseaux de Paradis. Ce monde en dehors du monde produit deux créatures fantasques : l'Ange et le Paradis. Le premier fonctionne en prototype de l'anti-homme, le second, en antimonde. De quoi demander aux humains de détester leur condition et mépriser leur réel pour aspirer à une autre essence, puis une autre existence. L'aile de l'Ange signifie le contraire de l'arraisonnement sur terre des hommes ; la géographie du Paradis témoigne d'une définitive atopie, d'une éternelle utopie et d'une congénitale uchronie.

Les juifs disposent de leur propre élevage de créatures ailées : les chérubins gardent l'entrée du jardin d'Eden, les séraphins les accompagnent, on se souvient de celui qui visite Abraham, ou de son compère luttant avec Jacob. Leur métier ? Louer l'Eternel dans une cour céleste. Car Dieu ignore les petitesses humaines ; certes, mais Il aime tout de même la célébration de sa grandeur. Talmud et Kabbale en regorgent. Serviteurs de Dieu, donc, mais aussi protecteurs des justes et des enfants d'Israël, on les voit parfois quitter leur demeure céleste pour porter un message de Dieu aux hommes. L'Hermès païen ne siège jamais bien loin, lui aussi plumé, mais sur son couvre-chef et ses pieds...

Purs esprits composés de lumière – ce qui, en toute logique, n'interdit pas les plumes et les ailes, sûrement spirituelles et lumineuses... –, les anges méritent notre attention car ils sont sans sexe. Ni hommes ni femmes, androgynes, un peu des deux, enfantins même, épargnés par les affres de la copulation. Heureux volatiles, ils ignorent la condition sexuée : pas de désir, pas de libido ; volailles béates, ils ne connaissent pas la faim et la soif, ils se nourrissent tout de même de manne – l'ambroisie des dieux païens –, mais, bien sûr, ne défèquent pas ; joyeux oiseaux, ils ignorent la corruption, la déchéance et la mort.

Et puis il existe aussi des anges déchus, rebelles : les créatures insoumises. Dans le jardin d'Eden, le Diable – « le calomniateur, celui qui jette », dit Littré – enseigne ce qu'il sait : la possibilité de désobéir, de ne pas se soumettre, de dire non. Satan – « l'opposant, l'accusateur », toujours Littré – souffle l'esprit de liberté sur les eaux sales du monde des origines où seule triomphe l'obéissance – règne de la servitude maximale. Pardelà le Bien et le Mal, et non incarnation de ce dernier, le Diable dit les possibles libertaires. Il rend aux hommes leur puissance sur eux-mêmes et le monde, il affranchit de toute tutelle. Ces anges déchus, on s'en doute, s'attirent la haine des monothéistes. En revanche, ils bénéficient de la passion incandescente des athées...

3

Désirer l'inverse du réel. On s'en doute, le lieu de ces corps impossibles est lui aussi impossible : le Paradis – toujours selon Littré : « jardin enclos ». Pentateuque, Genèse et Coran sacrifient à cette géographie hystérique. Mais les musulmans lui donnent sa description la plus aboutie. Elle vaut la peine ! Ruisseaux, jardins, fleuves, sources, parterres fleuris, fruits et boissons magnifiques, houris aux grands yeux, toujours vierges, jeunes gens avenants, lits en abondance, vêtements superbes, tissus luxueux, parures extraordinaires, or, perles, parfums, vaisselles précieuses, rien ne manque à ce dépliant d'un syndicat d'initiative ontologique.

La définition du Paradis ? L'antimonde, le contraire du réel. Les musulmans respectent scrupuleusement les rites, communient dans une logique rigoureuse du licite et de l'illicite, obéissent aux lois drastiques qui règlent la partition des choses en pures et impures. Au Paradis, tout cela cesse, plus d'obligations, plus de rites, plus de prières. Au banquet céleste, on boit du vin (LXXXIII, 25 et XLVII, 15), on consomme du porc (LII, 22), on chante, on porte de l'or (XVIII, 31) – interdit de son vivant –, on mange et boit dans des plats et vases en métaux précieux – illicite sur terre –, on porte de la soie – répugnant dans ce monde, le fil est une déjection de larve... –, on lutine les houris (XLIV, 54), on dispose de vierges éternelles (LV, 70) ou d'éphèbes (LVI, 17) sur des couches de pierres précieuses – sous la tente du désert, c'est un tapis et les femmes légitimes, trois maxi... : en fait, tout ce qui a été interdit devient libre d'accès, *ad libitum*...

Dans le campement, la vaisselle est de terre cuite : au Paradis, en pierres et métaux précieux ; sous la tente, assis sur des tapis de poils rudes, on partage une modeste pitance pas facile à trouver tous les jours, lait de chamelle, viande de mouton, thé à la menthe : au Ciel, mets et boissons regorgent en quantités astronomiques, disposées sur des tissus de satin vert, de brocart ; sous le vélum tribal, les odeurs sont rudes, fortes, puissantes – sueur, crasse, cuirs, poils d'animaux, fumées, suif, suint : en compagnie de Mahomet, seulement des fragrances magnifiques : camphre, musc, gingembre, encens, myrrhe, cannelle, cinnamome, lédanon ; autour du feu, si d'aventure on boit de l'alcool, l'ébriété menace : dans les empyrées musulmans, on ignore l'ivresse (XXXVII, 47) et, chose appréciable, le mal de tête (LVI, 19), de plus la consommation sans modération est sans risque de générer le péché !

Toujours dans la logique du Paradis comme anti-monde désirable pour faire accepter le monde réel, souvent indésirable : l'islam est originellement une religion du désert au climat brutal, chaud et violent ; au Paradis règne un éternel printemps, ni soleil, ni lune, une éternelle clarté, jamais de jour, jamais de nuit ; le sirocco tanne la peau, l'harmattan calcine les chairs ? Au Ciel islamique, le vent embaumé de musc se charge de douceur aux fleuves de lait, de miel, de vin et d'eau, puis distribue généreusement sa douceur ; la cueillette est souvent hasardeuse, on trouve, on ne trouve pas, on trouve peu, baies ridicules, dattes à l'unité, figues rares ? Chez Mahomet existent des raisins si gros qu'un corbeau voulant tourner autour de la grappe a besoin de plus d'un mois pour effectuer son périple ! Dans l'immense étendue de sable des déserts, la fraîcheur de l'ombre est rarissime, bienvenue ? A l'hôtel des Idées musulmanes, un cheval met cent ans pour sortir de l'ombre d'un bananier. Les caravanes sont longues dans les dunes, les progressions lentes, les kilomètres interminables dans le sable ? L'écurie du Prophète possède des chevaux ailés, créés de rubis rouge, affranchis des contraintes matérielles, ils évoluent à des vitesses sidérales...

Même remarque, enfin, avec le corps. Partenaire pénible qui, sans relâche, demande sa ration d'eau, sa quantité de nourriture, sa satisfaction libidinale, autant d'occasions de s'éloigner du Prophète et de la prière, autant de raisons de servitude à l'endroit des nécessités naturelles, le corps en Paradis rayonne de son immatérialité : plus de repas, sauf pour le pur plaisir. Dans le cas d'une ingestion, la digestion n'encombre pas – Jésus déjà qui mange du pain, du vin et du poisson n'excrète jamais... : ni flatulences, ni gaz d'échappement, car ces fumées pestilentielles sur terre deviennent au ciel des éructations musquées exhalées du corps en moiteur !

On n'est plus soumis aux besoins de procréer pour assurer une descendance ; on ne dort plus, car on ignore désormais la fatigue ; on ne se mouche plus ni ne crache ; on ignore les maladies jusqu'à la fin des temps ; on raye de son vocabulaire le chagrin, la peur et l'humiliation, si souvent impérieux sur terre ; on ne désire plus – le désir est douleur et manque, dit la tradition platonicienne... –, il lui suffit d'apparaître pour se transformer illico en plaisir : regarder un fruit avec envie suffit pour sentir son goût, sa texture et son parfum en bouche...

Qui peut refuser cela ? On comprend que, tentés par ces vacances de rêve perpétuel, des millions de musul-

mans partent sur les champs de bataille depuis la première razzia du Prophète à Nakhla jusqu'à la guerre
Iran-Irak ; que des bombes humaines terroristes pales-
tiniennes déchaînent la mort sur les terrasses de café
israéliennes ; que des pirates de l'air précipitent des
avions de ligne contre les Tours jumelles de New York ;
que des poseurs de pains de plastic éventrent des trains
remplis de gens qui partent au travail à Madrid. Encore
faut-il sacrifier à ces fables qui sidèrent l'intelligence
la plus modeste...

4

En finir avec les femmes. Faut-il voir dans la haine
des femmes commune au judaïsme, au christianisme et
à l'islam, la conséquence logique de la haine de l'intelligence ? Retour aux textes : le péché originel, la faute,
cette volonté de savoir, passe d'abord par la décision
d'une femme, Eve. Adam, l'imbécile, se satisfait absolument d'obéir et se soumettre. Quand le serpent (Iblis
dans le Coran, lapidé depuis des siècles par des millions de pèlerins à La Mecque sous la forme primitive
d'un bétyle...) parle – normal, tous les serpents parlent... –, il s'adresse à la femme et entame un dialogue
avec elle. Serpent tentateur, femme tentée, donc femme
tentatrice pour l'éternité, le pas se franchit facilement...

La haine des femmes ressemble à une variation sur
le thème de la haine de l'intelligence. A quoi on
ajoute : la haine de tout ce qu'elles représentent pour
les hommes : le désir, le plaisir, la vie. La curiosité
aussi – Littré confirme qu'on nomme « fille d'Eve »

toute femme curieuse. Elle donne envie, elle donne la vie aussi : par elle se perpétue le péché originel dont Augustin assure qu'il se transmet dès la naissance, dans le ventre de la mère, via le sperme du père. Sexualisation de la faute.

Les monothéismes préfèrent mille fois l'Ange à la Femme. Plutôt un monde de séraphins, de trônes et d'archanges qu'un univers féminin, du moins mixte ! Pas de sexe, surtout pas. La chair, le sang, la libido, naturellement associés aux femmes, fournissent pour le judaïsme, le christianisme et l'islam autant d'occasions de décréter l'illicite, l'impur, donc de déchaîner des combats contre le corps désirable, le sang des femmes libérées de la maternité, l'énergie hédoniste. Bible et Coran s'en donnent à cœur joie dans les anathèmes sur ces sujets.

Les religions du Livre détestent les femmes : elles n'aiment que les mères et les épouses. Pour les sauver de leur négativité consubstantielle, il n'y a pour elles que deux solutions – en fait une en deux temps –, épouser un homme, puis lui donner des enfants. Quand elles s'occupent de leur mari, lui font la cuisine, règlent les problèmes du foyer, quand elles ajoutent à cela la nourriture des enfants, leurs soins, leur éducation, il ne reste plus de place pour le féminin en elles : l'épouse et la mère tuent la femme, ce sur quoi comptent les rabbins, les prêtres et les imams pour la tranquillité du mâle.

Le judéo-christianisme défend l'idée qu'Eve – elle existe dans le Coran comme femme d'Adam, certes, mais n'est jamais nommée, un signe... l'innommée est innommable ! – a été créée secondairement (sourate III, 1), accessoirement, à partir de la côte d'Adam

(Gen. II, 22) ! Un bas morceau détourné du corps princeps. D'abord le mâle, ensuite, comme fragment détaché, relief, miette : la femelle. L'ordre d'arrivée, la modalité existentielle participative, la responsabilité de la faute, tout accable Eve. Depuis, elle paie le prix fort.

Son corps est maudit, et elle aussi dans sa totalité. L'ovule non fécondé exacerbe le féminin en creux, par négation de la mère. D'où l'impureté des règles. Le sang menstruel présente également le danger des périodes d'infécondité. Une femme stérile, inféconde, voilà le pire oxymore pour un monothéiste ! Et puis cette période est sans danger pour la maternité, on ne risque pas la grossesse, la sexualité peut donc être dissociée de la crainte, puis pratiquée pour elle-même. La potentialité d'une sexualité découplée de l'engendrement, donc d'une sexualité pure, d'une pure sexualité, voilà le mal absolu.

Au nom de ce même principe, les trois monothéismes condamnent à mort les homosexuels. Pour quelles raisons ? Parce que leur sexualité interdit – jusqu'à maintenant... – les destins de père, de mère, d'époux et d'épouse, et affirme clairement la primauté et la valeur absolue de l'individu libre. Le célibataire, dit le Talmud, est un demi-homme (!), à quoi le Coran répond dans les mêmes termes (XXIV, 32), pendant que Paul de Tarse voit dans le solitaire un danger pour la concupiscence, l'adultère, la sexualité libre. D'où son invitation, à défaut de chasteté impossible, au mariage, la meilleure des réductions libidinales.

De même, on retrouve une semblable critique de l'avortement dans les trois religions. La famille fonctionne en horizon indépassable, en cellule de base de la communauté. Elle suppose les enfants, que le judaïsme considère comme la condition de la survie de son Peuple, que l'Eglise veut voir croître et multiplier, que les musulmans voient comme un signe de bénédiction du Prophète. Tout ce qui entrave cette démographie métaphysique déclenche la colère monothéiste. Dieu n'aime pas le planning familial.

Pour autant, récemment accouchée, la mère juive entre dans un cycle d'impureté. Le sang, toujours le sang. Dans le cas d'un fils, l'interdiction d'entrer dans le sanctuaire est de quarante jours ; pour les filles : soixante ! Dixit le Lévitique... On connaît la prière juive du matin qui invite chaque homme à bénir Dieu dans la journée pour l'avoir fait juif, non esclave et... pas femme (Men. 43 b) ! On n'ignore pas non plus que le Coran ne condamne pas explicitement la tradition tribale pré-islamique qui justifie la *honte* de devenir père d'une fille et légitime l'interrogation : *conserver* l'enfant ou l'*enfouir sous la poussière* (XVI, 58) ? (La partiale édition de la Pléiade précise en note, pour atténuer la barbarie probablement, que c'est par crainte de la pauvreté – et quand bien même !)

De leur côté, joyeux drilles, les chrétiens soumettent à la discussion au concile de Mâcon, en 585, le livre d'Alcidalus Valeus intitulé *Dissertation paradoxale où l'on essaie de prouver que les femmes ne sont pas des créatures humaines*... On ne sait où est le paradoxe (!), ni si l'essai fut transformé, pas plus si Alcidalus a conquis son public de hiérarques chrétiens déjà acquis à sa cause – il suffit de souscrire aux innombrables imprécations misogynes de Paul de Tarse... –, mais la prévention de l'Eglise à l'endroit des femmes reste d'une sinistre actualité.

5

Célébration de la castration. On connaît les péripéties d'Origène qui prend Matthieu au pied de la lettre. L'évangéliste disserte (XIX, 12) sur les eunuques, établit une typologie – privés de testicules de naissance, castrés par les autres, ou mutilés par eux-mêmes à cause du Royaume de Dieu – et conclut : « que celui qui peut comprendre comprenne ». Malin, Origène taille dans le vif et d'un coup de lame se supprime les génitoires – avant probablement de découvrir que le désir n'est pas affaire de bourses, mais de cerveau. Mais trop tard...

La littérature monothéiste abonde en références à l'extinction de la libido et à la destruction du désir : éloge de la continence, célébration de la chasteté dans l'absolu ; puis, dans le relatif, et parce que les hommes ne sont pas des dieux ni des anges, mais plutôt des bêtes avec lesquelles il faut composer, promotion du mariage avec fidélité à l'épouse – ou aux épouses en cas juifs ou musulmans –, enfin concentration de toute sexualité en direction de la procréation. La famille, le mariage, la monogamie, la fidélité, autant de variations sur le thème de la castration... Comment devenir un Origène virtuel.

Le Lévitique et les Nombres fixent précisément la règle en matière d'intersubjectivité sexuelle juive : pas

de relations sexuelles en dehors du mariage ; légitimation de la polygamie ; divorce à discrétion de l'époux
sans grandes formalités – la remise d'une lettre, un
guet, à l'épouse répudiée suffit ; illégalité du mariage
avec un non-juif ; transmission de la judéité par la
mère – elle a neuf mois pour prouver qu'elle l'est bien,
le père n'étant jamais certain... ; interdiction pour les
femmes d'étudier la Torah – obligatoire pour les hommes ; pas d'autorisation, pour les descendantes d'Eve,
de réciter les prières, de porter le châle, d'arborer les
phylactères, de sonner le *chofar*, de construire la hutte
rituelle – une *soukka* – , de faire partie du groupe mini-
mal de dix nécessaire à la prière – le *minyan* ; inéligi-
bilité aux fonctions administratives et judiciaires ;
autorisation de posséder, mais pas de gérer ni n'admi-
nistrer ses propres biens, la tâche du mari. De quoi
vérifier que Dieu fait l'homme à son image, pas à celle
de la femme...

La lecture du Coran montre l'évidente parenté entre
ces deux religions. L'islam affirme nettement la supériorité des mâles sur les femelles, car Dieu préfère les
hommes aux femmes (IV, 34). D'où une série de diktats : interdiction de laisser à l'air libre les cheveux – le
voile (XXIV, 30) –, la peau des bras et des jambes ;
pas de sexualité hors la relation légitime avec un membre de la communauté qui lui aussi peut posséder plusieurs épouses (IV, 3) ; condamnation de la polyandrie
pour les femmes, bien sûr ; éloge, évidemment, de la
chasteté (XVII, 32/XXXIII, 35) ; interdiction de se
marier avec un non-musulman (III, 28) ; prohibition
des vêtements d'hommes pour les femmes ; pas de

mixité à la mosquée ; pas question de serrer la main d'un homme, sinon avec un gant ; mariage obligatoire, pas de tolérance pour le célibat (XXIV, 32), même au nom de la religion ; passion et amour déconseillés dans le mariage célébré pour le bien de la famille (IV, 25), de la tribu et de la communauté ; invitation à se soumettre à tous les désirs sexuels du mari – qui *laboure* sa femme à volonté, comme sa terre, la métaphore est coranique (II, 223)... ; légitimation des coups sur son épouse en cas de suspicion, la culpabilité n'a pas même à être prouvée (IV, 34) ; même facilité à répudier, même minorité existentielle, même infériorité juridique (II, 228) – un témoignage féminin équivaut à la moitié d'un témoignage masculin ; une femme stérile et une femme déflorée avant le mariage valent la même chose : rien.

D'où un éloge de la castration : les femmes sont trop. Trop de désir, trop de plaisir, trop d'excès, trop de passions, trop de débordement, trop de sexe, trop de délire. Elles mettent en péril la virilité du mâle. Dieu, la méditation, la prière, l'accomplissement des rites, l'observance du licite et de l'illicite, le souci du divin dans le moindre détail de la vie quotidienne, voilà ce vers quoi il faut tendre. Le Ciel, pas la Terre. Encore moins le pire de la Terre : les Corps... La femme, lointaine tentée devenue perpétuelle tentatrice, menace la représentation que l'homme se fait de lui-même, phallus triomphant, porté comme une amulette de l'être. L'angoisse de la castration meut toute existence vécue sous le regard de Dieu.

6

Sus aux prépuces ! Faut-il dès lors s'étonner que les juifs tiennent tant à la circoncision, suivis sur ce terrain comme sur tant d'autres par les musulmans, qu'un débat anime le christianisme des origines sur ce sujet, et que Paul de Tarse, circoncis lui aussi, règle le problème pour les chrétiens qui décident d'épargner la chair réelle pour lui préférer la *circoncision du cœur* (Actes des apôtres XV, 1), de l'esprit, et autres choses qu'on voudra – les lèvres, les vraies, celles de la bouche, les yeux, les oreilles, et autres parties du corps répertoriées dans le Nouveau Testament. Ce qui dispense aujourd'hui les chrétiens – sauf les coptes, chrétiens d'Egypte – d'arborer leur gland à l'air libre...

Etrange comme l'excision – la circoncision féminine, plusieurs langues utilisent le même mot pour les deux mutilations – des petites filles révulse l'Occidental, mais ne génère aucune condamnation quand elle est pratiquée sur les petits garçons. Le consensus semble absolu, jusqu'à ce qu'on invite son interlocuteur à réfléchir sur le bien-fondé de cette opération chirurgicale qui consiste à retrancher une partie saine du corps d'un enfant non consentant sans raison médicale – la définition juridique de... la mutilation.

Quand une philosophe canadienne – Margaret Somerville – aborde la question en dehors de tout esprit polémique, avec des arguments de raison, en mobilisant la comparaison, l'analyse, lorsqu'elle fournit de véritables informations anatomiques, scientifiques, neuro-pathologiques, psychologiques à l'appui de la thèse de la mutilation, elle subit un très rude tir de barrage de la part de ses compatriotes, au point qu'après cette levée de boucliers nationale, elle persiste dans ses analyses, certes, mais suspend son jugement, puis consent à légitimer la circoncision pour des raisons... religieuses. (Pour information, 60 % des Américains sont circoncis, 20 % des Canadiens, 15 % des Australiens en vertu d'arguments non religieux, prétendument pour l'hygiène.)

Bandage chinois des pieds, allongement padaoung du cou avec des anneaux, limage des dents, perçage du nez, des oreilles ou des lèvres dans les tribus d'Amazonie, scarifications et tatouages polynésiens, écrasement péruvien de la boîte crânienne procèdent des mêmes pensées magiques que l'excision et l'infibulation africaines ou la circoncision juive et musulmane. Marquage du corps pour des raisons religieuses, souffrances rituelles afin de gagner son intégration dans la communauté, pratiques tribales destinées à attirer sur soi la bienveillance des dieux, les raisons ne manquent pas – sans convoquer les hypothèses psychanalytiques.

Pourquoi sourire du chevillage du gland océanien, de l'éviration des skopzi russes – une secte de chrétiens officiant entre le XVIIIe siècle et les années 1920... –, de la subincision australienne – pénis fendu du méat au scrotum, sur toute la longueur... ? Car les logiques mentales, les présupposés ontologiques, les doses de pensée magique sont très exactement les mêmes. Sauf à trouver barbare ce qui n'est pas de notre usage – Montaigne, déjà... – , comment accepter et légitimer nos mutilations, puis refuser celles du voisin ?

Car la mutilation est avérée. D'abord sur le principe juridique : le droit interdit toute intervention chirurgicale sans le motif médical d'une pathologie vraiment fondée. Or le prépuce n'est pas une pathologie à soi seul. Ensuite sur le terrain physiologique : la surface de peau enlevée correspond à la moitié ou les deux tiers du recouvrement tégumentaire du pénis. Cette zone de trente-deux centimètres carrés chez un adulte – peau externe, peau interne – concentre plus de mille terminaisons nerveuses, dont deux cent cinquante pieds de nerfs. D'où la résection de l'une des structures les plus innervées du corps.

De plus, la disparition du prépuce – que les peuplades primitives enterrent, mangent, sèchent, pulvérisent, conservent – entraîne une cicatrice circonférentielle qui kératinise avec le temps : l'exposition permanente aux frottements des tissus agit de manière abrasive sur la peau qui se durcit et perd de sa sensibilité. L'assèchement de cette surface et la disparition de la lubrification suppriment du confort sexuel pour les deux partenaires.

7

Dieu aime les vies mutilées. Le Coran n'invite ni n'oblige à la circoncision, mais il ne condamne pas. Pour bien faire, la tradition veut que Mahomet soit né circoncis ! Pas plus le Livre ne prescrit l'excision ou l'infibulation. En revanche, dans la corne est de l'Afrique où se pratiquent ces mutilations, la résection du capuchon clitoridien est appelée « sunna douce » ; celle de la tête du capuchon « sunna modifiée ». *Sunna* signifiant « tradition et voie du Prophète »...

Les juifs tiennent également pour cette mutilation comme un signe d'appartenance radical à la communauté. Le seul ou presque tant la rigidité sur ce point – si l'on peut dire... – est redoutable : Dieu l'exige d'Abraham qui s'exécute à quatre-vingt-dix-neuf ans ; il la préconise pour tous les membres mâles de la maison, même les esclaves ; il la codifie le huitième jour après la naissance ; il en a fait le signe de l'Alliance spécifique avec son peuple élu. La circoncision importe tellement que si elle tombe un jour de shabbat, toute interdiction d'activité associée rituellement à ce jour disparaît. Même dans le cas d'un enfant mort avant l'ablation du prépuce, le mohel effectue son travail.

Montaigne raconte une circoncision dans son *Journal de voyage* : le circonciseur utilise un couteau placé préalablement sous l'oreiller de la mère afin de s'assurer les meilleures faveurs. Il tire le pénis, bloque la peau, repousse le gland, taille à vif, sans anesthésie, pour enlever le prépuce. Après avoir avalé une gorgée de vin conservée dans sa bouche, il suce la plaie – l'aspiration rituelle se nomme la *méziza* –, puis aspire le sang afin d'éviter qu'il reste au fond de la plaie, dit le Talmud. Il recrache à trois reprises. Alors l'enfant entre dans la communauté : on lui donne son nom. Depuis Montaigne, le rite n'a pas bougé, *méziza* comprise.

Tout a été dit sur ce rite primitif et sa persistance au travers des siècles. Freud – dont les biographes soulignent son mauvais souvenir de circoncision – a parlé, et après lui nombre de psychanalystes, de suppression du féminin dans l'homme (circoncision) comme écho à celle du masculin dans la femme (excision) ; d'avertissement paternel, puis de mise en garde contre le désir œdipien par la menace d'une plus grande castration ; de répétition de la section du cordon ombilical comme symbole d'une nouvelle naissance. Certes, en plus du rituel d'appartenance identitaire et communautaire, tout cela compte probablement.

Mais aussi, et surtout, cette hypothèse formulée par deux philosophes juifs, Philon d'Alexandrie dans *Quaestiones in Genesim* et Moïse Maïmonide dans *Le guide des égarés* : cette opération vise et veut l'affaiblissement de l'organe sexuel ; elle recentre l'individu sur l'essentiel en évitant de le voir gâcher par des présomptions érotiques une énergie mieux employée à la célébration de Dieu ; elle affaiblit la concupiscence et facilite la domination de la volupté. A quoi on peut ajouter : elle altère les possibilités sexuelles, empêche une jouissance pure, pour elle-même ; elle écrit dans la chair et avec elle la haine du désir, de la libido et de la vie ; elle signifie l'empire des passions mortifères à l'endroit même des pulsions vitales ; elle révèle l'une des modalités de la pulsion de mort retournée contre autrui pour son bien, comme toujours...

Avec le christianisme et les décisions de Paul, la circoncision devient affaire mentale. Plus besoin d'une marque dans la chair, la mutilation ne correspond à rien de réel. Seule importe la circoncision du cœur, donc. Pour ce faire, il s'agit de dépouiller le corps de tous les péchés produits par la concupiscence charnelle. D'où le baptême, certes, mais aussi et surtout l'ascèse quotidienne d'une vie consacrée à l'imitation du Christ, de sa souffrance et de sa Passion. Avec le

Tarsiote le fidèle garde son pénis entier certes, mais il perd la totalité de son corps : il s'agit désormais de se séparer de lui dans sa totalité à la manière dont le circonciseur abolit le prépuce. Avec le christianisme, la pulsion de mort entreprend de gangrener la planète entière...

TROISIÈME PARTIE

TROISIÈME PARTIE

Christianisme

I

LA CONSTRUCTION DE JÉSUS

1

Histoires de faussaires. A l'évidence Jésus a existé – comme Ulysse et Zarathoustra, dont il importe peu de savoir s'ils ont vécu physiquement, en chair et en os, dans un temps précis en un lieu repérable. L'existence de Jésus n'est aucunement avérée historiquement. Aucun document contemporain de l'événement, aucune preuve archéologique, rien de certain ne permet de conclure aujourd'hui à la vérité d'une présence effective à la charnière des deux mondes abolissant l'un, nommant l'autre.

Pas de tombeau, pas de suaire, pas d'archives, sinon un sépulcre inventé en 325 par sainte Hélène, la mère de Constantin, très douée puisqu'on lui doit également la découverte du Golgotha et celle du *titulus*, le morceau de bois qui porte le motif de la condamnation. Une pièce de tissu dont la datation au carbone 14 témoigne qu'il date du XIII\ siècle de notre ère et dont seul un miracle aurait pu faire qu'il enveloppe le corps du Christ plus de mille ans avant le cadavre putatif !

Enfin, trois ou quatre vagues références très imprécises dans des textes antiques – Flavius Josèphe, Suétone et Tacite –, certes, mais sur des copies effectuées quelques siècles après la prétendue crucifixion de Jésus et surtout bien après le succès de ses thuriféraires...

En revanche, comment nier l'existence conceptuelle de Jésus ? Au même titre que le Feu d'Héraclite, l'Amitié d'Empédocle, les Idées platoniciennes ou le Plaisir d'Epicure, Jésus fonctionne à merveille en Idée sur laquelle s'articulent une vision du monde, une conception du réel, une théorie du passé peccamineux et du futur dans le salut. Laissons aux amateurs de débats impossibles à conclure la question de l'existence de Jésus et attelons-nous à celles qui importent : qu'en est-il de cette construction nommée Jésus ? pour quoi faire ? dans quels desseins ? afin de servir quels intérêts ? qui crée cette fiction ? de quelle manière ce mythe prend-il corps ? comment évolue cette fable dans les siècles qui suivent ?

Les réponses à ces interrogations supposent un détour par un treizième apôtre hystérique, Paul de Tarse, par un « évêque des affaires extérieures », comme il se nomme, auteur d'un coup d'Etat réussi, Constantin, par ses suivants qui excitent des chrétiens à piller, torturer, massacrer, brûler des bibliothèques, Justinien, Théodose, Valentinien. De l'ectoplasme invisible aux pleins pouvoirs de ce fantôme sur un Empire, puis sur le monde, l'histoire coïncide avec la généalogie de notre civilisation. Elle commence dans un brouillard historique en Palestine, se poursuit à Rome, puis Byzance dans les ors, le faste et la pourpre du pouvoir chrétien, elle sévit encore aujourd'hui dans des millions d'esprits formatés par cette incroyable histoire construite sur du vent, de l'improbable, de l'imprécis, des contradictions que l'Eglise balaie depuis toujours à coups de violences politiques.

On comprend dès lors que les documents existants relèvent la plupart de faux habilement exécutés. Les bibliothèques brûlées, les sacs à répétition des vandales, les incendies accidentels, les persécutions et les autodafés chrétiens, les tremblements de terre, la révolution des supports qui déclasse un jour le papyrus au profit du parchemin et suppose pour les copistes, sectateurs zélés du Christ, des choix entre les documents à sauver et ceux qu'on renvoie au néant, les libertés prises par les moines qui établissent les éditions d'auteurs antiques dans lesquels on ajoute ce qui fait défaut en regard de la considération rétrospective des vainqueurs, voilà matière à affolements philosophiques !

Rien de ce qui subsiste n'est fiable. L'archive chrétienne relève d'une fabrication idéologique, et même Flavius Josèphe, Suétone ou Tacite dans lesquels une poignée de mots signale l'existence du Christ et de ses fidèles au Ier siècle de notre ère obéissent à la loi du trucage intellectuel. Quand un moine anonyme recopie les *Antiquités* de l'historien juif arrêté et devenu collaborateur du pouvoir romain, lorsqu'il a sous les yeux un original des *Annales* de Tacite ou de la *Vie des douze Césars* de Suétone et qu'il s'étonne de l'absence dans le texte d'une mention de l'histoire à laquelle il croit, de bonne foi il ajoute un passage de sa main, sans vergogne, sans complexe, sans imaginer qu'il agit mal ou fabrique un faux, d'autant qu'à l'époque on n'aborde pas le livre avec l'œil du contemporain obsédé par la vérité, le respect de l'intégrité du texte et le droit d'auteur... Aujourd'hui encore nous lisons ces écrivains de l'Antiquité à partir de manuscrits postérieurs de plusieurs siècles à leurs auteurs et contemporains des copistes chrétiens qui sauvent leurs contenus en les arrangeant pour qu'ils aillent dans le sens de l'histoire...

2

Cristalliser l'hystérie. Les ultra-rationalistes – de Prosper Alfaric à Raoul Vaneigem – disent probablement vrai sur l'inexistence historique de Jésus. Le corpus fermé des textes, documents et renseignements dont nous disposons a été tourné dans tous les sens pendant des décennies sans qu'aucune conclusion définitive n'apparaisse et n'emporte définitivement l'avis général. De Jésus fiction à Jésus Fils de Dieu, le spectre est large, et la quantité des hypothèses justifie aussi bien l'athéisme agressif et militant de l'Union rationaliste que l'adhésion à l'Opus Dei...

Ce que l'on peut dire, c'est que l'époque dans laquelle Jésus apparaît prétendument fourmille d'individus de son acabit, de furieux prophètes, de fous illuminés, d'hystériques convaincus de l'excellence de leurs vérités grotesques, d'annonciateurs d'apocalypses. Une histoire de ce siècle allumé en comprendrait de nombreuses occurrences, les philosophes gnostiques d'ailleurs procèdent de cette effervescence millénariste et de cette folie furieuse qui touche cette époque d'angoisse, de crainte et de basculement dans un monde inconnu de tous. L'ancien craque, se fissure, menace effondrement. Cette disparition annoncée génère des peurs auxquelles certains individus répondent avec des propositions franchement irrationnelles.

Au bord du Jourdain, une région familière à Jésus et ses apôtres, un nommé Theudas se prend pour Josué, le prophète des saluts annoncés – l'étymon, aussi, de Jésus... Venu d'Egypte, dont il est originaire, avec quatre mille partisans bien décidés à en découdre, il veut en finir avec le pouvoir romain et prétend disposer de la faculté d'ouvrir un fleuve avec ses seules paroles pour permettre à ses troupes d'avancer, puis d'en finir avec le pouvoir colonisateur. Les soldats romains décapitent ce Moïse de seconde zone avant qu'il puisse montrer son talent hydraulique.

Une autre fois, en 45, Jacob et Simon, fils de Judas le Galiléen, encore une provenance familière à Jésus, mènent comme leur père en l'an 6 une insurrection qui, elle aussi, se termine mal : la soldatesque sacrifie les partisans et les crucifie. Menahem, le petit-fils d'une famille décidément pourvoyeuse en héros libérateurs, emboîte le pas à ses parents et se révolte en 66, donnant l'impulsion à la guerre juive qui se termine en 70 par la destruction de Jérusalem.

Dans cette première moitié du Ier siècle, les prophètes, messies, annonciateurs de bonnes nouvelles pullulent. D'aucuns invitent leurs fidèles à les accompagner dans le désert pour y voir des signes prodigieux et des manifestations de la divinité. Un illuminé venu d'Egypte avec quarante mille affidés accède au jardin des Oliviers, toujours les zones christiques. Il prétend qu'avec sa seule voix, les murs de Jérusalem s'effondreront pour laisser le passage aux révoltés. Là encore, les milices romaines effectuent la dispersion. Les histoires abondent qui toutes racontent cette volonté juive de mettre à mal le pouvoir romain avec pour seule arme un discours religieux, mystique, millénariste, prophétique, annonciateur d'une bonne nouvelle contenue dans l'Ancien Testament.

La résistance est légitime : vouloir bouter hors de son sol des armées d'occupation qui imposent leur langue, leurs lois, leurs coutumes par la force justifie toujours la résistance, la rébellion, le refus et la lutte, fût-elle armée. En revanche, croire qu'on peut s'opposer à la troupe la plus aguerrie du monde, frottée à tous les combats majeurs de son temps, entraînée et professionnelle, disposant de moyens considérables et des pleins pouvoirs, avec le seul galvanisme d'une croyance à l'impossible, voilà qui transforme ces luttes magnifiques en combats perdus d'avance. Dieu brandi comme un étendard devant les légions romaines ne fait pas le poids...

Jésus nomme donc l'hystérie de l'époque, cette croyance qu'avec sa seule bonne volonté et son action entreprise au nom de Dieu, on part victorieux et l'on vainc. Effondrer des murailles avec la voix au lieu de béliers et de machines de guerre, ouvrir les eaux avec une parole et non avec des embarcations militaires dignes de ce nom, affronter des soldats familiers du champ de bataille avec des cantiques, des prières et des amulettes et non des lances, des glaives ou des cavaliers, voilà de quoi ne pas inquiéter le pouvoir romain d'occupation. Des éraflures sur le cuir de l'Empire...

Le nom de Jésus cristallise les énergies diffuses et

disparates gâchées contre la mécanique impériale à cette époque. Il fournit le patronyme emblématique de tous les juifs qui refusent l'armée d'occupation romaine et disposent pour seule arme de leur bonne foi soutenue par la croyance que leur Dieu peut accomplir des miracles et les libérer du joug colonial. Mais si Dieu existait tant que ça et aimait son peuple, il le dispenserait d'avoir à subir la loi inique et empêcherait l'injustice. Pourquoi la tolérerait-il avant d'en rendre possible la suppression ?

Inexistant, ou réduit à l'état d'hypothèse, ce Jésus peut bien être fils d'un charpentier et d'une vierge, né à Nazareth, ayant professé enfant aux docteurs de la Loi à qui il donne des leçons, adulte à des pêcheurs, des artisans, des petites gens travaillant au bord du lac de Tibériade, il peut bien avoir eu des ennuis avec les communautés juives, plus qu'avec le pouvoir de Rome, habitué à ces rébellions sporadiques et sans importance, il synthétise, concentre, sublime, cristallise ce qui travaille l'époque et l'histoire de ce Ier siècle de son ère... Jésus nomme le refus juif de la domination romaine.

D'autant que l'étymologie renseigne : Jésus signifie « Dieu sauve, a sauvé, sauvera ». On ne peut exprimer plus nettement la charge symbolique, le nom propre lui-même signifie le destin. Ce patronyme appelle l'avenir connu et suppose cette aventure déjà écrite dans un coin du ciel. Dès lors, l'histoire se contente d'en rendre possible la révélation au jour le jour. Elle devient une eschatologie. Comment imaginer qu'un pareil nom de baptême n'oblige pas à la réalisation de ces annonces et potentialités ? Ou : comment mieux dire que la création de Jésus suppose dans le détail une forgerie – dont le nom sert de prétexte et d'occasion à cette catalyse ontologique ?

3

Une catalyse du merveilleux. Jésus concentre sous son nom l'aspiration messianique de l'époque. De la même manière il synthétise les topoï antiques utilisés pour parler de quelqu'un de merveilleux. Car naître d'une mère vierge informée de sa chance par une figure céleste ou angélique, accomplir des miracles, disposer d'un charisme qui génère des disciples passionnés, ressusciter des morts, voilà autant de lieux communs qui traversent la littérature de l'Antiquité. A l'évidence, considérer les textes évangéliques comme des textes sacrés dispense d'une étude comparative qui relativise le merveilleux testamentaire pour l'installer dans la logique du merveilleux antique, ni plus, ni moins. Le Jésus de Paul de Tarse obéit aux mêmes lois du genre que l'Ulysse d'Homère, l'Apollonios de Tyane de Philostrate ou l'Encolpe de Pétrone : un héros de péplum...

Quel est l'auteur de Jésus ? Marc. L'évangéliste Marc, premier auteur du récit des aventures merveilleuses du nommé Jésus. Probable accompagnateur de Paul de Tarse dans son périple missionnaire, Marc rédige son texte vers 70. Rien ne prouve qu'il ait connu Jésus en personne, et pour cause ! Une fréquentation franche et nette aurait été visible et lisible dans le texte. Mais on ne côtoie pas une fiction... Tout juste on la crédite d'une existence à la manière du spectateur de mirage dans le désert qui croit effectivement à la vérité et à la réalité du palmier et de l'oasis aperçus dans la fournaise. L'évangéliste rapporte donc dans l'incandescence hystérique de l'époque cette fiction dont il affirme toute la vérité, de bonne foi.

Marc rédige son évangile pour convertir. Son public ? Des individus à convaincre, des personnes a priori insensibles au message christique mais qu'il s'agit d'intéresser, de captiver et séduire. Le texte relève du registre clair de la propagande. Et celle-ci n'exclut pas le recours aux artifices à même de plaire, d'emporter l'assentiment et la conviction. D'où l'usage du merveilleux. Comment intéresser un public en lui racontant l'histoire banale d'un homme simple, semblable au commun des mortels ? Les évangiles recyclent les usages d'écriture de l'Antiquité païenne qui supposent qu'on orne, décore et pare un homme qu'on souhaite transformer en héraut mobilisateur.

Pour s'en convaincre, lisons en regard les pages les plus connues du Nouveau Testament et l'ouvrage que Diogène Laërce consacre à la vie, aux opinions et aux sentences des philosophes illustres. Donnons à ces deux textes un même statut littéraire, celui d'écrits historiques, datés, composés par des hommes nullement inspirés par l'Esprit saint, mais qui rédigent pour toucher leurs lecteurs et les amener à partager leur conviction qu'ils nous entretiennent d'individus exceptionnels, de grands hommes, de personnes remarquables. Pythagore, Platon, Socrate et Jésus considérés avec un même œil, celui du lecteur de textes antiques. Que découvre-t-on ?

Un monde semblable, d'identiques façons littéraires chez les auteurs, une même propension rhétorique à libérer le magique, le merveilleux, le fantastique pour donner à leur sujet le relief et le brillant nécessaires à l'édification de leurs lecteurs. Marc veut faire aimer Jésus, Diogène Laërce pareillement avec les grands philosophes de la tradition antique. L'évangéliste raconte une vie pleine d'événements fabuleux ? Le doxographe truffe son texte de péripéties tout autant extraordinaires au sens étymologique. Car il s'agit de dresser le portrait d'hommes d'exception. Comment pourraient-ils naître, vivre, parler, penser et mourir comme le commun des mortels ?

Précisons : Marie, mère de Jésus, conçoit dans la virginité, par l'opération du Saint-Esprit ; banal : Platon également procède d'une mère dans la fleur de l'âge, mais disposant d'un hymen préservé. L'archange Gabriel informe la femme du charpentier qu'elle enfantera sans l'aide de son mari, brave bougre qui consent sans rechigner ? Et alors : le même Platon s'enorgueillit du déplacement d'Apollon en personne ! Le fils de Joseph est surtout fils de Dieu ? Pas de problème : Pythagore également que ses disciples prennent pour Apollon en personne venu directement de chez les Hyperboréens. Jésus effectue des miracles, rend la vue à des aveugles, la vie à des morts ? Comme Empédocle qui, lui aussi, ramène à la vie un trépassé. Jésus excelle dans les prédictions ? Mêmes talents chez Anaxagore qui prédit avec succès des chutes de météorites.

Poursuivons : Jésus parle en inspiré, prêtant sa voix à plus grand, plus fort et plus puissant que lui ? Et

Socrate, hanté, habité par son *daimon* ? Le futur crucifié enseigne à des disciples, convertit par son talent
oratoire et sa rhétorique ? Tous les philosophes antiques, des cyniques aux épicuriens, agissent avec un
semblable talent. La relation de Jésus avec Jean, le disciple préféré ? La même unit Epicure et Métrodore.
L'homme de Nazareth parle métaphoriquement, mange
du symbole et se comporte en énigme ? Pythagore
aussi... Jamais il n'a écrit, sauf une fois sur le sable,
avec un bâton, le même qui efface immédiatement les
caractères tracés sur le sol ? Idem pour Bouddha ou
Socrate, des philosophes de l'oralité, du verbe et de la
parole thérapique. Jésus meurt pour ses idées ? Socrate
aussi. A Gethsémani, le prophète connaît une nuit
déterminante ? Socrate expérimente ces ravissements
dans une semblable obscurité à Potidée. Marie connaît
et apprend son destin de vierge mère par un songe ?
Socrate rêve de cygne et rencontre Platon le lendemain.

Encore ? Encore... Le corps de Jésus, à l'évidence,
ingère des symboles, mais ne digère pas, on n'excrète
pas du concept... Chair extravagante, insoumise aux
caprices de tout un chacun : le Messie n'a pas faim ni
soif, il ne dort jamais, ne défèque pas, ne copule pas,
ne rit pas. Socrate non plus. Souvenons-nous de l'*Apologie* dans laquelle Platon campe un personnage qui
ignore les effets de l'alcool, de la fatigue et de la veille.
Pythagore apparaît lui aussi revêtu d'un anticorps,
d'une chair spirituelle, d'une matière éthérée, incor-
ruptible, inaccessible aux affres du temps, du réel et
de l'entropie.

Platon et Jésus croient tous les deux à une vie après
la mort, à l'existence d'une âme immatérielle et

immortelle. Après la crucifixion, le mage de Galilée revient parmi les hommes. Mais bien avant lui, Pythagore pratiquait sur le même principe. Plus lent, car Jésus attend trois jours quand le philosophe vêtu de lin patiente deux cent sept ans avant de revenir en Grande Grèce. Et tant d'autres fables qui fonctionnent indifféremment du philosophe grec au prophète juif, quand l'auteur du mythe souhaite convertir son lecteur au caractère exceptionnel de son sujet et du personnage dont il entretient...

4

Construire hors de l'histoire. Le merveilleux tourne le dos à l'histoire. On ne lutte pas rationnellement contre des pluies de crapauds ou d'enclumes, des morts qui sortent de leur sépulcre pour dîner avec leurs familles, on ne tient pas en face de paralytiques, d'hydropiques ou d'hémorroïsses qui recouvrent la santé par un coup de baguette magique. Une parole qui guérit, un verbe thérapeute, un geste inducteur de miracles physiologiques, on ne peut saisir leur sens quand on reste sur le terrain de la raison pure. Pour comprendre, il faut penser en termes de symboles, d'allégories, de figures de style. La lecture des évangiles exige le même abord que la prose romanesque antique ou les poèmes homériques : un abandon à l'effet littéraire et un renoncement à l'esprit critique. Les travaux d'Hercule signifient la force extraordinaire, les embûches d'Ulysse mettent en évidence sa ruse et son talent. Idem pour les miracles de Jésus dont la réalité et la vérité ne résident pas dans la coïncidence avec des faits avérés mais avec ce qu'ils signifient : le pouvoir extraordinaire, la puissance considérable d'un homme qui participe d'un monde plus grand que lui.

Le genre évangélique est performatif – pour le dire dans le terme d'Austin : l'énonciation crée la vérité. Les récits testamentaires se soucient comme d'une guigne du vrai, du vraisemblable ou du véritable. En revanche, ils révèlent une puissance du langage qui, en affirmant, crée ce qu'il énonce. Prototype du performatif : le prêtre qui déclare un couple marié. Par le fait même de la prononciation d'une formule l'avènement coïncide avec les mots qui le signifient. Jésus n'obéit pas à l'histoire mais au performatif testamentaire.

Les évangélistes méprisent l'histoire. Leur option apologétique le permet. Pas besoin que les histoires aient eu effectivement lieu, pas utile que le réel coïncide avec la formulation et la narration qu'on en donne, il suffit que le discours produise son effet : convertir le lecteur, obtenir de lui un acquiescement sur la figure du personnage et son enseignement. La création de ce mythe est-elle consciente chez les auteurs du Nouveau Testament ? Je ne crois pas. Ni consciente, ni volontaire, ni délibérée. Marc, Matthieu, Jean et Luc ne trompent pas sciemment. Paul non plus. Ils *sont* trompés, car ils disent vrai ce qu'ils croient et croient vrai ce qu'ils disent. Aucun n'a rencontré physiquement Jésus, mais tous créditent cette fiction d'une existence réelle, nullement symbolique ou métaphorique. A l'évidence, ils croient réellement ce qu'ils racontent. Auto-intoxication intellectuelle, aveuglement ontologique...

Tous créditent une fiction de réalité. En croyant à la

fable qu'ils racontent, ils lui donnent de plus en plus consistance. La preuve de l'existence d'une vérité se réduit souvent à la somme des erreurs répétées devenues un jour une vérité convenue. De l'inexistence probable d'un individu dont on raconte le détail sur plusieurs siècles sort finalement une mythologie à laquelle sacrifient des assemblées, des cités, des nations, des empires, une planète. Les évangélistes créent une vérité en ressassant des fictions. La hargne militante paulinienne, le coup d'Etat constantinien, la répression des dynasties valentinienne et théodosienne fait le reste.

5

Un tissu de contradictions. La construction du mythe s'effectue sur plusieurs siècles, avec des plumes diverses et multiples. On se recopie, on ajoute, on retranche, on omet, on travestit, volontairement ou non. Au bout du compte, on obtient un corpus considérable de textes contradictoires. D'où le travail idéologique qui consiste à prélever dans cette somme matière à histoire univoque. Conséquence : on retient des évangiles pour vrais, on écarte ceux qui gênent l'hagiographie ou la crédibilité du projet. D'où les synoptiques et les apocryphes. Voire les écrits intertestamentaires auxquels les chercheurs accordent un statut étrange d'extraterritorialité métaphysique !

Jésus végétarien ou ressuscitant un coq cuit dans un banquet ? Jésus enfant étranglant des petits oiseaux pour se donner le beau rôle de les ressusciter ou dirigeant le cours des ruisseaux par la voix, modelant des oiseaux en argile et les transformant en volatiles réels, effectuant d'autres miracles avant l'âge de dix ans ? Jésus guérissant les morsures de vipère en soufflant sur l'endroit où se sont plantés les crochets ? Que faire du décès de son père Joseph à cent onze ans ? De celui de sa mère Marie ? De Jésus riant aux éclats ? et tant d'histoires racontées dans plusieurs milliers de pages d'écrits apocryphes chrétiens. Pourquoi les avoir écartées ? Parce qu'elles ne permettent pas un discours assez univoque... Qui constitue ce corpus et décide du canon ? L'Eglise, ses conciles et ses synodes à la fin du IVe siècle.

Pourtant cet écrémage n'empêche pas un nombre incalculable de *contradictions* et d'invraisemblances dans le corps du texte des évangiles synoptiques. Un exemple : selon Jean, la pièce de bois sur laquelle les juges inscrivent le motif de la condamnation – le *titulus* – est fixée sur le bois de la croix, au-dessus de la tête du Christ ; selon Luc, elle se trouve autour du cou du supplicié ; Marc, imprécis, ne permet pas de trancher... Sur ce *titulus*, si l'on met en perspective Marc, Matthieu, Luc et Jean, le texte dit quatre choses différentes... En chemin vers le Golgotha, Jésus porte sa croix seul, dit Jean. Pourquoi donc les autres ajoutent-ils que Simon de Cyrène l'aidait ? En regard de tel ou tel évangile Jésus apparaît post mortem à une seule personne, à quelques-uns ou à un groupe... Et ces apparitions s'effectuent dans des lieux différents... On n'arrêterait pas de pointer ce genre de contradictions dans le texte même des évangiles pourtant retenus par l'Eglise officielle pour la fabrication univoque d'un seul et même mythe.

Outre les contradictions, on pointe également des *invraisemblances*. Par exemple l'échange verbal entre le condamné à mort et Ponce Pilate, un gouverneur haut de gamme de l'Empire romain. Outre qu'en pareil cas l'interrogatoire n'est jamais mené par le grand patron mais par ses subordonnés, on imagine mal Ponce Pilate recevant Jésus qui n'est pas encore le Christ, ni ce que l'histoire en fera – une vedette planétaire. A l'époque, il relève tout juste des droit-commun, comme tant d'autres dans les geôles de l'occupant. Peu probable, donc, que le haut fonctionnaire daigne s'entretenir avec un petit gibier local. De plus, Ponce Pilate parle latin et Jésus araméen. Comment dialoguer comme le laisse entendre l'évangile de Jean, du tac au tac, sans interprète, traducteur ou intermédiaire ? Affabulations...

Le même Pilate ne peut être procurateur selon le terme des évangiles, mais préfet de Judée, car le titre de procurateur apparaît seulement vers 50 de notre ère... Pas plus ce fonctionnaire romain ne peut être cet homme doux, affable, bienveillant avec Jésus que signalent les évangélistes, sauf si les auteurs de ces textes veulent accabler les juifs, coupables de la mort de leur héros, et flatter le pouvoir romain, pour collaborer quelque peu... Car l'histoire retient plutôt de ce préfet de Judée sa cruauté, son cynisme, sa férocité et son goût pour la répression. Reconstructions...

Autre invraisemblance, la crucifixion. L'histoire témoigne : à l'époque, on lapide les juifs, on ne les crucifie pas. Ce que l'on reproche à Jésus ? De se prétendre Roi des Juifs. Or cette histoire de messianisme et de prophétisme, Rome s'en moque. La crucifixion suppose une mise en cause du pouvoir impérial, ce que le crucifié ne fait jamais explicitement. Admettons la mise en croix : dans ce cas, on laisse le supplicié accroché, livré aux rapaces et aux chiens qui déchiquettent facilement le cadavre car les croix n'excèdent guère deux mètres de haut. Ensuite, on jette le corps à la fosse commune... En tout cas, la mise au tombeau est exclue. Fictions...

Le tombeau, donc. Autre occasion d'invraisemblances. Un disciple secret de Jésus, Joseph d'Arimathie, obtient de Pilate le corps de son maître pour le placer dans un tombeau. Sans toilette mortuaire ? Impensable pour un juif... L'un des évangélistes signale des aromates, de la myrrhe, de l'aloès – trente kilos... – et des bandelettes, une version égyptienne avec embaumement ; les trois autres omettent ces détails... Mais la résolution des contradictions semble résider dans la signification du nom de l'endroit d'où provient Joseph : Arimathie – ce qui signifie « après la mort ». Joseph d'Arimathie, sur le principe performatif, nomme celui qui arrive après la mort et se soucie du corps du Christ, un genre de premier fidèle. Inventions...

La lecture comparée des textes conduit à une foule d'autres questions : pourquoi les disciples sont-ils absents le jour de la crucifixion ? Comment croire qu'après un pareil coup de tonnerre – l'assassinat de leur mentor – ils reprennent le chemin de leur maison sans réagir, se rassembler, ni poursuivre l'entreprise créée par Jésus ? Car chacun reprend son métier dans son village... Pour quelles raisons aucun des douze n'effectue le travail que Paul – qui n'a pas connu Jésus... – effectue : évangéliser, porter la bonne parole aussi loin que possible ?

Que dire de tout cela ? Que faire de ces contradictions, de ces invraisemblances : des textes écartés, d'autres retenus, mais bourrés d'inventions, d'affabulations, d'approximations, autant de signes qui témoignent d'une construction postérieure, lyrique et militante de l'histoire de Jésus. On comprend que l'Eglise interdise formellement pendant des siècles toute lecture historique des textes dits sacrés. Trop dangereux de les lire comme Platon ou Thucydide !

Jésus est donc un personnage conceptuel. Toute sa réalité réside dans cette définition. Certes, il a existé, mais pas comme une figure historique – sinon de manière tellement improbable qu'existence ou pas, peu importe. Il existe comme une cristallisation des aspirations prophétiques de son époque et du merveilleux propre aux auteurs antiques, ceci selon le registre performatif qui crée en nommant. Les évangélistes écrivent une histoire. Avec elle ils narrent moins le passé d'un homme que le futur d'une religion. Ruse de la raison : ils créent le mythe et sont créés par lui. Les croyants inventent leur créature, puis lui rendent un culte : le principe même de l'aliénation...

II

LA CONTAMINATION PAULINIENNE

1

Délires d'un hystérique. Paul s'empare du personnage conceptuel et l'habille, lui fournit des idées. Le Jésus primitif ne parle guère contre la vie. Deux phrases (Marc VII, 15 et X, 7) le montrent sans opposition au mariage mais aucunement fasciné par l'idéal ascétique. On cherche en vain ses prescriptions rigoureuses sur le terrain du corps, de la sexualité, de la sensualité. Cette relative bienveillance à l'égard des choses de la vie se double d'un éloge et d'une pratique de la douceur. Paul de Tarse transforme le silence de Jésus sur ces questions en un vacarme assourdissant en promulguant la haine du corps, des femmes et de la vie. Le radicalisme antihédoniste du christianisme procède de Paul – pas de Jésus, personnage conceptuel silencieux sur ces questions...

A l'origine ce juif hystérique et intégriste jouit de persécuter des chrétiens et d'assister à leur tabassage. Lorsque des fanatiques lapident Etienne, il les accompagne. Et d'autres, à ce qu'il semble. La conversion sur le chemin de Damas – en 34 – relève de la pure pathologie hystérique : il tombe de sa hauteur (pas d'un cheval comme le montrent Caravage et la tradition picturale...), est aveuglé par une lumière intense, entend la voix de Jésus, ne voit pas pendant trois jours, ne mange ni ne boit pendant tout ce temps. Il recouvre la vue après imposition des mains d'Ananie – un chrétien envoyé par Dieu en *missi dominici*... Dès lors, il se met à table, se restaure et prend la route pour des années d'évangélisation forcenée dans tout le bassin méditerranéen.

Le diagnostic médical paraît facile à faire : la crise survient toujours en présence d'autres personnes – c'est le cas... –, la chute, la cécité dite hystérique – ou amaurose transitoire – donc passagère, la suspension sensorielle – surdité, anosmie, agueusie – pendant trois jours, la tendance mythomaniaque – Jésus lui parle en personne... –, l'histrionisme, ou exhibitionnisme moral – une trentaine d'années de théâtralisation d'un personnage imaginaire, élu par Dieu, choisi par Lui pour métamorphoser la planète –, toute cette crise ressemble à s'y méprendre à l'illustration d'un manuel de psychiatrie, chapitre des névroses, section des hystéries... Voilà une véritable hystérie... de conversion !

2

Névroser le monde. Comment vivre avec sa névrose ? En en faisant le modèle du monde, en névrosant le monde... Paul crée le monde à son image. Et cette image est déplorable : fanatique, changeant

d'objet – les chrétiens, puis les païens, un autre signe
d'hystérie... –, malade, misogyne, masochiste... Comment ne pas voir dans notre monde un reflet de ce portrait d'un individu dominé par la pulsion de mort ? Car
le monde chrétien expérimente à ravir ces façons d'être
et de faire. La brutalité idéologique, l'intolérance intellectuelle, le culte de la mauvaise santé, la haine du
corps jubilatoire, le mépris des femmes, le plaisir à la
douleur qu'on s'inflige, la déconsidération de l'ici-bas
au nom d'un au-delà de pacotille.

Petit, maigre, chauve, barbu, Paul de Tarse ne nous
donne pas le détail de la maladie dont il parle métaphoriquement : il confie que Satan lui a infligé une
écharde dans la chair – une expression reprise à son
compte par Kierkegaard. Pas de détails, sinon une fois
des considérations sur l'état loqueteux dans lequel il
apparaît un jour à son public galate – après un passage
à tabac ayant laissé des traces... De sorte que la critique
a accumulé pendant des siècles les hypothèses sur la
nature de cette écharde. On n'évite pas l'inventaire à
la Prévert : arthrite, colique néphrétique, tendinite,
sciatique, goutte, tachycardie, angine de poitrine,
démangeaisons, gale, prurit, anthrax, furoncles, hémor-
roïdes, fissures anales, eczéma, lèpre, zona, peste,
rage, érysipèle, gastralgie, colique, maladie de la
pierre, otite chronique, sinusite, trachéo-bronchite,
rétention d'urine, urétrite, fièvre de Malte, filariose,
paludisme, pilariose, teigne, céphalées, gangrène, sup-
purations, abcès, hoquet chronique (!), convulsions,
épilepsie... Les articulations, les tendons, les nerfs,
le cœur, la peau, l'estomac, les intestins, l'anus, les
oreilles, les sinus, la vessie, la tête, tout y passe...

Tout sauf le registre sexuel... Or l'étiologie de l'hystérie suppose un potentiel libidinal affaibli, voire nul. Des troubles de la sexualité, une tendance, par exemple, à la voir partout, à érotiser outrancièrement. Comment ne pas y songer quand on lit *ad nauseam* sous la plume de Paul une haine, un mépris, une défiance permanentes pour les choses du corps ? Sa détestation de la sexualité, sa célébration de la chasteté, sa vénération de l'abstinence, son éloge du veuvage, sa passion pour le célibat, son invitation à se comporter comme lui – clairement formulée dans ces termes dans l'épître aux Corinthiens (VII, 8), sa résignation à consentir au mariage, certes, mais au pire, le meilleur étant le renoncement à toute chair – autant de symptômes de cette hystérie de plus en plus nettement visible.

Cette hypothèse a le mérite de corroborer quelques certitudes : aucun aveu de quelque pathologie que ce soit. Or on peut avouer sans complexe des douleurs stomacales, des rhumatismes articulaires. Les dermatoses envahissantes se remarquent, les hoquets à répétition aussi. On avoue moins une *impuissance sexuelle* qu'on peut très partiellement dévoiler sous couvert de métaphore – l'écharde fait l'affaire. L'impuissance sexuelle ou toute fixation de la libido sur un objet socialement indéfendable – une mère, un humain du même sexe ou toute autre perversion au sens freudien du terme. Freud origine l'hystérie dans la lutte contre des angoisses d'origine sexuelle refoulées et leur réalisation partielle sous forme d'une conversion – au sens psychanalytique, mais l'autre sens convient aussi...

Un genre de loi semble triompher de toute éternité sur la planète. En hommage au grand La Fontaine, appelons-la le « complexe du renard et des raisins » : elle consiste à faire de nécessité vertu pour ne pas perdre la face. Coup du destin et de la nécessité, la vie afflige Paul de Tarse d'une impuissance sexuelle ou d'une libido problématique : réaction, il se donne l'illusion de la liberté, de l'autonomie et de l'indépendance en croyant s'affranchir de ce qui le détermine, puis affirme que ce qui le veut, il le choisit et le décide en toute conscience. Incapable de mener à bien une vie sexuelle digne de ce nom, Paul décrète nulle et non avenue toute forme de sexualité pour lui, certes, mais aussi pour le reste du monde. Désir d'être comme tout le monde en exigeant du monde qu'il l'imite, d'où cette énergie à vouloir plier la totalité de l'humanité à la règle de ses propres déterminismes...

3

La revanche d'un avorton. Cette logique apparaît nettement dans une proclamation de la seconde épître aux Corinthiens (XII, 2-10) dans laquelle il affirme : « Je me complais dans les faiblesses, les insultes, les contraintes, les persécutions, les angoisses pour le Christ ! Car lorsque je suis faible, c'est alors que je suis fort. » Aveu même de la logique de compensation dans laquelle se trouve l'hystérique terrassé sur le chemin de Damas. A partir de sa physiologie délabrée, Paul milite pour un monde qui lui ressemble.

Sa haine de soi se transforme en une vigoureuse haine du monde et de ce qui fait son intérêt : la vie, l'amour, le désir, le plaisir, les sensations, le corps, la

chair, la jubilation, la liberté, l'indépendance, l'autonomie. Le masochisme de Paul ne fait aucun mystère. Sa
vie entière il la place sous le signe des ennuis, il va au-
devant des difficultés, il aime les problèmes, en jouit,
les veut, y aspire, les crée. Dans l'épître où il confirme
son goût pour l'humiliation, il fait le bilan de ce qu'il
a supporté et enduré pour évangéliser les foules : cinq
flagellations – trente-neuf coups chaque fois... –, trois
étrillages aux verges, une fois lapidé à Lystre en Anato-
lie – il manque d'y laisser vraiment sa peau, on le laisse
au sol comme mort... –, trois naufrages – dont un jour
et une nuit passés dans l'eau glacée –, sans parler des
dangers afférents aux voyages sur des routes infestées
de brigands, le passage dangereux des rivières, la fatigue des marches sous le soleil de plomb, les veilles
fréquentes, les jeûnes forcés, le manque d'eau, le froid
des nuits anatoliennes. Ajoutons des séjours en prison,
deux années de forteresse, l'exil... Au régal du masochiste !

Parfois il se trouve dans des situations humiliantes.
Ainsi sur l'agora d'Athènes où il tente de convertir des
philosophes stoïciens et épicuriens au christianisme en
leur parlant de résurrection de la chair, une ineptie pour
les Hellènes. Les disciples de Zénon et d'Epicure lui
rient au nez. Il subit sans broncher les quolibets... Une
autre fois, pour échapper à la vindicte populaire et au
courroux de l'ethnarque de Damas, il s'évade dissimulé dans un panier descendu par une fenêtre en
contrebas des remparts de la ville. Le ridicule ne tuant
pas, Paul survit...

Cette haine de soi, Paul la transforme en haine du
monde – pour vivre avec, s'en défaire quelque peu, la

mettre à distance. L'inversion de ce qui le travaille va désormais hanter le réel. Le mépris de l'individu Paul pour sa chair incapable d'être à la hauteur de ce qu'on peut en attendre devient un discrédit général de toute chair en général, de tous les corps et de tout le monde. Aux Corinthiens il avoue : « je meurtris mon corps et le traîne en esclavage » (1 Cor. IX, 27), à l'humanité il demande : meurtrissez votre corps et traînez-le en esclavage. Faites comme moi...

D'où un éloge du célibat, de la chasteté, de l'abstinence, on le sait. Point de Jésus dans cette affaire, mais la revanche d'un avorton – comme il se nomme lui-même dans la première épître aux Corinthiens (XV, 8). Incapable d'accéder aux femmes ? il les déteste... Impuissant ? il les méprise. Excellente occasion de recycler la misogynie du monothéisme juif – dont héritent le christianisme et l'islam. Les premiers versets du premier livre de la Bible donnent le ton : la Genèse condamne radicalement et définitivement la femme, première pécheresse, cause du mal dans le monde. Paul reprend à son compte cette idée néfaste, mille fois néfaste.

D'où les interdits qui les frappent dans toute la littérature paulinienne, épîtres et actes ; d'où aussi les conseils et avis donnés par le Tarsiote sur la question des femmes : définitivement faible, le destin de ce sexe est d'obéir aux hommes dans le silence et la soumission. Les descendantes d'Eve doivent craindre leurs époux, ne pas enseigner, ni faire la loi au prétendu sexe fort. Tentatrices, séductrices, elles peuvent espérer le salut, certes, mais seulement dans, par et pour la maternité. Deux millénaires de punitions infligées aux femmes uniquement pour expier la névrose d'un avorton !

4

Eloge de l'esclavage. Paul le masochiste expose les idées avec lesquelles le christianisme triomphe un jour. A savoir l'éloge de la jouissance d'être soumis, obéissant, passif, esclave des puissants sous le prétexte fallacieux que tout pouvoir vient de Dieu et que toute situation sociale de pauvre, de modeste et d'humble procède d'un vouloir céleste et d'une décision divine.

Dieu bon, miséricordieux, etc., veut la maladie des malades, la pauvreté des pauvres, la torture des torturés, la soumission des domestiques. Aux Romains qu'il flatte il enseigne fort opportunément au cœur de l'Empire l'obéissance aux magistrats, aux fonctionnaires, à l'empereur. Il invite chacun à rendre son dû : les impôts et les taxes aux percepteurs, la crainte à l'armée, à la police, aux dignitaires, l'honneur aux sénateurs, aux ministres, au prince...

Car tout pouvoir vient de Dieu et procède de lui. Désobéir à l'un de ces hommes, c'est se rebeller contre Dieu. D'où l'éloge de la soumission à l'ordre et à l'autorité. Séduire les puissants, légitimer et justifier le dénuement des miséreux, flatter les gens qui détiennent le glaive, l'Eglise entame un compagnonnage avec l'Etat qui lui permettra depuis son origine d'être toujours aux côtés des tyrans, des dictateurs et des autocrates...

L'impuissance sexuelle transfigurée en puissance sur

le monde, l'incapacité d'accéder aux femmes devenue moteur de la haine du féminin, le mépris de soi transformé en amour de ses bourreaux, l'hystérie sublimée en construction d'une névrose sociale, voilà matière à un superbe portrait psychiatrique ! Jésus prend de la consistance en devenant l'otage de Paul. Falot, inexistant sur les questions de société, de sexualité, de politique, et pour cause – un ectoplasme ne s'incarne pas en huit jours... –, le natif de Nazareth se précise. La construction du mythe se fait de plus en plus nettement.

Paul n'a lu aucun évangile de son vivant. Lui-même n'a jamais connu Jésus. Marc écrit le premier évangile dans les toutes dernières années de la vie de Paul ou après sa mort. Dès la première moitié du Ier siècle de notre ère, le Tarsiote propage le mythe, visite une multitude d'hommes, il raconte ces fables à des milliers d'individus, dans des dizaines de pays : l'Asie Mineure des philosophes présocratiques, l'Athènes de Platon et d'Epicure, la Corinthe de Diogène, l'Italie des épicuriens de Campanie ou des stoïciens de Rome, la Sicile d'Empédocle, il visite Cyrène, la cité où l'hédonisme voit le jour avec Aristippe, il passe également par Alexandrie, la cité de Philon. Partout, il contamine. Bientôt la maladie de Paul gagne le corps entier de l'Empire...

5

En haine de l'intelligence. Haine de soi, haine du monde, haine des femmes, haine de la liberté, Paul de Tarse ajoute à ce désolant tableau la haine de l'intelligence. La Genèse enseigne déjà cette détestation du savoir : car ne l'oublions pas, le péché originel, la faute impardonnable transmise de génération en génération c'est d'avoir goûté au fruit de l'arbre de la connaissance. Avoir voulu savoir, et ne pas se contenter de l'obéissance et de la foi demandées par Dieu pour accéder à la félicité, voilà l'impardonnable. Egaler Dieu dans la science, préférer la culture et l'intelligence à l'imbécillité des obéissants, autant de péchés mortels...

La culture de Paul ? Rien, ou si peu : l'Ancien Testament et la certitude que Dieu parle par sa bouche... Sa formation intellectuelle ? On ne sache pas qu'il ait brillé dans des écoles ou de longues études... Une formation rabbinique, probablement... Son métier ? Fabricant de tentes pour les nomades et vendeur de celles-ci... Son style ? Lourd, emprunté, compliqué, oral, en fait, un grec maladroit, peut-être dicté pendant que probablement il continuait son travail manuel – certains en concluent qu'il ignorait l'écriture... Le contraire d'un Philon d'Alexandrie, son contemporain philosophe.

Cet homme inculte, qui déclenche le rire des stoïciens et des épicuriens sur la place publique athénienne, fidèle à sa technique qui consiste à faire de nécessité vertu, transforme son inculture en haine de la culture. Il invite les Corinthiens ou Timothée à tourner le dos aux « folles et sottes recherches », aux « duperies creuses » de la philosophie. La correspondance entre Paul et Sénèque, à l'évidence, est un faux de la meilleure facture : l'inculte ne parle pas aux philosophes, mais à ses semblables. Son public, partout dans ses pérégrinations du bassin méditerranéen, n'est jamais constitué d'intellectuels, de philosophes, de gens de lettres, mais de petites gens – les foulons, teinturiers, artisans, charpentiers listés par Celse dans *Contre les chrétiens*. Pas besoin dès lors de culture, la démagogie suffit et avec elle sa perpétuelle alliée : la haine de l'intelligence.

III

L'ÉTAT TOTALITAIRE CHRÉTIEN

1

Hystériques, suite... De la même manière que le rationalisme français se constitue à partir de trois rêves effectués par Descartes (!), le christianisme rentre dans l'histoire en fanfare avec un fait divers ressortissant à la plus pure tradition païenne : les signes astrologiques... Nous sommes en 312. Constantin progresse vers Rome. Il bataille contre son rival Maxence et veut lui ravir l'Italie. Sa conquête du nord de la péninsule est foudroyante : Turin, Milan et Vérone tombent facilement. L'empereur est un habitué des prises directes avec l'absolu : dans le temple de Grand, dans les Vosges, Apollon en personne lui apparaît pour lui promettre un règne de trente ans. A l'époque, le paganisme ne le gêne pas. D'ailleurs il sacrifie à *Sol invictus*, le soleil invaincu...

Cette fois-ci, le signe se transforme. A la manière de Paul jeté à terre sur le chemin de Damas, Constantin découvre dans le ciel un signe lui annonçant qu'il vaincra par lui. Et, détail qui a son importance, ses troupes

avec lui assistent à l'événement : tous constatent la
même signalétique sacrée ! Eusèbe de Césarée, l'intellectuel organique du prince, évêque de surcroît,
falsificateur hors pair, spécialiste de l'apologétique
chrétienne comme pas un, donne les détails : ce signe
était le trophée d'une croix de lumière au-dessus du
soleil. De plus – Eusèbe en rajoute... – un texte affir-
mait que l'empereur gagnerait son combat contre
Maxence en invoquant ce signe. Deux précautions
valent mieux qu'une : Jésus apparaît en songe, la nuit
suivante, et enseigne à son protégé le signe de croix
utile pour triompher dans chacun de ses combats,
pourvu qu'il se prémunisse du talisman. On comprend
que devenu empereur très chrétien, il fustige l'astrologie, la magie et le paganisme – car chez Constantin
tant de rationalité philosophique stupéfie...

Quelques jours plus tard, il vainc. Évidemment...
Maxence périt noyé sur le pont Milvius. Constantin,
aidé par le fantôme du Nazaréen, devient le maître de
l'Italie. Il entre dans Rome, dissout la garde préto-
rienne, et offre au pape Miltiade le palais de Latran.
Le royaume des chrétiens n'est pas de ce monde, certes, mais pour quelles raisons le négliger quand de surcroît il permet le faste, l'or, la pourpre, l'argent, le
pouvoir, la puissance, toutes vertus déduites, évidemment, des messages du fils du charpentier...

Alors, ce signe ? Un texto christique ou une halluci-
nation collective ? Un message de Jésus, fixé dans
l'éternité céleste, mais conservant un œil sur le monde
dans ses moindres détails, ou une preuve supplémentaire que cet âge d'angoisse, ce monde fissuré est pro-
pice aux névroses communautaires et aux hystériques

mandatés par les dieux ? Une preuve de régénérescence ou un témoignage de décadence ? Un premier pas du christianisme ou l'un des derniers du paganisme ? Misère des hommes sans dieu – et avec Dieu plus encore...

Ce signe se lit aujourd'hui de manière rationnelle, voire ultra-rationaliste : pas d'astrologie, mais de l'astronomie. Les scientifiques contemporains avancent l'hypothèse d'une lecture hystérique, religieuse donc, d'un fait réductible à une causalité des plus simples. Le 10 octobre 312, soit dix-huit jours avant la fameuse victoire sur Maxence, le 28, Mars, Jupiter et Vénus sont dans une configuration telle que, dans le ciel romain, une projection rend possible la lecture d'un présage fabuleux. Le délire suffit pour la suite du travail...

Si Constantin ne brille pas par une culture livresque importante, il passe pour un fin stratège, un habile politique. Croyait-il vraiment au pouvoir du signe christique ? Ou l'a-t-il habilement utilisé et mis en scène à des fins opportunistes ? Païen frotté de magie, convaincu par l'astrologie comme tous dans cette période de l'Antiquité, l'empereur peut également avoir saisi tout le bénéfice à compter dans ses rangs avec le troupeau chrétien obéissant, soumis au pouvoir, ne regimbant jamais contre l'ordre et l'autorité, fidèle...

Son père, Constance Chlore, en Gaule, a pratiqué une politique de tolérance avec les sectateurs du Christ et s'en était fort bien trouvé : renouait-il là avec cette habile politique politicienne, conseillé par des intrigants chrétiens actifs ? Visionnaire, entrevoyait-il l'intérêt d'utiliser cette force intéressante en l'annexant par des avantages sonnants et trébuchants à son projet – disons gramscien... – d'unification de l'Empire ? Toujours est-il qu'en cette période du début du IVᵉ siècle, l'improbable Jésus claironné par Paul sur tous les tons devient l'instrument emblématique de la fanfare d'un Empire nouveau...

2

Le coup d'Etat de Constantin. Constantin réalise un coup d'Etat magistral. Nous vivons encore sur cet héritage funeste. Bien évidemment, il comprend ce qu'il peut obtenir d'un peuple soumis à l'invite paulinienne de se soumettre aux autorités temporelles, d'accepter sans broncher la misère et la pauvreté, d'obéir aux magistrats et fonctionnaires de l'Empire, d'interdire toute désobéissance temporelle comme autant d'injures et d'insultes faites à Dieu, de composer avec l'esclavage, l'aliénation, les inégalités sociales. Les scènes de martyre et les quelques persécutions démontrent au pouvoir l'excellence de cette engeance pour les gens impunis au sommet de l'Etat.

Dès lors Constantin leur donne des gages. Disons-le autrement : il les achète. Et la transaction marche... Il inscrit dans la loi romaine de nouveaux articles qui satisfont les chrétiens et officialisent l'idéal ascétique. Contre la dissolution des mœurs du Bas-Empire, la sexualité libre, le triomphe des jeux du cirque ou les pratiques orgiaques de certains cultes païens, il légifère sévèrement et complique le divorce, interdit le concu-

binat, transforme la prostitution en délit, condamne le
libertinage sexuel. En même temps, il abroge la loi qui
interdit aux célibataires d'hériter. De sorte que les gens
d'Eglise peuvent dès lors légalement s'emplir les
poches après quelques décès bien venus. L'esclavage
n'est pas interdit, contrairement à ce qu'affirment les
sectateurs du Christ, mais vaguement adouci... En
revanche, la magie est interdite, les combats de gladiateurs aussi. En même temps, Constantin donne l'ordre
de construire Saint-Pierre et des basiliques secondai-
res. Les chrétiens jubilent, leur royaume est désormais
de ce monde...

Pendant ce temps, Fausta, la seconde épouse du
chrétien nouveau, le convainc que son beau-fils a tenté
de la séduire. Sans vérifier, il envoie ses sicaires torturer puis décapiter son propre enfant et son neveu impli-
qué lui aussi dans la conjuration. Lorsqu'il s'aperçoit
que l'impératrice l'a trompé, il lui dépêche les mêmes
exécutants qui profitent de l'un de ses bains pour
envoyer l'eau bouillante... Infanticide, homicide, uxo-
ricide, l'empereur très chrétien achète son salut et le
silence de l'Eglise – qui ne condamne pas les meurtres... – par de nouveaux cadeaux : exemptions d'impôts pour les propriétés foncières ecclésiastiques,
subventions généreuses, création de nouvelles églises
– Saint-Paul et Saint-Laurent. Variations sur le thème
de l'amour du prochain...

Ainsi, bien disposé, le clergé couvert de largesses,
grassement nourri, enrichi par les enveloppes du
Prince, lui confie les pleins pouvoirs au concile de
Nicée en 325. Le pape est absent, pour raisons de santé
dirait-on aujourd'hui. Constantin s'y autoproclame

« treizième apôtre », Paul de Tarse dispose dès lors d'un féal au bras armé. Et quel bras armé ! L'Eglise et l'Etat forment alors ce qu'Henri-Irénée Marrou, un historien peu suspect d'anticléricalisme, d'athéisme ou de gauchisme, puisque chrétien, nomme un « Etat totalitaire ». Le premier Etat chrétien.

Pendant ce temps, vaguement soucieuse du salut de son fils excité sur la hache et l'eau bouillante, Hélène effectue un voyage en Palestine. Chrétienne, et bien inspirée, elle découvre sur place trois croix de bois avec l'un des fameux *titulus*, évidemment celui du Christ. Fort opportunément, le lieu du Calvaire est situé sous le temple d'Aphrodite – qu'il faut bien sûr détruire... Agée de quatre-vingts ans, elle dépense les sommes considérables allouées pour cette affaire par Constantin à la construction de trois églises : le Saint-Sépulcre, le jardin des Oliviers, et la Nativité dans lesquelles elle enchâsse ses reliques. Même si ces lieux ont été créés pour l'occasion sans que jamais l'histoire légitime ou justifie ces allégations topographiques, le culte demeure... En paiement à la monnaie de cette pièce majeure, l'Eglise conclut que Dieu pardonne les crimes du fils et qu'il fait de sa mère une héroïne de sa mythologie. En conséquence, Hélène fut canonisée et devint la première impératrice romaine à entrer dans le panthéon thanatophilique chrétien...

A la Pentecôte 337, sur son lit de mort, Constantin se fait baptiser par un évêque arien – de confession hérétique en regard des oukases de l'empereur à Nicée... Décision politique, qui montre le génie de l'empereur en la matière. En effet, par ce geste, il réunit orthodoxes et hérétiques puis reconstitue de la sorte l'unité de l'Eglise en prenant date sur l'avenir, notamment sur son après-règne. Même post mortem, il travaille à l'unité de l'Empire !

Comme tous les tyrans incapables de préparer leur succession, sa mort laisse le pouvoir vacant et déstabilise les hauts fonctionnaires du clergé et de l'Etat. De sorte que, pendant plus de trois mois – du 22 mai au 9 septembre, en plein été... –, les ministres civils, militaires et religieux rendent compte tous les jours de leurs décisions à son cadavre exposé. Suite de la névrose, début du culte et de la fascination chrétienne pour les morts, les cadavres et les reliques.

3

Le devenir persécuteur des persécutés. Le christianisme a connu la persécution, certes. Pas toujours autant que la vulgate le prétend. Les chiffres de ceux qui ont laissé leur peau aux lions dans l'arène sont revus considérablement à la baisse par les historiens désireux de quitter le terrain de l'apologétique catholique et d'effectuer leur travail consciencieusement. Des dizaines de milliers de morts, écrit Eusèbe de Césarée, le penseur officiel de Constantin. Les chiffres actuels tournent autour de trois mille – à titre de comparaison, dix mille gladiateurs combattent lors des jeux de Trajan uniquement pour célébrer la fin de la guerre contre les Daces en 107 de notre ère...

Ce qui définit aujourd'hui les régimes totalitaires correspond point par point à l'Etat chrétien tel que le fabriquent les successeurs de Constantin : l'usage de la contrainte, les persécutions, les tortures, les actes de vandalisme, la destruction de bibliothèques et de lieux symboliques, l'impunité des assassinats, l'omniprésence de la propagande, le pouvoir absolu du chef, le remodelage de toute la société selon les principes de l'idéologie de gouvernement, l'extermination des opposants, le monopole de la violence légale et des moyens de communication, l'abolition de la frontière entre vie privée et espace public, la politisation générale de la société, la destruction du pluralisme, l'organisation bureaucratique, l'expansionnisme, autant de signes qui qualifient le totalitarisme de toujours et celui de l'Empire chrétien.

L'empereur Théodose déclare le catholicisme religion d'Etat en 380. Douze ans plus tard il interdit formellement le culte païen. Le concile de Nicée donne déjà le ton. Théodose II et Valentinien III prescrivent en 449 la destruction de tout ce qui peut exciter la colère de Dieu ou blesser des âmes chrétiennes ! La définition semble assez large pour inclure quantité d'exactions sur tous les terrains. La tolérance, l'amour du prochain et le pardon des péchés ont des limites...

Constantin ouvre le bal dès 330 en coupant les ponts avec les philosophes Nicagoras, Hermogénès et Sopatros – exécuté pour sorcellerie pendant qu'on envoie au bûcher les écrits du néo-platonicien Porphyre. Les autodafés se suivent et se ressemblent : on y précipite une fois les œuvres de Nestorius, une autre celle des eumoniens et des montanistes, celles d'Arius bien sûr. Dans les rues d'Alexandrie, Hypatie, la néo-platonicienne, expérimente l'amour du prochain des chrétiens : poursuivie, assassinée, dépecée par des moines, son cadavre est traîné dans la rue et ses restes calcinés...

4

Au nom de la loi. Jamais en retard pour légitimer l'infâme et lui conférer force de loi sous la rubrique du droit, les juristes donnent une formule légale à tous ces exactions, crimes et délits, persécutions et assassinats. Il faut lire le Code théodosien, un sommet pour démontrer que le droit exprime *toujours* la domination de la caste au pouvoir sur le plus grand nombre. (Le Code noir et les lois de Vichy, tous deux abondamment chrétiens (!), témoignent pour les dubitatifs...)

Détaillons : dès 380 la loi condamne les non-chrétiens à l'infamie, autant dire qu'elle justifie la suppression de leurs droits civiques, donc leur possibilité de participer à la vie de la cité, enseignement, magistrature par exemple ; elle décrète la peine de mort pour tout individu qui attente à la personne ou aux biens des ministres du catholicisme et de leurs lieux de culte ; pendant ce temps, les chrétiens détruisent les temples païens, confisquent, pillent et ravagent les temples et leur mobilier en toute légalité puisque des textes de loi le permettent...

L'interdiction de pratiquer les cultes païens se double d'un combat sans merci contre les hérésies définies comme ce qui ne coïncide pas avec les décrets impériaux. Les réunions sont interdites, le manichéisme aussi bien sûr, les juifs subissent la persécution, au même titre que la magie ou le libertinage de mœurs. La loi invite à la délation... Elle interdit les mariages entre juifs et chrétiens... Elle autorise la confiscation des biens non chrétiens. Très tôt Paul de Tarse indique la voie puisqu'il avoue sa présence à un autodafé de livres dits de magie. Les Actes des apôtres nous l'apprennent (XIX, 1)...

Fidèles à la méthode de la mère de Constantin, les temples rasés laissent place à des églises catholiques. Ici ou là, synagogues et sanctuaires gnostiques disparaissent sous les flammes. Les statues, parfois précieuses, sont détruites, cassées, réintégrées en morceaux dans des édifices chrétiens. Les lieux de culte seront tellement pillés que les gravats serviront un temps au rempierrage des chemins et à la fabrication des routes et des ponts. C'est dire l'ampleur des dégâts... A Constantinople, le temple d'Aphrodite sert de garage aux voitures à chevaux. Les arbres sacrés sont arrachés.

Un texte de 356 (19 février) punit de la peine capitale les personnes convaincues d'adorer des idoles ou de s'adonner à des sacrifices. Comment dès lors s'étonner des cas de morts d'hommes ? Des scènes de torture sont signalées à Didymes et Antioche où des chrétiens s'emparent d'un prophète d'Apollon pour le soumettre à la question. A Scytopolis en Palestine, Domitius Modestus dirige les interrogatoires des plus hauts personnages des milieux politiques et intellectuels d'Antioche et d'Alexandrie. Le boucher chrétien se proposait de ne laisser survivre aucun homme cultivé. De nombreux philosophes néo-platoniciens périssent dans cette répression féroce. Dans son *Homé-*

lie sur les statues, saint Jean Chrysostome justifie la violence physique et écrit explicitement que « les chrétiens sont les dépositaires de l'ordre public »...

A Alexandrie, en 389, des chrétiens attaquent un temple de Sérapis et un Mithraeum. Publiquement ils exhibent et moquent les idoles païennes. Les fidèles se révoltent – « surtout les philosophes », disent les textes... Une émeute suit, avec de part et d'autre un nombre considérable de morts. A Sufès en Afrique du Nord, au début du Ve siècle, des moines agissent pareillement avec une statue d'Hercule, le dieu de la ville : une soixantaine de morts... Des bandes de moines saccagent les sanctuaires de la montagne phénicienne encouragés par le Jean Chrysostome déjà cité. L'invitation paulinienne à mépriser la culture, le savoir, les livres, l'intelligence et à se contenter de la foi trouve ici son aboutissement...

5

Vandalisme, autodafés et culture de mort. Les chrétiens l'affirment derrière Paul de Tarse : la culture entrave l'accès à Dieu. D'où les bûchers. Tous les auteurs suspects d'hérésie, bien sûr, Arius le premier, Mani également, les nestoriens de même, mais aussi les ouvrages néo-platoniciens, les livres de divination dits de magie, et probablement tous les exemplaires des bibliothèques de ceux qui en possèdent et qui, comme à Antioche en 370, effrayés par la persécution et les risques encourus, vont au-devant des commissaires du

peuple chrétien et incendient eux-mêmes leurs livres.
En 391, l'évêque d'Alexandrie donne l'ordre de
détruire le Sérapéion – la bibliothèque part en fumée...

En 529, l'école néo-platonicienne d'Athènes est
fermée. Confiscation des biens par l'Empire chrétien.
Le paganisme se maintient dans la capitale grecque
depuis des siècles. L'enseignement de Platon pouvait
se prévaloir de dix siècles de transmission continue.
Les philosophes prennent le chemin de l'exil et partent
en Perse. Triomphe de Paul de Tarse moqué jadis par
les stoïciens et les épicuriens dans la cité de la philosophie lors de sa tentative d'évangélisation. Succès posthume de l'avorton de Dieu et de ses calamiteuses
névroses ! Culture de mort, culture de haine, culture de
mépris et d'intolérance... A Constantinople, en 562, les
chrétiens arrêtent des « Hellènes » – épithète insultante... –, les promènent dans la ville et les ridiculisent.
Place du Kénégion, on allume un immense brasier dans
lequel on précipite leurs livres et les images de leurs
dieux.

Justinien enfonce le clou et durcit la législation chrétienne contre l'hétérodoxe. Interdiction d'hériter ou de
transmettre ses biens à des païens pour les non-chrétiens ; interdiction de témoigner en justice contre des
sectateurs de l'Eglise ; interdiction d'employer des
esclaves chrétiens ; interdiction d'accomplir un acte
légal ; interdiction de la liberté de conscience (!) en
529 et obligation pour les païens de se faire instruire
dans la religion chrétienne, puis d'obtenir le baptême
sous peine d'exil ou de confiscation de leurs biens ;
interdiction de revenir au paganisme pour les convertis

à la religion d'amour ; interdiction d'enseigner ou de disposer de pensions publiques. Philosopher devient périlleux pour au moins mille ans... La théocratie se révèle à cette époque – comme à toutes les autres qui suivent – le très exact inverse de la démocratie.

QUATRIÈME PARTIE

Théocratie

I

PETITE THÉORIE DU PRÉLÈVEMENT

1

L'extraterritorialité historique. Chacun connaît l'existence des trois livres du monothéisme, mais très peu connaissent leurs dates, leurs auteurs, ni les aventures de l'établissement du texte : rédaction définitive, mise au point du corpus intouchable. Car Torah, Ancien Testament, Bible, Nouveau Testament, Coran mettent un temps fou avant de sortir de l'histoire pour donner l'impression de procéder seulement de Dieu et de n'avoir de comptes à rendre qu'à ceux qui entrent dans ces temples de papier munis de leur seule foi, débarrassés de leur raison et de leur intelligence.

Une anecdote : chercher les dates d'écriture et de naissance de tous les textes qui constituent les livres sacrés dans une bibliothèque spécialisée en histoire des religions pose des problèmes considérables. Comme si même les historiens, gens de raison, semblaient indifférents aux conditions de production de ces textes pourtant bien utiles pour aborder et saisir leur contenu. La

Genèse par exemple ? Contemporaine de quel livre, de quel auteur ? L'*Epopée de Gilgamesh* ou l'*Iliade* ? *La Théogonie* d'Hésiode, les *Upanishad* ou les *Entretiens* de Confucius ?

On entre dans ce texte inaugural de la Torah, de l'Ancien Testament et de la Bible sans en savoir plus, ni même sans conscience de son défaut de culture sur le sujet. Ces pages, comme toutes les autres, bénéficient d'un statut d'extraterritorialité historique. Cette étrangeté méthodologique donne raison aux dévots qui affirment ces livres sans auteurs humains, sans date de naissance chiffrée, tombés un jour du ciel de manière miraculeuse ou dictés à un homme inspiré par un souffle divin inaccessible au temps, à l'entropie, indemne de toute génération et corruption. Mystère !

Pendant des siècles le clergé interdit la lecture directe des textes. Il juge leur questionnement historique, humain, trop humain. Nous vivons toujours peu ou prou sous ce règne. Intuitivement, les serviteurs des religions savent qu'un contact direct, une lecture intelligente et pleine de bon sens mettent à mal l'incohérence de ces pages écrites par un nombre considérable de personnes, après de longs siècles de tradition orale sur une période historique extrêmement étendue, le tout ayant été mille fois copié par des scribes peu scrupuleux, niais, voire réellement et volontairement falsificateurs. A cesser de les aborder comme des objets sacrés, on arrête bien vite de les croire saints. D'où l'intérêt de les lire vraiment, plume à la main...

2

Vingt-sept siècles de chantier. Quand on finit par trouver ces informations, la surprise persiste. L'édition de la Bible d'Emile Osty et Joseph Trinquet propose son amplitude : entre le XIIe et le IIe siècle avant Jésus-Christ. Donc, entre les derniers livres de sagesse égyptienne – le scribe Any par exemple – et la Nouvelle Académie de Carnéade. Jean Soler – un excellent briseur de mythes – livre la sienne : entre le Ve et le Ier avant l'ère commune, soit entre Socrate et Lucrèce. Mais certains chercheurs réduisent encore le temps et proposent : IIIe et IIe...

Presque dix siècles d'écart pour la date de naissance du premier livre de la Bible ! Difficile, dès lors, de penser en historien et d'effectuer un travail de contextualisation sociologique, politique et philosophique. Le travail d'effacement, volontaire ou non, des traces, des preuves d'historicité, l'escamotage des échafaudages produit son effet : on ne sait pas quels hommes produisent ces livres, quelles conditions immanentes les rendent possibles. Dès lors, la voie est libre pour les affabulations des tenants d'une source divine !

Même imprécision pour les textes du Nouveau Testament. Les plus anciens datent d'un demi-siècle après l'existence supposée de Jésus. Dans tous les cas de figure, aucun des quatre évangélistes n'a connu réellement, physiquement le Christ. Dans le meilleur des cas, leur savoir relève du récit mythologique et fabuleux rapporté de manière orale, puis transcrit un jour, entre les années 50 de l'ère commune – les épîtres de Paul – et la fin du Ier siècle – l'Apocalypse. Pourtant, aucune copie des évangiles n'existe avant la fin du IIe ou le début du IIIe. Nous datons l'œil sur les prétendus faits, en croyant a priori ce que ces textes racontent.

Puisqu'ils sont de Marc, Luc, Matthieu, etc., puisque nous sommes dans ces eaux-là, il faut bien que les textes datent de telle ou telle année – même si le document le plus ancien est bien tardif, contemporain de ce que d'aucuns appellent la « forgerie » du christianisme, les fameuses décennies du IIe siècle de notre ère. En 1546, le concile de Trente tranche dans le vif et décide du corpus définitif à partir de la Vulgate, elle-même fabriquée avec le texte hébreu, traduit au IVe et Ve siècle par un Jérôme guère étouffé par l'honnêteté intellectuelle...

Les juifs constituent leur corpus avec une même lenteur, et sur une période tout aussi étendue. Si certains textes de la Torah passent pour dater du XIIe siècle avant J.-C. il faut attendre quelques années après la destruction du Temple de Jérusalem, dans les alentours de l'an 100, pour que des rabbins pharisiens fixent le détail de la Bible hébraïque. Dans le même temps, Epictète vit dans la Rome impériale une vie de stoïcien emblématique...

Au début du IIIe siècle, ils calligraphient sur des rouleaux l'enseignement de la Torah (la Mishna). Simultanément, Diogène Laërce collige ses documents et se prépare à rédiger ses *Vies, opinions et sentences des philosophes illustres.* Vers 500, des rabbins émigrés de la Palestine achèvent le Talmud de Babylone, un commentaire de la Mishna. A cette heure, Boèce compose en prison sa *Consolation de la philosophie.* Il faut attendre la période de l'an 1000 pour voir le texte de la Bible hébraïque définitivement fixé. Pendant ce temps, dans son coin, Avicenne tâche de concilier la philosophie et l'islam.

C'est également la période où avec une poignée de Corans – il faut y mettre un s... – quelques musulmans établissent une version définitive : car, pour ce travail, il faut choisir parmi plusieurs versions, confronter des dialectes, unifier la syntaxe, travailler sur le graphisme, mettre au net orthographique, séparer versets abrogeants et versets abrogés pour éviter une incohérence trop criante. Une véritable entreprise de calibrage textuel, certes, mais aussi idéologique. Le temps travaille les documents, l'histoire de cette forgerie reste à écrire méticuleusement.

Conclusion : si l'on retient en amont la datation la plus ancienne (XIIe av.) pour le plus vieux livre vétéro-testamentaire, puis, en aval, la fixation du corpus néo-testamentaire au concile de Trente (XVIe), le chantier des monothéismes s'étale sur vingt-sept siècles d'histoire mouvementée. Pour des livres directement dictés par Dieu à ses ouailles, les occasions intermédiaires se comptent par dizaines. Pour le moins, elles appellent et méritent un réel travail archéologique.

3

L'auberge espagnole monothéiste. Qu'y a-t-il de certain dans ce balayage historique étourdissant ? Pas même la date de naissance du monothéisme... D'aucuns la placent vers le XIIIe siècle, mais Jean Soler tient pour les alentours du IVe et du IIIe, très tard donc. Là encore, le flou persiste. Mais les intentions généalogiques paraissent claires : les juifs l'inventent – même en s'inspirant du culte solaire égyptien... – pour rendre possibles la cohérence, la cohésion, l'existence de leur petit peuple menacé. La mythologie fabriquée par leurs soins permet de créer un Dieu guerrier, combattant, sanguinaire, agressif, chef de guerre très utile pour mobiliser la force de gens sans terre. Le mythe du peuple élu fonde l'essence et l'existence d'une Nation désormais dotée d'un destin.

De cette invention restent quelques milliers de pages canoniques. Très peu finalement en regard de leurs effets sur la totalité du monde depuis plus de vingt siècles. Pour prendre une édition semblable – la Pléiade qui, en passant, opte idéologiquement pour la reliure grise des textes sacrés et non verte des textes de l'Antiquité... –, l'Ancien Testament totalise en gros trois mille cinq cents pages, le Nouveau, neuf cents, le Coran, sept cent cinquante, soit un peu plus de cinq mille pages dans lesquelles tout est dit et le contraire de tout...

Dans chacun de ces trois livres fondateurs, les contradictions abondent : à une chose dite correspond presque immédiatement son contraire, un avis triomphe, mais son exact opposé aussi, une valeur est prescrite, son antithèse un peu plus loin. Le travail de fixation définitive, la construction d'un corpus cohérent n'y fait rien, pas même la décision de décréter trois évangiles synoptiques parce que lisibles en regard les uns des autres. Le juif, le chrétien, le musulman peuvent, selon leur souhait, puiser dans la Torah, les Evangiles et le Coran, ils trouvent selon leur besoin matière à justifier le blanc et le noir, le jour et la nuit, le vice et la vertu.

Un chef de guerre cherche un verset qui justifie son action ? Il en trouve une quantité incroyable. Mais un pacifiste qui déteste la guerre, déterminé à faire triompher son point de vue, peut tout aussi bien brandir une phrase, une citation, une parole inverses ! L'un puise dans le texte pour justifier la guerre d'extermination totale ? Les livres existent, les textes aussi. L'autre en appelle à la paix universelle ? Il trouve également maximes à sa convenance. Un antisémite justifie sa haine hystérique ? Un croyant veut fonder son mépris des Palestiniens la Bible à la main ? Un misogyne, prouver l'infériorité des femmes ? Les textes abondent et le permettent... Mais une parole prélevée dans ce fatras autorise aussi à conclure le contraire. Même chose si l'on veut se décharger la conscience en justifiant la haine, le massacre, le mépris, il y a tout autant matière à légitimer sa vilenie qu'à professer un indéfectible amour du prochain.

Trop de pages écrites sur trop d'années par trop de gens inconnus, trop de reprises et de repentirs, trop de sources, trop de matière : à défaut d'un seul inspirateur, Dieu, les trois livres dits sacrés supposent beaucoup trop de scribes, d'intermédiaires et de copistes. Aucun de ces livres n'est cohérent, homogène, univoque. Concluons donc à l'incohérence, à l'hétérogénéité et à la plurivocité des enseignements. Lire attentivement, partir du début, et viser la fin en empruntant le chemin balisé, voilà une méthode toute simple, mais peu pratiquée.

Qui a lu, vraiment, in extenso, le livre de sa reli-

gion ? Lequel, l'ayant lu, a fait fonctionner sa raison,
sa mémoire, son intelligence, son esprit critique sur le
détail et l'ensemble de sa lecture ? Lire suppose non
pas faire filer les pages entre ses mains, les psalmodier
en derviche tourneur, les compulser à la manière d'un
catalogue, prélever çà et là, de temps en temps, une
page pour une histoire, mais prendre le temps de *méditer l'ensemble*. En pratiquant ainsi, on découvre l'incroyable invraisemblance, le tissu d'incohérences de
ces trois livres constructeurs d'Empires, d'Etats, de
Nations, d'Histoire depuis plus de deux millénaires.

4

Une logique du prélèvement. Dans ce chantier de
fouille à l'air libre, le prélèvement règne en maître.
Puisque chacun de ces livres passe pour être inspiré ou
dicté par Dieu, il ne peut qu'être parfait, absolu, définitif. Dieu maîtrise l'usage de la raison, le principe de
non-contradiction, la dialectique des conséquences, la
causalité logique, sinon il n'est plus Dieu. Le Tout
étant parfait, les Parties qui le constituent le sont également. Ainsi, la totalité du livre obéit à la perfection des
moments qui l'architecturent : la Bible est Vraie, donc
chacun de ses fragments l'est aussi, une phrase prélevée également.

Partant de ce principe, on glose sur l'Esprit à partir
de la Lettre – et vice versa. Un prélèvement dit le
contraire ? Oui, mais un troisième exprime le contraire
du contraire. Et l'on déloge bien une autre phrase qui,
apportant la contradiction au contraire, restaure la pro-

position première. Ce jeu de justifications de sa thèse par l'usage d'une citation extraite d'un texte et d'un contexte, permet à chacun d'utiliser les textes dits sacrés pour sa cause : Hitler justifie son action en célébrant Jésus chassant les marchands du Temple pendant que Martin Luther King légitime sa non-violence en citant lui aussi les Evangiles... L'Etat d'Israël s'appuie sur la Torah pour justifier la colonisation de la Palestine, les Palestiniens citent le Coran pour les en déloger par l'assassinat. Les sophisteries, l'habileté dialecticienne retorse, le goût pour l'argumentation suffisent pour donner la bénédiction au vice et vouer la vertu aux gémonies.

Exemple juif : on connaît l'histoire, Yahvé intervient en personne, sur la montagne, au milieu du feu, dans un nuage, nimbé par la nuée, et donne à Moïse d'une voix forte – on l'imagine mal fluette et peu assurée... – ses dix commandements. Dans la liste, le cinquième, le plus célèbre : « Tu ne tueras pas » (Deut. V, 17). On ne peut plus simple : pronom personnel sujet, verbe au futur simple ayant valeur d'ordre et locution négative. Dieu s'exprime simplement. Un cas d'école pour l'analyse logique en classe primaire, une formule audible à l'intelligence la plus obtuse : interdiction de pratiquer le meurtre, interdiction d'enlever la vie à quiconque, principe absolu, intangible, ne justifiant aucun aménagement, ne souffrant aucune dispense, aucune restriction. La chose est dite, entendue.

Prélever ces quelques mots du décalogue suffit à définir une éthique. Non-violence, paix, amour, pardon, douceur, tolérance, tout un programme qui exclut la guerre, la violence, les armées, la peine de mort, les combats, les Croisades, l'Inquisition, le colonialisme, la bombe atomique, l'assassinat, toutes choses, pourtant, que les tenants de la Bible pratiquent pendant des siècles, sans vergogne, au nom même de leur fameux livre saint. Pourquoi, dès lors, cet apparent paralogisme ?

Apparent parce que dans le même Deutéronome, pas beaucoup plus loin, une poignée de versets plus tard (Deut. VII, 1), le même Yahvé intervient pour justifier les juifs dans leur extermination d'un certain nombre de populations explicitement nommées dans la Torah : les Hittites – l'Asie Mineure –, les Amorrhéens, les Perrizites, les Cananéens, les Guirgachites, les Hiwwites, les Jébouséens, pas moins de sept peuples, dont un grand nombre constitue alors la Palestine. A l'endroit de ces nations, Yahvé autorise l'anathème, le racisme – interdiction du mariage mixte –, il interdit le contrat, récuse toute pitié, invite à la destruction de leurs autels, de leurs monuments, légitime les autodafés. Pour quelles raisons ? Réponse : les juifs sont le peuple élu (Deut. VII, 6), choisi par Dieu, contre tous les autres, malgré tous les autres.

D'un côté, ne pas tuer ; de l'autre, le vocabulaire de la suite du Deutéronome : frapper, périr, anéantir, brûler, déposséder, et autres termes qui relèvent du registre de la guerre totale. Yahvé justifie le massacre de tout ce qui vit, hommes et bêtes, femmes et enfants, les vieillards, les ânes, les bœufs, le menu bétail dit le texte, tout doit être passé au fil de l'épée (Jos. VI, 21). La conquête du pays de Canaan, la prise de Jéricho se paient du prix de toute vie. La ville est incendiée. L'or et l'argent échappent à la vindicte et sont consacrés à

Yahvé, pour sa grandeur, ses largesses et sa complicité dans ce qu'il convient bien de nommer *le premier génocide* : l'extermination d'un peuple.

Que faut-il conclure ? Doit-on y voir une contradiction définitive ? Ou faut-il mieux lire, plus finement, en sortant des sentiers battus habituellement empruntés pour aborder ce sujet ? Car l'impératif de ne pas tuer peut paraître compatible avec la légitimation de l'extermination d'un peuple. En son temps, Léon Trotski formule la solution en écrivant, pour d'autres raisons et dans d'autres circonstances, un livre intitulé *Leur morale et la nôtre* : une morale de combat, une éthique pour les uns, un autre code pour les autres.

Hypothèse : le décalogue vaut comme invite locale, sectaire et communautaire. Sous-entendu « toi, juif, tu ne tueras pas de juifs ». Le commandement joue un rôle architectonique pour que vive et survive la communauté. En revanche, tuer les autres, les non-juifs, les goys – le mot signale deux mondes irréductibles – le forfait n'est pas vraiment tuer, du moins ça ne relève plus des dix commandements. L'impératif de ne pas enlever la vie cesse d'être catégorique et devient hypothétique. Il ne fonde pas l'universel, mais entretient le particulier. Yahvé parle à son peuple élu et n'a aucune considération pour les autres. La Torah invente l'inégalité éthique, ontologique et métaphysique des races.

5

Le fouet et l'autre joue. Exemple chrétien, cette fois-ci, de contradictions possibles ou de paralogismes. Les quatre évangiles donnent l'impression de ne célébrer que douceur, paix et amour. Jésus rayonne en figure du pardon des pécheurs, doué de la parole consolatrice à destination des malades et des affligés, faisant l'éloge des simples d'esprit et autres variations sur le thème de la pensée charitable. Voilà l'habituelle panoplie du Messie racontée aux petits enfants et mise en scène le dimanche dans le prêche à destination des familles.

Morceaux choisis pour illustrer cet aspect du personnage : la parabole de l'autre joue. On la connaît. Matthieu la rapporte (V, 39), Luc la lui emprunte (VI, 29) : Jésus enseigne qu'il n'abolit pas l'Ancien Testament, mais l'accomplit. Concernant le talion, il propose ce que signifie accomplir : dépasser. A ceux qui pratiquent œil pour œil et dent pour dent, il oppose une nouvelle théorie : pour un coup sur la joue droite, tendre l'autre joue. (Qui, probablement, en recevra un autre...)

Là encore, comme avec le cinquième commandement, l'invite ne souffre aucun ajustement. Nul ne peut tergiverser, tourner la parabole dans tous les sens, et justifier le retour de gifle comme réponse à l'offense. Un coup, et le chrétien rétorque par cette abstention qui désamorce. On comprend que l'Empire romain travaille sur du velours avec les martyrs chrétiens envoyés dans la fosse aux lions ! Cette doctrine destine sans coup férir au massacre quand devant soi on dispose d'un abruti déterminé. Le Mahatma Gandhi et les siens allongés sur les voies de chemin de fer peuvent s'inspirer de l'esprit des évangiles tant qu'ils n'ont pas en face d'eux un chef d'escadron nazi qui leur enlèverait bien vite l'usage de leurs deux joues...

Mais il existe aussi dans les évangiles une autre parabole, une histoire tout aussi validée par les autorités chrétiennes, puisqu'elle figure dans le Canon : les marchands du Temple. Elle est du même Jésus, et l'on ne peut arguer que l'autre joue relève de l'enseignement du Messie alors que la furie christique, sa colère et sa violence – des cordes transformées en fouet (Jean II, 14) – procèdent d'un personnage subalterne, d'un apôtre, d'un figurant dans le texte. Le même Jésus qui refuse de rendre coup pour coup chasse violemment les marchands du Temple coupables de vendre bœufs, brebis, colombes, et de changer de l'argent à leurs comptoirs. Doux ? Pacifique ? Tolérant Jésus ?

Pour répondre aux croyants qui trouveraient ce moment insuffisant pour invalider la figure d'un Christ pacifique, rappelons quelques autres passages du Nouveau Testament dans lesquels leur héros ne se comporte pas toujours en gentleman... Ainsi, quand il professe sept *malédictions* contre les pharisiens et scribes hypocrites (Luc XI, 42-52) ; quand il voue à la *géhenne* les individus qui ne croient pas en lui (Luc X, 15 et XII, 10) ; quand il *invective* les villes du nord du lac de Génésareth coupables de n'avoir pas fait pénitence ; quand il annonce la *ruine* de Jérusalem et la *destruction* du Temple (Marc XIII) ; quand il professe que qui n'est pas avec lui est *contre* lui (Luc XI, 23) ; quand il enseigne qu'il est venu non pas pour la paix, mais pour le *glaive* (Mat. X, 34) ; et passim...

6

Hitler, disciple de saint Jean. En vertu de cette fameuse théorie du prélèvement, Adolf Hitler dit le plus grand bien de cette parabole des marchands du Temple extraite de l'évangile selon saint Jean. Je dirai plus loin combien Hitler, chrétien qui n'abjure jamais sa foi, célèbre l'Eglise catholique, apostolique et romaine, vante l'excellence de son art de construire une civilisation, puis prophétise sa pérennité dans les siècles à venir. Pour l'instant, je constate que dans *Mon combat*, il renvoie explicitement – page 306 de la traduction française aux Nouvelles Editions Latines – au *fouet*, donc au passage de Jean (II, 14), le seul à donner ce détail, pour dire quel christianisme il défend : le *vrai christianisme* (p. 306) avec sa *foi apodictique* (p. 451) – ses propres expressions...

Un chrétien qui ne renie pas les deux temps de la Bible peut aussi puiser dans Exode (XXI, 23) pour recourir à la loi du talion. Dans le détail, elle invite à troquer œil pour œil, dent pour dent, on le sait, mais aussi main pour main, pied pour pied, brûlure pour brûlure, blessure pour blessure, meurtrissure pour meurtrissure. Certes, on l'a vu, Jésus propose l'autre joue comme accomplissement alternatif à la formule tribale. Mais si l'on abroge cette parabole évangélique par celle du talion vétérotestamentaire, puis qu'on confirme avec le moment néotestamentaire des marchands du Temple, le pire se justifie sans difficulté. Ainsi bardé de sophisteries, on peut justifier la Nuit de cristal comme une éviction moderne des marchands du Temple – rappelons que Jésus leur reproche d'y faire du commerce et du change... Puis, en poursuivant l'argumentation hystérique, la solution finale devient la réponse sous forme de talion au fantasme national-socialiste de l'enjuivement racial et bolchevique de l'Europe... Malheureusement, le fouet métaphorique permet au dialecticien et au rhéteur déterminé de légitimer la chambre à gaz. Pie XII et l'Eglise catholique succombent d'ailleurs aux charmes de ces paralogismes hitlériens dès les premières heures et jusqu'à aujourd'hui, si l'on tient pour aveu de collaboration une incapacité à avouer encore aujourd'hui l'erreur que fut le soutien du Vatican au nazisme. J'y reviendrai plus loin.

7

Allah n'est pas doué pour la logique. Hitler – Abu Ali en arabe – aime beaucoup la religion musulmane, virile, guerrière, conquérante et militaire par essence. Et de nombreux fidèles lui rendent sa politesse dans l'histoire : jadis le grand mufti de Jérusalem, mais aussi les militants antisémites et antisionistes de toujours qui recyclent d'anciens nazis aux places les plus élevées des états-majors et des services secrets proche-orientaux après la guerre, qui protègent, dissimulent et entretiennent de nombreux criminels de guerre du IIIe Reich sur leurs territoires – Syrie, Egypte, Arabie Saoudite, Palestine. Sans parler d'un nombre incroyable de conversions d'anciens dignitaires du Reich à la religion du Coran.

Continuons à examiner, après l'Ancien et le Nouveau Testament, la possibilité de contradictions, de paralogismes et de prélèvements potentiels pour justifier le pire. L'interdit juif de tuer et simultanément l'éloge de l'holocauste par les mêmes ; l'amour du prochain chrétien et, en même temps, la légitimation de la violence par la colère prétendument dictée par Dieu, voilà deux problèmes spécifiquement bibliques. Et il en va de même avec le troisième livre monothéiste, le Coran, lui aussi chargé de potentialités monstrueuses.

Exemple musulman, donc : une sourate (IV, 82) bien imprudente affirme que le Coran provient directement d'Allah. La preuve ? L'inexistence de *contradictions* dans le livre divin... Las ! Il ne faut pas bien longtemps pour s'apercevoir qu'elles abondent au fil des pages ! A plusieurs reprises, le Coran parle de lui-même en prenant plaisir à son existence : intelligemment exposé (VI, 114) – comme du Spinoza... –, clairement déroulé (XXII, 16) – tel un propos de Descartes... –, sans tortuosité (XXXIX, 28) – à la manière d'une page de Bergson... Sauf que l'ouvrage fourmille de propos contradictoires. Il suffit de se baisser conceptuellement pour les ramasser.

Le Coran comporte cent vingt-quatre sourates qui toutes, sauf la neuvième, s'ouvrent avec la répétition du premier verset de la première sourate (I, 1), la phrase inaugurale du livre : « Au nom de Dieu : celui qui fait miséricorde, le Miséricordieux ». Dont acte. La tradition donne quatre-vingt-dix-neuf noms à Dieu, le centième est révélé seulement dans la vie future. Parmi ceux-ci, des variations sur le thème de la miséricorde : le Tout Pardonnant – Al-Gaffar –, le Juste, l'Equitable, le Subtil-Bienveillant, le Bon – Al-Latif –, le Longanime, le Très Clément – Al Halim –, le Bien Aimant, le Bienfaisant – Al-Barr –, l'Indulgent – Al'Afouww –, le détenteur de la Générosité – Zhu-I-Jalali.

Vérifions dans Littré : la miséricorde définit « la grâce, le pardon accordé à ceux qu'on pourrait punir ». Ou bien, s'agissant spécifiquement de religion : « bonté par laquelle Dieu fait grâce aux hommes et aux pécheurs ». Comment dès lors peut-on justifier que parmi ses autres noms, il soit aussi : celui qui avilit – Al-Mouhill –, celui qui fait mourir – Al-Moumit –, le vengeur – Al Mountaqim –, celui qui peut nuire aux personnes qui l'offensent – Al-Darr ? Drôle de façon de pratiquer la miséricorde qu'avilir, tuer, venger, nuire ! Ce que des dizaines de sourates justifient à longueur de pages...

8

Inventaire des contradictions. Allah ne cesse d'apparaître dans le Coran comme un guerrier sans pitié. Certes, il peut exercer sa magnanimité, elle relève de ses attributions. Mais quand ? Où ? Avec qui ? On passe au fil de l'épée, on avilit par le joug, on torture, on brûle, pille et massacre beaucoup plus qu'on ne pratique l'amour du prochain. Et ce dans les faits et gestes du Prophète tout aussi bien que dans le texte du livre sacré. Théorie musulmane et pratique islamique ne brillent pas dans la miséricorde !

Car Mahomet lui-même n'a pas excellé dans les vertus chevaleresques, sa biographie témoigne : le Mahomet de Médine pratique la razzia lors de guerres tribales, s'attribue des captives de guerre, partage les butins, il envoie ses amis en première ligne pour les exactions guerrières, puis, à peine atteint par une pierre, assiste à la débandade de ses amis dissimulé dans une tranchée, il mandate des proches pour l'élimination de tel ou tel adversaire gênant, quand il combat, il massacre allègrement des juifs, etc. Allah est grand, certes, donc Mahomet son Prophète aussi, mais n'examinons pas trop les qualités de l'envoyé, car Dieu pourrait bien en pâtir...

Magnanime, donc. Inventaire du contraire : Allah brille dans la stratégie, la tactique de guerre ou de *punition* – tuer entre autres – (VIII, 30) ; il utilise la *ruse* avec brio (III, 54), or cette vertu des cyniques paraît plus un vice qu'autre chose ; il recourt volontiers à la violence et décide de la *mort* (III, 156) ; il concocte des *châtiments ignominieux* pour les incrédules (IV, 102) ; il est le *Maître de la vengeance* (V, 95 et III, 4) ; il *anéantit* les mécréants (III, 141) ; il pratique tellement cette vertu sublime qu'il ne tolère pas même une croyance différente de son souhait : il punit donc ceux qui se font une *idée fausse* de lui (XLVIII). Bonjour la magnanimité...

9

Tout et le contraire de tout. Le Coran contredit donc en de multiples endroits chacune des invocations d'ouverture de sourate dans lesquelles Dieu est présenté comme Magnanime. Dans le détail également on trouve matière à pointer des contradictions : invitation à tuer les incrédules (VIII, 39) et les polythéistes (IX, 5), *mais* éloge au verset suivant de qui leur offre asile (IX, 6) ; proposition de combattre violemment les incrédules (VIII, 39), *mais* célébration du pardon (VIII, 199), de l'oubli (V, 13) et de la paix (XLVII, 29) ; justification du massacre (IV, 56, IV, 91, II, 191-194), *mais* utilisation fréquente d'une sourate – elle dédouane souvent l'islam de son tropisme pour la boucherie – qui dit : tuer un homme qui n'a pas commis de violence sur terre, c'est tuer tous les hommes, de même en sauver un seul, c'est les sauver tous (V, 32) ; justification du talion (II, 178, V, 38), *mais* y renoncer permet d'obtenir l'expiation de ses fautes (V, 45) ; interdiction de prendre pour amis des juifs ou des chrétiens (V, 51), *mais* permission pour les hommes d'épouser une femme pratiquant la religion des deux autres Livres (V, 5), à quoi s'ajoute un verset affirmant la fraternité de tous les croyants (XLIX, 10), puis proposition de discuter avec eux de manière courtoise (XXIX, 46) ; légitimation de la chasse à l'impie (IV, 91), *mais* célébration de l'indifférence à l'endroit de qui se détourne de Dieu (IV, 80) ; prescription du carcan au cou des infidèles (XIII, 5), *mais* autre verset souvent excipé pour prouver la tolérance de la religion musulmane : « pas de contrainte en religion ! » (II, 256) – on rêve... ; invocation de Dieu pour l'anéantissement des juifs et des chrétiens (IX, 30), *mais* promulgation d'une sentence d'amitié entre les croyants quelques versets plus loin dans la même sourate (IX, 71) ; affirmation de l'égalité de tous et toutes devant la vie et la mort (XLV, 21), *mais* désolation sur terre quand dans une famille naît une fille (XLIII, 17), puis confirmation qu'après la mort, l'inégalité règne : le Paradis pour certains, l'Enfer pour d'autres (LIX, 20) ; une fois, le Prophète enseigne que la récompense du Bien, c'est le Paradis (III, 136), *mais* une autre fois il prétend que ladite récompense du Bien, c'est... le Bien (LV, 60) ; affirmation que tout procède du vouloir de Dieu qui égare sciemment (XLV, 23), *mais*, malgré tout, l'homme est responsable de ses faits et gestes (LII, 21) – on n'hérite pas impunément de Moïse et de Jésus...

Si, comme l'enseigne la sourate intitulée « Les femmes », l'absence de contradictions dans le Coran prouve l'origine divine du Livre – dicté sur vingt années, à La Mecque et à Médine, à un homme qui, ramasseur du crottin des chameaux, ne savait, pauvre bougre, ni lire ni écrire... –, la quantité de contradictions accumulées et ci-dessus pointées cursivement permet d'affirmer l'origine humaine, très humaine, trop humaine de l'ouvrage en question ! Paradoxalement, la thèse coranique d'une absence de contradictions dans le texte contredite par l'examen du texte donne raison au texte, ce qui permet de conclure à son origine humaine et non divine...

10

La contextualisation, une sophisterie. Face à ce déluge de vérités contrariées par autant de contrevérités, devant le désordre de ce chantier métaphysique où toute affirmation dispose de sa négation, d'aucuns veulent justifier la logique de leur propre prélèvement pour montrer que la totalité de l'islam se réduit à la portion de textes que leurs prélèvements mettent en exergue. L'un propose un islam modéré, l'autre un islam fondamentaliste, un troisième un islam laïc (!), ouvert, républicain.

Des plaisantins parlent même d'un islam féministe et s'appuient sur la biographie du Prophète qui, Béni soit son Nom, aidait sa femme Aïcha à effectuer les tâches ménagères. Les mêmes, jamais en retard d'intelligence, contextualisent rudement, puis déduisent des courses de chameaux qui mettent aux prises Mahomet et son épouse la possibilité, aujourd'hui, de tournois mixtes de football ! Un drôle de la même famille qui se pique de science contextualise lui aussi les sourates et versets à tour de bras au point d'affirmer que le Coran prévoit la conquête spatiale (LV, 33) et l'invention de l'informatique ! Arrêtons là...

Les uns prélèvent ce qui permet un islam apparemment tolérant : il suffit d'isoler les versets où le Prophète invite à donner l'asile aux infidèles, à pratiquer le pardon, l'oubli, la paix, à refuser toute violence et tout crime, à renoncer au talion, à aimer son prochain, fût-il juif, chrétien, incroyant, athée, polythéiste, à tolérer la différence de points de vue. Le malheur veut qu'un autre prétend exactement le contraire et paraît tout aussi légitime à croire au bien-fondé et à la légitimité du crime, du meurtre, de la violence, de la haine, du mépris... Car il n'y a pas de vérité du Coran ou de lecture juste, seulement des interprétations fragmentaires, idéologiquement intéressées pour bénéficier, soi, personnellement, de l'autorité du livre et de la religion.

Que signifie par exemple contextualiser un verset qui invite à massacrer les juifs ? L'expliquer en fonction de l'époque, du contexte historique, des raisons qui font écrire et penser cela dans le moment tribal ? Et après ? L'antisémitisme disparaît quand on montre son enracinement dans le terreau daté d'une histoire et d'une géographie ? L'appel au crime cesse soudain, comme par enchantement, d'être un appel au crime ? On ne peut empêcher le texte d'avoir été écrit noir sur blanc, quoi qu'on pense du contexte. Même si le contraire se trouve dans le texte, l'antisémitisme s'y lit aussi et tout aussi légitimement.

Paradoxalement, les amateurs musulmans de contextualisation considèrent leur Livre comme sacré, divin, inspiré, révélé, dicté par Dieu. Dès lors, et de fait, le Coran devient rationnellement intouchable. Mais pour servir leurs intérêts, ils changent de registre et souhaitent soudain une lecture historique. Ils veulent la foi et la raison, la croyance et l'archive, la fable et la vérité, suivant leurs besoins dialectiques. Une fois sur un terrain mystique, une autre sur le registre philosophique, insaisissables, jamais sur la même longueur d'onde qu'un lecteur dépourvu de préjugés ou de convictions décidé à lire vraiment le texte.

Je tiens pour l'impitoyable lecture historique des trois livres prétendus sacrés. Et pour la nécessité de regarder leurs productions effectives dans l'histoire de l'Occident et du monde. Les fables juives sur Canaan, les prophéties génocidaires mosaïques, la perspective d'un décalogue communautaire, la loi du talion, le fouet contre les marchands du Temple, les paraboles du glaive et de l'épée, la miséricorde d'un Dieu meurtrier, antisémite, intolérant, forgent l'épistémè monothéiste, malgré l'interdit de tuer de la Torah, l'amour du prochain des Evangiles et le mixte effectué çà et là dans le Coran. Ces trois livres servent plus souvent qu'à leur tour la pulsion de mort consubstantielle à la névrose de la religion d'un seul Dieu – devenue religion du seul Dieu.

II

AU SERVICE DE LA PULSION DE MORT

1

Les indignations sélectives. La possibilité de prélever au choix dans les trois livres du monothéisme aurait pu produire les meilleurs effets : il suffisait de tabler sur l'interdit deutéronomique de tuer transformé en absolu universel sans jamais tolérer une seule exception, de mettre en exergue la théorie évangélique de l'amour du prochain en interdisant tout ce qui contredit cet impératif catégorique, de s'appuyer en tout et pour tout sur la sourate coranique selon laquelle tuer un homme, c'est supprimer l'humanité tout entière, pour que soudainement les religions du Livre soient recommandables, aimables et désirables.

Si les rabbins interdisaient qu'on puisse être juif et massacrer, coloniser, déporter des populations au nom de leur religion ; si les prêtres condamnaient quiconque supprime la vie de son prochain, si le pape, le premier des chrétiens, prenait toujours le parti des victimes, des faibles, des miséreux, des sans-grade, des exclus, des descendants du petit peuple des premiers fidèles du

Christ ; si les califes, les imams, les ayatollahs, les mollahs et autres dignitaires musulmans vouaient aux
gémonies les furieux du glaive, les tueurs de juifs, les
assassins de chrétiens, les empailleurs d'infidèles ; si
tous ces représentants de leur Dieu unique sur terre
optaient pour la paix, l'amour, la tolérance : d'abord
on l'aurait su et vu, ensuite, et alors, on aurait pu soutenir les religions dans leur principe, puis se contenter de
condamner l'usage qu'en font les mauvais, les méchants.
Au lieu de tout cela, ils pratiquent à l'inverse, choisis-
sent le pire et, sauf rarissimes exceptions ponctuelles,
singulières et personnelles, ils appuient toujours dans
l'histoire les chefs de guerre, les sabreurs, les militaires, les guerriers, les violeurs, les pillards, les criminels
de guerre, les tortionnaires, les génocidaires, les dictateurs – sauf les communistes... –, la lie de l'humanité.

Car le monothéisme tient pour la pulsion de mort, il
aime la mort, il chérit la mort, il jouit de la mort, il est
fasciné par elle. Il la donne, la distribue massivement,
il en menace, il passe à l'acte : de l'épée sanguinolente
des juifs exterminant les Cananéens à l'usage d'avions
de ligne comme de bombes volantes à New York, en
passant par le largage de charges atomiques à Hiroshima et Nagasaki, tout se fait au nom de Dieu, béni
par lui, mais surtout béni par ceux qui s'en réclament.

Aujourd'hui, le grand rabbinat de Jérusalem fustige
le terroriste palestinien bardé d'explosifs dans la rue
de Jaffa, mais fait silence sur l'assassinat des habitants
d'un quartier de Cisjordanie détruit par les missiles de
Tsahal ; le pape conspue la pilule rendue responsable
du plus grand des génocides de tous les temps, mais
défend activement le massacre de centaines de milliers

de Tutsis par les Hutus catholiques du Rwanda ; les plus hautes instances de l'islam mondial dénoncent les crimes du colonialisme, de l'humiliation et de l'exploitation que le monde occidental leur (a) fait subir, mais se réjouissent d'un djihad planétaire mené sous les auspices d'Al-Qaïda. Fascinations pour la mort des goys, des mécréants et des infidèles – les trois considérant d'ailleurs l'athée comme leur seul ennemi commun !

Les indignations monothéistes sont sélectives : l'esprit de corps fonctionne à plein. Les juifs disposent de leur Alliance, les chrétiens de leur Eglise, les musulmans de leur Umma. Ces trois temps échappent à la Loi et bénéficient d'une extraterritorialité ontologique et métaphysique. Entre membres de la même communauté, tout se défend et justifie. Un juif – Ariel Sharon – peut (faire) exterminer un Palestinien – le peu défendable Cheikh Hiacine... –, il n'offense pas Yahvé, car le meurtre s'effectue en son nom ; un chrétien – Pie XII – a le droit de justifier un génocidaire qui massacre des juifs – Eichmann exfiltré d'Europe grâce au Vatican –, il ne fâche pas son Seigneur, car le génocide venge le déicide attribué au peuple juif ; un musulman – le mollah Omar – peut (faire) pendre des femmes accusées d'adultère, il plaît à Allah, car le gibet se dresse en son Nom... Derrière toutes ces abominations, des versets de la Torah, des passages des Evangiles, des sourates du Coran qui légitiment, justifient et bénissent...

Dès que la religion produit des effets publics et politiques, elle augmente considérablement son pouvoir de nuisance. Quand on s'appuie sur un prélèvement dans tel ou tel des trois livres pour expliquer le bien-fondé et la légitimité du crime perpétré, le forfait devient inattaquable : peut-on aller contre la parole révélée, le dit de Dieu, l'invite divine ? Car Dieu ne parle pas – sauf au peuple juif et quelques illuminés auxquels il envoie parfois un messager, une vierge par exemple –, mais le clergé le fait parler d'abondance. Quand un homme d'Eglise s'exprime, qu'il cite les morceaux de son livre, s'y opposer revient à dire non à Dieu en personne. Qui dispose d'assez de force morale et de conviction pour refuser la parole (d'un homme) de Dieu ? Toute théocratie rend impossible la démocratie. Mieux : un soupçon de théocratie empêche l'être même de la démocratie.

2

L'invention juive de la guerre sainte. A tout Seigneur tout honneur. Les juifs inventent le monothéisme, ils inventent tout ce qui va avec. Le droit divin et son corrélat obligé : le peuple élu exhaussé, les autres peuples enfoncés, logique cohérente ; mais aussi, et surtout, la force divine nécessaire à l'appui de ce droit venu du Ciel : car le bras armé permet son efficacité sur terre. Dieu dit, il parle, ses prophètes, les messies et ses envoyés divers traduisent son discours assez inaudible sinon. Le clergé transforme tout cela en mots d'ordre défendus par des troupes harnachées, caparaçonnées, déterminées, armées jusqu'aux dents. D'où la trifonctionnalité fondatrice de civilisations : le Prince représentant de Dieu sur terre, le Prêtre fournisseur de concepts du Prince et le Soldat force brutale du prêtre.

Le Peuple faisant *toujours* les frais de la perfidie théocratique.

Les juifs inventent la dimension temporelle du spirituel monothéiste. Bien avant eux, le Prêtre agit de
conserve avec le Roi, le compagnonnage est primitif,
préhistorique, antédiluvien. Mais le Peuple Elu reprend
à son compte cette logique habile et bien pratique : la
Terre doit être organisée comme au Ciel. Sur le terrain
de l'histoire on doit reproduire les schémas théologiques. L'immanence doit démarquer les règles de la transcendance. La Torah raconte les choses sans ambages.

Sur le mont Sinaï, Dieu s'adresse à Moïse. Le peuple
juif, à l'époque, est fragile, menacé de ne plus exister
à cause des guerres avec les peuplades alentour. Il lui
faut bien le soutien de Dieu pour envisager la suite
avec sérénité. Un Dieu unique, belliqueux, militaire,
impitoyable, menant le combat sans merci, capable
d'exterminer les ennemis sans état d'âme, galvani-
sant ses troupes, voilà Yahvé dont le modèle relève
– comme Mahomet – du chef de guerre tribal obtenant
du galon cosmique.

Dieu promet à son peuple – élu, choisi, prélevé
parmi tous les autres, extrait du vulgaire, son « bien
particulier » (Ex. XIX, 5) – un pays en « propriété perpétuelle » (Gen. XVII, 8). Ce pays est habité par des
gens modestes ? Un peuple y cultive des champs ? La
terre nourrit des vieillards et des enfants ? Des hommes d'âge mur entretiennent des troupeaux de bêtes ?
Des femmes y mettent au monde des nourrissons ? On
y éduque des adolescents ? On y prie des dieux ? Peu
importe ces Cananéens, Dieu a décidé de leur extermination : « je les exterminerai », dit-il (Ex. XXIII, 23).

Pour conquérir la Palestine, Dieu utilise les grands moyens. En termes polémologiques contemporains, disons qu'il invente la guerre totale. Il ouvre la mer en deux – tant qu'à faire... –, y noie une armée entière – pas de demi-mesure ! –, arrête le soleil pour que les Hébreux aient le temps d'exterminer leurs ennemis amorites (Jos. X, 12-14) – amour du prochain, quand tu nous tiens... –, fait pleuvoir des pierres et des grenouilles – un peu de fantaisie –, mandate une armée de moustiques et de taons – pas de petites économies –, transforme l'eau en sang – une touche de poésie et de couleur –, déchaîne la peste, les ulcères, les pustules – déjà la guerre bactériologique... –, à quoi il ajoute ce que la soldatesque pratique depuis toujours : l'assassinat de tout ce qui vit, femmes, vieillards, enfants, animaux (Ex. XII, 12). Le rasage, l'incendie, l'extermination des populations ne sont pas, comme on le voit, une invention récente.

Yahvé bénit la guerre et ceux qui la font ; il sanctifie le combat, le mène, le conduit, pas en personne, certes – un ectoplasme a des difficultés à tenir une épée – mais en inspirant son peuple ; il justifie les crimes, les meurtres, les assassinats, légitime la destruction des innocents – tuer les bêtes comme des hommes et les hommes comme des bêtes ! Humain tant qu'il ne s'agit pas de Cananéens, il peut proposer l'évitement du combat et offrir à la place l'esclavage, signe de bonté et d'amour. Aux Palestiniens, il promet la destruction totale – la *guerre sainte* selon l'expression terrifiante et hypermoderne du livre de Josué (VI, 21).

Depuis deux mille cinq cents ans, aucun responsable issu du peuple élu n'a décidé que ces pages relèvent de la fable, de balivernes et de fictions préhistoriques dangereuses au plus haut point, car criminelles. Bien au contraire. Il existe sur la totalité de la planète un nombre considérable de gens qui vivent, pensent, agissent, conçoivent le monde à partir de ces textes qui invitent à la boucherie généralisée sans jamais avoir été interdits de publication pour appel au meurtre, racisme et autres invitations aux voies de fait. Dans les yeshivas, on travaille à la mémoire de ces passages auxquels on ne change pas une virgule, pas plus qu'on ne touche à un seul cheveu de Yahvé. La Torah propose la première version occidentale des nombreux arts de la guerre publiés au fil des siècles...

3

Dieu, César & C°. Les chrétiens ne sont pas à la traîne pour enrôler Dieu dans leurs forfaits. Pas de peuple élu ni de justification d'extermination d'un peuple gênant pour le destin de meilleur de la classe chez les tenants du Christ, mais un appel à la parole de Dieu pour cautionner les agissements très temporels d'une religion de prime abord très spirituelle. Du Jésus humilié aux humiliations pratiquées en son nom, la conversion est rapide, facile et la manie durable chez les chrétiens.

Là encore le prélèvement montre son utilité : en appeler à Jean, par exemple, pour ceci : « mon royaume à moi n'est pas de ce monde » (XVIII, 36) ; mais renvoyer à Matthieu pour l'inverse, cela : « Rendez donc à César ce qui appartient à César, à Dieu ce qui est à

Dieu » (XXII, 21). Une fois la primauté du spirituel et le désintérêt affiché pour les affaires terrestres ; une autre la séparation des pouvoirs, certes, mais en promulguant un légalisme de fait, car rendre à César justifie le paiement de l'impôt à l'armée d'occupation, le consentement à la souscription des armées et la soumission aux lois de l'Empire.

L'apparente antinomie se résout si l'on éclaire tout cela avec Paul de Tarse. Car le christianisme s'éloigne du judaïsme en devenant paulinisme. Et les épîtres aux différents peuples visités par le Tarsiote fournissent la doctrine de l'Eglise en matière de rapports entre spirituel et temporel. Paul croit que le royaume de Jésus sera de ce monde : il le veut réalisable et contribue à son incarnation ici et maintenant, d'où ses voyages de Jérusalem à Antioche, de Thessalonique à Athènes, de Corinthe à Ephèse. Le converti ne se contente pas d'une terre promise dérobée aux Cananéens, il veut toute la planète sous le signe d'un Christ à l'épée.

L'épître aux Romains l'enseigne nettement : « Il n'est de pouvoir que de Dieu » (XIII, 1). Voilà pour la théorie. Suit en pratique un éloge de la soumission aux autorités romaines. Sur le principe que les tenants de la puissance sont d'abord des ministres de Dieu, Paul verrouille efficacement : désobéir à un militaire, récuser un magistrat, résister à un préfet de police, se dresser contre un procurateur – Ponce Pilate par exemple... –, voilà autant d'outrages à Dieu. Réécrivons donc les paroles du Christ à la mode paulinienne : rendez donc à César ce qui appartient à César et à César ce qui revient à Dieu – pour solde de tout compte...

Munis de ce viatique ontologique, les chrétiens commencent très tôt à vendre leur âme – désormais inutile pour pratiquer les évangiles – au pouvoir temporel ; ils s'installent dans les dorures et la pourpre des palais ; ils recouvrent de marbre et d'or leurs églises ; ils bénissent les armées ; ils sanctifient les guerres expansionnistes, les conquêtes militaires, les opérations de police ; ils lèvent l'impôt ; ils envoient la troupe contre les pauvres qui récriminent ; ils allument des bûchers – et ce dès Constantin, au IVe siècle de leur ère.

L'histoire témoigne : des millions de morts, des millïons, sur tous les continents, pendant des siècles, au nom de Dieu, la Bible dans une main, le glaive dans l'autre : l'Inquisition, la torture, la question ; les Croisades, les massacres, les pillages, les viols, les pendaisons, les exterminations ; la traite des Noirs, l'humiliation, l'exploitation, le servage, le commerce des hommes, des femmes et des enfants ; les génocides, les ethnocides des conquistadores très chrétiens, certes, mais aussi, récemment, du clergé rwandais aux côtés des exterminateurs hutus ; le compagnonnage de route avec *tous* les fascismes du XXe siècle – Mussolini, Pétain, Franco, Hitler, Pinochet, Salazar, les colonels de la Grèce, les dictateurs d'Amérique du Sud, etc. Des millions de morts pour l'amour du prochain.

4

L'antisémitisme chrétien. Difficile d'aimer son prochain pour un chrétien, surtout s'il est juif... Saül devenu Paul met toute son ardeur à défaire le judaïsme – la même qu'il avait, avant le chemin de Damas, à persécuter les chrétiens, donner un coup de main pour les passer à tabac, voire leur permettre de retrouver plus vite l'au-delà. Pour vendre la secte à laquelle il est nouvellement acquis, il lui faut faire passer l'idée que Jésus, c'est le Messie annoncé par l'Ancien Testament et que le Christ abolit le judaïsme en l'accomplissant. Comme les tenants de Yahvé ne croient pas à la baliverne du Fils de Dieu mort sur la croix pour le salut de l'humanité, ils deviennent fondamentalement des adversaires puis, bien vite, des ennemis.

Le Juif errant, dit-on, subit cette malédiction depuis que le premier d'entre eux refusa de donner à boire au Christ en route vers le Golgotha. Pour n'avoir pas aidé le Crucifié, la malédiction frappe celui-ci, pas bien charitable le Jésus, mais aussi et surtout tous les siens, ses descendants, son peuple. D'autant que la version chrétienne de la mort de Jésus suppose la responsabilité des juifs – pas des Romains... Ponce Pilate ? Ni responsable ni coupable. Paul l'affirme : en parlant des juifs qui « ont tué Jésus le seigneur » (1 Thess. II, 15). Les évangiles regorgent de passages ouvertement antisémites – Goldhagen en relève un nombre considérable : une quarantaine chez Marc, quatre-vingts chez Matthieu, cent trente chez Jean, cent quarante dans les Actes des apôtres... Jésus lui-même, le doux Jésus, enseigne que les juifs ont « le diable pour père » (Jean VIII, 44). Difficile d'aimer son prochain dans ces conditions.

Des premiers chrétiens qui transforment les juifs en peuple déicide à la reconnaissance tardive de l'Etat d'Israël par Jean-Paul II fin 1993 en passant par la longue histoire d'amour de l'Eglise catholique, aposto-

lique et romaine avec tout ce qui compte d'antisémitisme dans l'histoire, y compris, et surtout, les douze
années du national-socialisme allemand, l'affaire est
entendue. L'acmé de cette haine réside dans la collaboration active du Vatican et du nazisme. Puis, chose
moins connue, du nazisme avec le Vatican. Car Pie XII
et Adolf Hitler partagent un certain nombre de points
de vue, notamment la détestation des juifs sous toutes
leurs formes.

5

Le Vatican aime Adolf Hitler. Le mariage d'amour
entre l'Eglise catholique et le nazisme ne fait aucun
doute : les exemples abondent et pas les moindres. La
complicité ne s'établit pas avec des silences appro-
bateurs, des non-dits explicites ou des supputations
effectuées à partir d'hypothèses partisanes. Les faits
témoignent à qui aborde cette question en interrogeant
l'histoire : ce ne fut pas un mariage de raison, com-
mandé par l'intérêt de la survie de l'Eglise, mais une
passion commune et partagée pour de mêmes ennemis
irréductibles : les juifs et les communistes – assimilés
la plupart du temps dans le fourre-tout conceptuel du
judéo-bolchevisme.

De la naissance du national-socialisme à l'exfiltration des criminels de guerre du IIIᵉ Reich après la chute
du régime, au silence de l'Eglise sur ces questions
depuis toujours, et même aujourd'hui – voire l'impossibilité de consulter les archives sur ce sujet au Vatican –, le domaine de Saint-Pierre, l'héritier du Christ,

fut aussi celui d'Adolf Hitler et des siens, nazis, fascistes français, collaborationnistes, vichystes, miliciens et autres criminels de guerre.

Les faits, donc : l'Eglise catholique approuve le réarmement de l'Allemagne, allant contre le traité de Versailles, certes, mais aussi contre une partie des enseignements de Jésus, notamment ceux qui célèbrent la paix, la douceur, l'amour du prochain ; l'Eglise catholique signe un concordat avec Adolf Hitler dès l'arrivée du chancelier aux affaires en 1933 ; l'Eglise catholique fait silence sur le boycott des commerçants juifs, elle se tait à la proclamation des lois raciales de Nuremberg en 1935, elle garde le silence lors de la Nuit de cristal en 1938 ; l'Eglise catholique fournit son fichier d'archives généalogiques aux nazis qui savent dès lors qui est chrétien, donc non juif ; l'Eglise catholique revendique en revanche le « secret pastoral » pour ne pas communiquer le nom des juifs convertis à la religion du Christ ou mariés avec l'un ou l'une d'entre eux ; l'Eglise catholique soutient, défend, appuie le régime oustachi pro-nazi d'Ante Palevic en Croatie ; l'Eglise catholique donne son absolution au régime collaborationniste de Vichy dès 1940 ; l'Eglise catholique, bien qu'au courant de la politique exterminationniste engagée dès 1942, ne condamne pas, ni en privé, ni en public, elle n'ordonne jamais à aucun prêtre ou évêque de fustiger le régime criminel devant les fidèles.

Les armées alliées libèrent l'Europe, parviennent à Berchtesgaden, découvrent Auschwitz. Que fait le Vatican ? Il continue de soutenir le régime défait : l'Eglise catholique, par la personne du cardinal Ber-

tram, ordonne une messe de Requiem à la mémoire
d'Adolf Hitler ; l'Eglise catholique fait silence et ne
manifeste aucune réprobation à la découverte des char-
niers, des chambres à gaz et des camps d'extermination ; l'Eglise catholique, bien mieux, organise pour les
nazis sans Führer ce qu'elle n'a jamais fait pour aucun
juif ou victime du national-socialisme : elle organise
une filière d'exfiltration des criminels de guerre hors
d'Europe ; l'Eglise catholique utilise le Vatican, déli-
vre des papiers tamponnés avec ses visas, elle active
un réseau de monastères européens comme autant de
caches pour assurer la sécurité des dignitaires du Reich
effondré ; l'Eglise catholique nomme dans sa hiérarchie des personnes ayant occupé des fonctions importantes dans le régime hitlérien ; l'Eglise catholique ne
regrettera jamais rien – d'autant qu'officiellement elle
ne reconnaît rien de tout cela.

Si repentance il y a un jour, il faudra probablement
attendre quatre siècles, le temps nécessaire pour qu'un
pape reconnaisse l'erreur de l'Eglise sur l'affaire Galilée... D'autant que le dogme de l'infaillibilité papale
proclamé au premier concile du Vatican en 1869-1870
– *Pastor Aeternus* – interdit la mise en question de
l'Eglise puisque le souverain pontife, quand il s'exprime, prend une décision, ne le fait pas comme un
homme susceptible de se tromper, mais comme représentant de Dieu sur terre, constamment inspiré par
l'Esprit saint – la fameuse *grâce d'assistance*. Doit-on
conclure dès lors à un Saint-Esprit foncièrement nazi ?

Pendant que l'Eglise reste silencieuse sur la question
nazie pendant et après la guerre, elle ne manque pas
de prendre des initiatives contre les communistes. En

matière de marxisme, le Vatican fait preuve d'un engagement, d'un militantisme, d'une vigueur qu'on aimerait lui avoir connus pour combattre et déconsidérer le Reich nazi. Fidèle à la tradition de l'Eglise qui, par la grâce de Pie IX et Pie X, condamne les droits de l'homme comme contraires aux enseignements de l'Eglise, Pie XII, le fameux pape ami du national-socialisme, excommunie en masse les communistes du monde entier dès 1949. Il affirme la collusion des juifs et du bolchevisme comme l'une des raisons de sa décision.

Pour mémoire : aucun national-socialiste de base, aucun nazi haut de gamme ou faisant partie de l'état-major du Reich n'a été excommunié, aucun groupe n'a été exclu de l'Eglise pour avoir enseigné et pratiqué le racisme, l'antisémitisme ou fait fonctionner des chambres à gaz. Adolf Hitler n'a pas été excommunié, son livre *Mon combat* n'a jamais été mis à l'*Index*. Rappelons qu'après 1924, date de parution de ce livre, le fameux *Index Librorum Prohibitorum* a ajouté à sa liste – aux côtés de Pierre Larousse, coupable du *Grand Dictionnaire universel* (!) –, Henri Bergson, André Gide, Simone de Beauvoir et Jean-Paul Sartre. Adolf Hitler n'y a jamais figuré.

6

Hitler aime le Vatican. Un lieu commun, qui ne résiste pas à une analyse minimale, encore moins à la lecture des textes, fait d'Adolf Hitler un athée païen fasciné par les cultes nordiques, amateur d'un Wagner de casques à cornes, de Walhalla et de Walkyries aux poitrines opulentes, un antéchrist, l'antinomie très exacte du christianisme. Outre la difficulté d'être athée et païen – nier l'existence de Dieu ou des dieux, puis, en même temps, croire en eux... –, il faut faire fi de tous les passages dans l'œuvre écrite – *Mon combat* –, dans l'œuvre politique – absence dans le Reich de persécutions de l'Eglise catholique, apostolique et romaine, au contraire des témoins de Jéhovah par exemple –, des confidences privées du Führer – les conversations publiées avec Albert Speer –, où Adolf Hitler dit sans ambiguïté et de manière constante tout le bien qu'il pense du christianisme.

Est-ce la décision d'un Führer athée de faire inscrire sur le ceinturon des combattants des troupes du Reich : *Gott mit uns* ? Sait-on que cette phrase procède des Ecritures ? Notamment du Deutéronome, l'un des livres de la Torah, dans lequel on peut lire explicitement : « Dieu marche avec nous » (Deut. XX, 4), une phrase prélevée dans le discours que Yahvé destine aux juifs partant combattre leurs ennemis, les Egyptiens, auxquels Dieu promet une extermination sans détail (Deut. XX, 13).

Est-ce la décision d'un Führer athée d'obliger tous les enfants de l'école publique allemande à commencer leur journée dans le Reich national-socialiste par la récitation d'une prière à Jésus ? Non pas à Dieu, ce qui pourrait faire d'Hitler un déiste, mais à Jésus, ce qui le désigne explicitement comme chrétien. Le même Führer prétendument athée demande à Goering et Goebbels, en présence d'Albert Speer qui rapporte la conversation, de rester dans le giron de l'Eglise catholique comme il le fera jusqu'à son dernier jour.

7

Les compatibilités christianisme-nazisme. Les relations de bonne intelligence entre Hitler et Pie XII existent bien au-delà d'une complicité de personnes. Les deux doctrines partagent plus d'un point de convergence. L'infaillibilité du pape qui, rappelons-le, est aussi chef d'Etat ne peut pas déplaire à un Führer lui aussi persuadé de la sienne. La possibilité de construire un Empire, une Civilisation, une Culture avec un guide suprême investi de tous les pouvoirs – comme Constantin et un certain nombre d'empereurs chrétiens à la suite –, voilà qui fascine Adolf Hitler quand il écrit son livre. L'éradication de tout ce qui relève du paganisme par les chrétiens ? Les destructions d'autels et de temples ? Les incendies de livres – Paul y invite, rappelons-le... ? Les persécutions d'opposants à la foi nouvelle ? Excellentes choses, conclut Hitler.

Le Führer aime le devenir théocratique du christianisme : l'« intolérance fanatique » qui crée la « foi apodictique » – selon ses propres mots, page 451 ; la capacité de l'Eglise à ne renoncer à rien, même et surtout devant la science lorsqu'elle contredit certaines de ses positions et met à mal quelques-uns de ses dogmes – page 457 ; la plasticité de l'Eglise à laquelle il prédit un avenir bien au-delà de ce qu'on peut imaginer – page 457 ; la permanence de l'institution vénérable, malgré tel ou tel comportement déplorable de gens d'Eglise qui n'entrave pas le mouvement général – page 119. Pour tout cela, Adolf Hitler invite à « prendre des leçons de l'Eglise catholique » – page 457, mais aussi pages 118, 119, 120.

Quel est le « vrai christianisme » – page 306 – dont parle Hitler dans *Mein Kampf* ? Celui du « grand fondateur de la nouvelle doctrine » – même page –, Jésus, le même que prient les enfants dans les écoles du Reich. Mais quel Jésus ? Pas celui de l'autre joue, non, mais le colérique chassant au fouet les marchands du Temple. Hitler fait explicitement référence à ce passage de Jean dans sa démonstration. Et puis, pour mémoire, ce fouet christique sert à déloger des infidèles, des non-chrétiens, des gens qui font du commerce et tiennent des bureaux de change, pour tout dire, des juifs, le fin mot de cette complicité du Reich et du Vatican. L'évangile de Jean (II, 14) n'interdit pas la lecture philo-chrétienne et antisémite d'Hitler, mieux : il la rend possible... Qui plus est si l'on convoque les passages qui vouent les juifs à la géhenne et qui encombrent le Nouveau Testament. Les juifs, peuple déicide, voilà la clé de ce compagnonnage funeste : ils se servent de la religion pour faire des affaires, dit-il ; ils sont les adversaires de toute humanité, ajoute-t-il ; ils créent le bolchevisme, précise-t-il. Chacun conclura. Lui, Hitler, donne son fin mot : « les idées et les institutions religieuses de son peuple doivent rester inviolables pour le chef politique » – page 120. Les chambres à gaz peuvent donc s'allumer au feu de saint Jean.

8

Guerres, fascismes et autres passions. Le compagnonnage du christianisme avec le nazisme n'est pas un accident de l'histoire, une erreur de parcours regrettable et isolée, mais l'aboutissement d'une logique vieille de deux mille ans. Depuis Paul de Tarse qui justifie le glaive et l'épée pour imposer la secte confidentielle comme une religion contaminant l'Empire, certes, mais aussi toute la planète, jusqu'à la justification de la dissuasion nucléaire par le Vatican du XXᵉ siècle, la ligne persiste. Tu ne tueras point... sauf de temps en temps – quand l'Eglise te le dira.

Augustin, saint de son état, met tout son talent à justifier le pire dans l'Eglise : l'esclavage, la guerre, la peine de mort, etc. Bienheureux les doux ? Heureux les pacifiques ? Pas plus qu'Hitler, Augustin n'aime ce côté-là du christianisme, trop mou, pas assez viril, trop peu guerrier, manquant de sang versé – la face féminine de la religion. Il donne à l'Eglise les concepts qui lui manquent pour justifier les expéditions punitives, les massacres. Les juifs pratiquent ainsi pour leur terre, sur une géographie limitée, les chrétiens s'en inspirent sur la totalité du globe, car la conversion du monde est leur objectif. Le peuple élu génère des catastrophes *d'abord* locales ; la chrétienté universelle crée *de fait* des violences universelles. Avec elle, la totalité des continents devient le champ de bataille.

Sanctifié par l'Eglise, l'évêque d'Hippone justifie dans une lettre (185) la *persécution juste.* Formule de choix ! Il l'oppose à la *persécution injuste.* Qu'est-ce qui distingue le bon du mauvais cadavre ? L'écorché défendable et l'écorché défendu ? Toute persécution venant de l'Eglise est juste, car elle s'effectue par amour ; celle qui prend l'Eglise pour cible est indéfendable, parce que la cruauté l'inspire... Apprécions la rhétorique et le talent sophiste d'Augustin dont le Jésus doit lui aussi manier le fouet et non le recevoir de la soldatesque romaine.

D'où la notion de *guerre juste*, elle aussi théorisée par le même Père de l'Eglise, décidément jamais en retard d'une brutalité, d'un vice ou d'une perversion. Héritier de la vieille fable païenne, grecque en l'occurrence, le christianisme recycle l'ordalie : dans une guerre, le vainqueur est désigné par Dieu, le vaincu aussi, donc. En tranchant dans le conflit entre gagnants et perdants, Dieu dit le vrai et le faux, le bien et le mal, le légitime et l'illégitime. Pensée magique, à tout le moins...

9

Jésus à Hiroshima. Jésus et son fouet, Paul et sa théorie du pouvoir procédant de Dieu, Augustin et sa guerre juste constituent un Père, un Fils, un Saint-Esprit de choc à même de justifier toutes les entreprises commises au nom de Dieu depuis deux millénaires : les Croisades contre les Sarrasins, l'Inquisition contre les prétendus hérétiques, les guerres dites saintes contre les infidèles – ah ! saint Bernard de Clairvaux écrivant dans une lettre (363) : « La meilleure solution est de les tuer », ou encore : « la mort du païen est une gloire pour le chrétien »... –, les conquêtes ethnocidaires très chrétiennes des peuples dits primitifs, les guerres coloniales pour évangéliser tous les continents, les fascismes du XXe siècle, y compris, donc, le nazisme, tous furieusement déchaînés contre les juifs.

On ne s'étonnera pas, donc, qu'en matière de guerre post-moderne, le christianisme officiel choisisse la dissuasion nucléaire, la défende et l'excuse. Jean-Paul II en accepte le principe le 11 juin 1982 en utilisant un paralogisme extraordinaire : la bombe atomique permet d'aller vers la paix ! L'épiscopat français emboîte le pas et donne ses raisons : il s'agit de lutter contre « le caractère dominateur et agressif de l'idéologie marxiste-léniniste ». Tudieu ! Quelle lisibilité dans la décision, quelle clarté dans les positions ! Comme on aurait aimé une condamnation aussi nette et franche du nazisme pendant ses douze années de pouvoir. On se serait même contentés d'une pareille assertion morale *depuis* la libération des camps...

Quand le mur de Berlin tombe, et que la menace bolchevique semble tout de même de moindre actualité, l'Eglise catholique maintient sa position. Dans le dernier *Catéchisme*, le Vatican appelle à de « sérieuses réserves morales » (article 2315) – apprécions la litote... – mais ne condamne aucunement. Dans le même opus, rubrique « tu ne commettras pas de meurtre » – vivent la logique et la cohérence ! –, les mêmes défendent et justifient la peine de mort (article 2266). On ne s'étonnera pas que dans l'index on ne trouve aucune entrée à Peine de mort, Peine capitale, Punition. En revanche Euthanasie, Avortement, Suicide, questions abordées dans le même chapitre, disposent d'un référencement digne de ce nom.

Logiquement, donc, l'équipage de l'*Enola Gay* part avec une bombe atomique larguée sur Hiroshima, comme on le sait, le 6 août 1945. L'explosion nucléaire cause en quelques secondes la mort de plus de cent mille personnes, femmes, vieillards, enfants, malades, innocents dont la seule culpabilité fut d'avoir été japonais. Retour de l'équipage à la base : le Dieu des chrétiens a bien protégé ces croisés nouveaux. Précisons que le père Georges Zabelka a pris soin de bénir l'équipage avant sa mission funeste ! Trois jours plus tard, une autre bombe atomique atteint Nagazaki et fait quatre-vingt mille victimes. Le vicaire de Dieu apparut beaucoup plus tard sur le plateau du Larzac où il rencontra Théodore Monod. A l'époque, il effectuait à pied un pèlerinage en direction de Bethléem...

10

Amour du prochain, suite... Les textes pauliniens, utiles pour légitimer la soumission à l'autorité de fait, produisent leurs effets bien au-delà de la légitimation de la guerre et de la persécution. Ainsi, sur le terrain de l'esclavage que le christianisme n'interdit pas plus que les deux autres monothéismes. Par la suite, l'esclavage limité aux butins des razzias tribales s'élargit au commerce pur et simple, à la vente et à la déportation des populations utilisées comme du bétail et des bêtes de somme.

Honneurs aux anciens : comme ils sont les premiers dans le temps, on leur doit l'invention de pas mal de méfaits, sinon leur confirmation ou leur légitimation, dont l'esclavage. Le décalogue ne prévoit pas d'égard particulier pour le prochain s'il n'est pas le semblable, marqué dans sa chair par le couteau du rabbin. Le non-juif ne dispose pas des mêmes droits que le membre de l'Alliance. De sorte que, en dehors du Livre, l'Autre peut être arraisonné comme une chose, traité comme un objet : le goy pour le juif, le polythéiste, l'animiste pour le chrétien, le juif, le chrétien pour le musulman, l'athée pour tous, bien sûr.

La Genèse (IX, 25-27) défend l'esclavage. On ne peut plus vite introduire le sujet dans la Torah... On achète des gens, ils font partie de la maison, habitent sous le même toit que des juifs, on les circoncit, mais ils restent tout de même des esclaves. La malédiction de Noé, ivre mort qui, dégrisé, apprend que son fils l'a surpris nu dans son sommeil, s'étend à tout un peuple – Canaan une fois encore... – destiné à l'esclavage. Ailleurs, de nombreux passages codifient la pratique.

Le Lévitique, par exemple, prend soin de préciser qu'un Juif évitera d'utiliser l'un des siens comme esclave (XXV, 39-55). Un contrat de louage, oui, qui se termine au bout de six années et permet au juif domestique de recouvrer sa liberté. En revanche, un non-juif peut demeurer dans l'état serf jusqu'à sa mort. Le peuple de l'Alliance a été esclave des Egyptiens, puis sorti de cet état par Yahvé qui, dès lors, fait des juifs un peuple libre, pouvant soumettre mais n'ayant pas à être soumis à une autre puissance que celle de Dieu. Les droits du peuple élu...

Pas de changements avec le christianisme qui, lui aussi, justifie l'esclavage. On s'en souvient, tout pouvoir vient de Dieu, tout procède de son vouloir. Quelqu'un se trouve dans la servitude ? Les voies du Seigneur sont impénétrables, mais il existe une raison qui justifie le fait : le péché originel, dans l'absolu, mais une responsabilité personnelle également. Augustin, toujours lui, veut que l'esclave serve avec un zèle qui réjouit Dieu ! Tout esclave l'est pour son bien, il l'ignore, mais le plan de Dieu ne peut éviter qu'il en soit autrement : ce mineur ontologique a besoin de se trouver dans la position de servitude pour être dignement...

Et puis, sophisme ultime, comme les hommes sont égaux aux yeux de Dieu, peu importe que sur terre existent des différences finalement accessoires : homme ou femme ? esclave ou propriétaire ? riche ou pauvre ? Peu importe, dit l'Eglise – en prenant systématiquement position dans l'histoire pour les hommes, riches et propriétaires... Chacun est ce que Dieu a voulu. Se rebeller contre l'état de fait contrarie le dessein divin, insulte Dieu. Le bon esclave qui joue son rôle d'esclave – comme le garçon de café sartrien – gagne son paradis (fictif) avec sa soumission (réelle) sur terre. *La Cité de Dieu* (19, 21), voilà vraiment un grand livre !

Dans les faits, le christianisme ne se prive pas : dès le VIe siècle, le pape Grégoire Ier empêche l'accès de la prêtrise aux esclaves ! Avant lui Constantin interdit aux juifs d'en avoir dans leur maisonnée. Au Moyen Age des milliers d'entre eux travaillent pour les domaines agricoles du souverain pontife. Les grands monastères les emploient sans vergogne. Au VIIIe siècle, celui de Saint-Germain-des-Prés, par exemple, en utilise pas moins de huit mille.

Héritiers en cela comme du reste, les musulmans pratiquent l'esclavage et le Coran ne l'interdit pas. Bien au contraire, puisqu'il légitime les razzias, les prises de guerre, les butins en or, argent, femmes, animaux, hommes. On doit d'ailleurs à l'islam l'invention du commerce des esclaves. En l'an mil, un trafic régulier existe entre le Kenya et la Chine. Le droit musulman interdit la vente de musulmans, mais pas celle des autres croyants. Neuf siècles avant la traite transatlantique, la traite transsaharienne commence un abominable marché. On l'estime à dix millions d'hommes déportés sur mille deux cents ans par les fidèles d'Allah le Miséricordieux, le Très Grand, le Très Humain.

Une remarque : les trois monothéismes réprouvent sur le fond l'esclavage puisque juifs et musulmans l'interdisent pour les membres de leur propre communauté et que les chrétiens, qui détestent les juifs, leur interdisent de disposer de domesticité serve, puis ne permettent pas à l'un d'entre eux d'entrer dans les ordres pour servir la parole de leur Dieu. Pour leurs ennemis, la Torah, le Nouveau Testament et le Coran justifient l'esclavage, comme une marque d'infamie, donc, une humiliation, un destin qui revient au sous-homme qu'est toujours le réprouvé priant un autre Dieu qu'eux.

11

Colonialisme, génocide, ethnocide. Suite logique à la légitimation de l'esclavage, le colonialisme, l'exportation de sa religion aux quatre coins du monde et l'usage pour ce faire de la force, de la contrainte physique, mentale, spirituelle, psychique et, bien sûr, armée. Exporter la servitude, l'élargir à tous les continents a été le fait du christianisme, puis de l'islam. Le peuple juif, quant à lui, a souhaité n'établir sa domination *que* sur un territoire, son territoire, sans jamais viser autre chose. Le sionisme n'est pas un expansionnisme ni un internationalisme, au contraire : le rêve réalisé de Theodor Herzl suppose un nationalisme, un mouvement centrifuge, le désir d'une société close pour soi – et non le désir d'un empire sur la totalité de la planète, désir de chrétienté et d'islam.

L'Eglise catholique, apostolique et romaine excelle dans la destruction de civilisations. Elle invente l'ethnocide. 1492 ne chiffre pas seulement la découverte du Nouveau Monde, mais aussi la destruction d'autres mondes. L'Europe chrétienne ravage ainsi un nombre considérable de civilisations indo-américaines. Le soldat débarque des vaisseaux, accompagné de la lie de la société embarquée sur les caravelles : des repris de justice, des malfrats, des hommes de main, des mercenaires.

Suivent, à bonne distance, une fois réalisés les nettoyages ethniques consécutifs au débarquement, les prêtres avec processions, crucifix, ciboires, hosties et autels portatifs bien utiles pour prêcher l'amour du prochain, le pardon des péchés, la douceur des vertus évangéliques et autres joyeusetés bibliques – le péché originel, la haine des femmes, du corps et de la sexualité, la culpabilité. En attendant, la chrétienté offre en cadeau de bienvenue la syphilis et autres maladies transmises aux peuples dits sauvages.

Le compagnonnage de l'Eglise et du nazisme visait aussi l'extermination d'un peuple transformé pour les besoins de la cause en peuple déicide. Six millions de morts. A quoi il faut ajouter la complicité dans la déportation et l'assassinat de tsiganes, d'homosexuels, de communistes, de francs-maçons, de gens de gauche, de laïcs, de témoins de Jéhovah, de résistants antifascistes, d'opposants au national-socialisme, et autres gens coupables de ne pas être très chrétiens...

Le tropisme des chrétiens pour les exterminations de masse est ancien et il dure. Ainsi, récemment, le génocide des Tutsis par les Hutus au Rwanda, soutenu, défendu, couvert par l'institution catholique sur place et par le souverain pontife lui-même, beaucoup plus prompt à se manifester pour que des criminels de guerre génocidaires prêtres, religieux ou engagés dans la communauté catholique échappent au peloton d'exécution, qu'à offrir une seule parole de compassion à la communauté tutsie.

Car au Rwanda, pays très majoritairement chrétien, l'Eglise a pratiqué *avant* le génocide la discrimination raciale pour l'entrée au séminaire, la formation, la direction d'écoles catholiques, l'ordination ou l'avancement dans la hiérarchie ecclésiale. *Pendant* le génocide, certains membres du clergé ont participé activement : achat et acheminement de machettes par des membres de l'institution catholique, localisation de victimes, participation active à des actes de barbarie – enfermement dans une église, incendie de celle-ci, rasage des traces au bulldozer –, dénonciation, mobilisation lors des prêches, entretien du discours racial.

Après les massacres, l'Eglise catholique persiste : utilisation des couvents pour soustraire certains coupables chrétiens à la justice, activation de ses réseaux pour permettre le départ de tel ou tel criminel vers les pays européens, fourniture de billets d'avion pour l'Europe grâce à une association humanitaire chrétienne – *Caritas internationalis*, charité bien ordonnée, etc. –, recyclage des prêtres coupables dans des cures de province belges ou françaises, couverture d'évêques impliqués, recours à des positions négationnistes – on refuse d'utiliser le terme génocide pour préférer parler de guerre fratricide, etc.

Silencieux sur les préparatifs, silencieux pendant les massacres – près d'un million de morts en trois mois (entre avril et juin 1994)... –, silencieux après la découverte de l'ampleur du désastre – effectué avec la bénédiction de François Mitterrand –, Jean-Paul II sort de son mutisme pour écrire une lettre au président de la république du Rwanda le 23 avril 1998. Son contenu ? Il déplore ? Il compatit ? Il fait repentance ? Il regrette ? Il charge son clergé ? Il se désolidarise ? Non, pas du tout : il demande qu'on sursoie à la peine de mort de génocidaires hutus. Il n'aura jamais eu aucun mot pour les victimes.

12

Refoulements et pulsions de mort. La fascination des trois monothéismes pour la pulsion de mort s'explique : comment peut-on éviter la domination de la pulsion de mort après avoir à ce point tué tout ce qui procède en soi et partout ailleurs de la pulsion de vie ? La peur de la mort, la crainte du néant, la sidération face au vide qui suit le trépas génèrent des fables consolatrices, des fictions qui permettent au déni de disposer des pleins pouvoirs. Le réel n'est pas, en revanche la fiction si. Ce faux monde qui aide à vivre ici et maintenant au nom d'un monde de pacotille induit le déni, le mépris ou la haine de l'ici-bas.

D'où autant d'occasions de voir cette haine en acte : avec le corps, les désirs, les passions, les pulsions, avec la chair, les femmes, l'amour, le sexe, avec la vie sous toutes ses formes, avec la matière, avec ce qui augmente la présence au monde, à savoir la raison, l'intelligence, les livres, la science et la culture. Ce refoulement de tout ce qui vit induit la célébration de tout ce qui meurt, du sang, de la guerre, de ce qui tue – de ceux qui tuent. Quand les prélèvements permettent de choisir dans les trois livres ce qui permet de créditer la pulsion de vie d'une force maximale, la religion veut la pulsion de mort sous toutes ses formes. Le refoulement du vivant produit l'amour de la mort. De manière générale, tout mépris des femmes – auxquelles on préfère les vierges, les mères et les épouses – va avec un culte pour la mort...

Les civilisations se constituent avec la pulsion de mort. Le sang sacrificiel, le bouc émissaire, la fondation de la société avec un meurtre rituel, voilà de sinistres invariants sociaux. L'extermination juive des Cananéens, la crucifixion chrétienne du Messie, le djihad musulman du Prophète font couler le sang qui bénit et sanctifie la cause monothéiste. Arrosage primitif, magique, égorgement de la victime propitiatoire, en l'occurrence des hommes, des femmes et des enfants. Le primitif subsiste dans le post-moderne, l'animal persiste en l'homme, la bête demeure dans l'homo sapiens...

POUR UNE LAÏCITÉ POST-CHRÉTIENNE

1

Le goût musulman du sang. En bonne synthèse des deux monothéismes qui le précèdent, qu'il acclimate au désert arabe régi par le tribal et le féodal, l'islam reprend à son compte le pire desdits juifs et chrétiens : la communauté élue, le sentiment de supériorité, le local transformé en global, le particulier élargi à l'universel, la soumission corps et âme à l'idéal ascétique, le culte de la pulsion de mort, la théocratie indexée sur l'extermination du divers – esclavage, colonialisme, guerre, razzia, guerre totale, expéditions punitives, meurtres, etc.

Rappelons que Moïse tue de ses propres mains un contremaître égyptien. Et que Mahomet extermine régulièrement du monde dans les combats menés depuis Nakhla (fin 623) – la première bataille de l'islam soldée par des morts – jusqu'au 8 juin 632, date de sa mort. Inventaire des guerres, batailles, razzias, coups de force, sièges, et autres faits d'armes de la soldatesque musulmane : Badr (mars 624) – mort d'Abou Jahl, premier martyr musulman, compagnon du Prophète –, Ouhoud (mars 625) – blessure de Mahomet, quelques dizaines de martyrs –, Médine-est (fin 626, début 627) – des juifs trucidés –, la bataille dite du Fossé (627), celle de l'oasis de Khaybar (mai-juin 628), Mouta, etc. Le verset trente-deux de la cinquième sourate (ce que l'on fait à un on le fait à tous ; supprimer un homme, c'est les exterminer tous) n'empêche guère le lecteur du Coran de trouver le sommeil...

Car près de deux cent cinquante versets – sur les six mille deux cent trente-cinq du Livre – justifient et légitiment la guerre sainte, le *djihad*. Assez pour que se trouvent noyées les deux ou trois phrases bien inoffensives qui invitent à la tolérance, au respect de l'autre, à la magnanimité ou au refus de la contrainte en matière de religion (!). Dans un pareil océan de sang, qui peut encore prendre la peine de s'arrêter sur deux ou trois phrases qui invitent plutôt à l'humanité qu'à la barbarie ? D'autant que la biographie du Prophète témoigne : on y trouve constamment le meurtre, le crime, l'épée et l'expédition punitive. Trop de pages invitent à l'antisémitisme, à la haine des juifs, à leur spoliation et leur extermination pour qu'un combattant musulman ne se croie pas légitimé à passer les juifs par le fil de l'épée.

La communauté musulmane pense comme les membres de l'Alliance : eux aussi se proclament le peuple élu, choisi par Allah, préféré par lui (IX, 19, mais aussi III, 110). Or deux prétendants au statut d'élite, c'est un de trop ! Croire que les autres sont de race inférieure, qu'il existe des sous-hommes, que Dieu établit une hiérarchie entre les humains en distinguant la petite communauté désignée du restant de l'humanité interdit qu'un autre prétende au même statut que soi. La haine des Hébreux pour les Cananéens hier génère la haine des Palestiniens pour les juifs aujourd'hui, chacun se croyant appelé par Dieu à dominer l'autre – les autres – donc s'imaginant légitime à l'exterminer.

Car l'islam refuse *par essence* l'égalité métaphysique, ontologique, religieuse, donc politique. Le Coran l'enseigne : au sommet, les musulmans, en dessous, les chrétiens, parce que gens du Livre eux aussi, puis, à la suite, les juifs, également partie prenante du groupe, parce que monothéistes. Enfin, après le musulman, le chrétien et le juif, arrive en quatrième position, toutes catégories confondues dans la réprobation générale, le groupe des incroyants, infidèles, mécréants, polythéistes et, bien sûr, athées... La loi coranique qui interdit de tuer ou de commettre des délits ou des massacres sur son prochain concerne seulement de manière restrictive les membres de la communauté : l'*umma*. Comme chez les juifs.

Au sein même de la communauté musulmane de prétendus semblables, la hiérarchie persiste : les hommes dominent les femmes, les religieux dominent les croyants, les fidèles pieux dominent les pratiquants tièdes, les vieux dominent les jeunes. Phallocratie, théocratie, gérontocratie, le modèle tribal et primitif des origines ne cesse pas depuis treize siècles. Il est *fondamentalement* incompatible avec les sociétés issues des Lumières. Le musulman n'est pas fraternel : frère du coreligionnaire, oui, mais pas des autres, tenus pour rien, quantités négligeables ou détestables.

2

Le local comme universel. En lecteurs de Carl
Schmidt qu'ils ne sont pas, les musulmans coupent le
monde en deux : les amis, les ennemis. D'un côté, les
frères en islam, de l'autre, les autres, tous les autres.
Dâr al-islam contre *dar al-harb* : deux univers irréductibles, incompatibles, régis par des relations sauvages
et brutales : un prédateur une proie, un mangeur un
mangé, un dominant un dominé. Comme dans la plus
banale des jungles, les félins entre eux, et le reste du
territoire à soumettre, asservir et posséder. La loi qui
règle le rapport entre les animaux.

Une vision du monde pas bien éloignée de celle
d'Hitler qui justifie les logiques de marquage, de possession, de gestion et d'extension du territoire. Le
renard et le poulailler, le faucon et sa proie, le lion et
la gazelle, les forts et les faibles, l'islam et les autres.
Pas de droit, pas de loi, pas de langage, pas d'échange
ou de communication, pas d'intelligence, pas de cerveau, mais des muscles, de l'instinct, de la force, du
combat, de la guerre et du sang.

L'universel ? Le local moins les murs – pour para-
phraser Miguel Torga. Le tribal du VIIe siècle, le féodal
du désert arabe, le clanique primitif transposé à chaque
fois sans changement dans la civilisation du moment,
y compris la nôtre, post-moderne, hyper-industrielle et
numérique. Le village du désert devient le modèle du
monde. L'oasis où rien ne pénètre depuis des siècles,
sinon les caravanes nomades chargées de denrées
de première nécessité, fonctionne comme archétype
social, humain, métaphysique et politique.

Un livre datant des premières années de 630, hypo-
thétiquement dicté à un gardeur de chameaux illettré,
décide dans le détail du quotidien de milliards d'hommes à l'heure de la vitesse supersonique, de la
conquête spatiale, de l'informatisation généralisée de
la planète, du temps réel et universel des communica-
tions généralisées, du séquençage du génome humain,
de l'énergie nucléaire, des premières heures du post-
humain... La remarque vaut pour les *loubavitchs* accro-
chés à la Torah et au Talmud qui partagent eux aussi
une semblable ignorance du temps qui passe.

Comme sous la tente il y a mille cinq cents ans, la
famille constitue le noyau. Pas la communauté nationale ou patriotique, encore moins l'entité universelle
ou cosmopolitique, mais celle du chef de famille pos-
sédant ses deux, trois ou quatre femmes soumises – car
la polygamie primitive persiste dans le Talmud comme
dans le Coran (IV, 3) – au milieu d'enfants nombreux
– une bénédiction de Dieu, l'autorité procédant
d'Allah, bien sûr, mais par la voix du Père, du Mari,
de l'Epoux, figures de Dieu sous la toile en poil de
chèvre.

Toute action se vit sous le regard de la tribu qui la
juge à l'aune de la conformité aux règles coraniques
ou musulmanes. Le père, mais aussi, dans une logique
phallocrate totale, le grand frère, le frère et autres
variations sur le thème du mâle. Le lieu de la religion
incarnée, donc du politique et de la théocratie, c'est
la cellule de base de la société : ni Platon – dans *La
République –*, ni Hegel – dans *Les Principes de la philosophie du droit –*, ni Mussolini, ni Hitler, ni Pétain
et autres fascistes ne s'y trompent : tous savent que le

début de la communauté, la généalogie de la collectivité se noue là, dans l'espace intime de la famille – la
tribu primitive. Lire ou relire Engels et *L'Origine de la
famille, de la propriété privée et de l'Etat* pour s'en
convaincre...

3

Etoile jaune et tatouages musulmans. Dans la logique communautaire qui inclut et exclut, on sait trop
peu que le signe distinctif jaune – un turban parfois –
à porter sur son vêtement est d'abord une décision d'un
calife de Bagdad au XIᵉ siècle – on parle habituellement d'âge d'or de l'islam pour caractériser cette
période... – qui souhaitait distinguer le juif et le chrétien par un signe devenu très vite infamant.

Les musulmans disposent d'un concept – la « dhimmitude » – pour nommer ce qu'ils présentent comme
une charte de protection du non-musulman sur terre
d'islam, pourvu que le sujet soit tout de même de la
religion du Livre – avec dérogation pour le zoroas-
trisme. Théoriquement, l'islam passe pour une religion
de paix et de tolérance. Dans les faits, la dhimmitude
suppose un impôt, une taxe prélevée sur le juif, le chrétien ou le zoroastrien pour lui permettre de vivre sur
une terre d'islam. Une rançon, donc, une extorsion de
fonds.

Cette protection (!) acquise, les dhimmîs voient leurs
droits civiques réduits à pas grand-chose. Dans une
société tribale où le cheval permet d'exister, de se
déplacer, de combattre, de montrer son rang social, le

non-musulman en est privé : on lui autorise l'âne, le mulet, la monture humiliante, mais chevauchée en amazone, la manière féminine de monter ; il peut marcher dans la rue, mais il ne lui est pas permis de dépasser un musulman ; bien sûr, le port d'arme est formellement interdit – autant dire que, désarmés, ils sont à la merci du premier bandit venu. Parfois même, outre le tissu jaune de sinistre mémoire, on leur tatoue un lion sur la main, comme d'autres un numéro sur l'avant-bras.

Théoriquement, l'abolition de la dhimmitude date de 1839. En fait il faut attendre la fin de la Première Guerre mondiale pour que l'Empire ottoman abandonne définitivement cette pratique devenue impossible à faire respecter... Bien évidemment, la fameuse protection obtenue sur le papier avec ces renoncements et ces humiliations n'a pas toujours été offerte aux croyants non musulmans qui s'acquittaient pourtant consciencieusement de l'impôt et consentaient à vivre en sous-hommes, loin s'en faut.

4

Contre la société close. L'inscription de l'islam dans une histoire qui nie l'Histoire génère une société close, statique, fermée sur elle-même, fascinée par l'immobilité des morts. Comme jadis le marxisme prétendait réaliser l'Histoire en l'abolissant, lui vouait un culte quasi religieux pour mieux l'achever, la prétention musulmane à gouverner la planète vise, in fine, un agencement fixe, anhistorique, quittant la dynamique du réel et du monde pour la cristallisation hors du temps d'un univers pensé et conçu sur le mode de l'arrière-monde. Une société appliquant les principes du Coran donnerait un camp nomade universel bruissant de quelques tremblements de fond, juste le bruit des sphères qui tournent à vide sur elles-mêmes célébrant le néant, la vacuité et le non-sens de l'Histoire morte.

Toute théocratie renvoyant au modèle d'un univers de fiction hors du temps, hors de l'espace, vise dans le temps d'une histoire concrète et dans la géographie d'un espace immanent la reproduction sur le mode du décalque de l'archétype conceptuel. Car les plans de la cité des hommes sont archivés dans la cité de Dieu. L'Idée platonicienne, si jumelle de Dieu, sans date de naissance, sans décès prévu, sans affectation de quelque manière que ce soit, ni temporelle, ni entropique, sans faille, parfaite, génère la fable d'une société close, elle aussi douée des attributs du Concept.

La démocratie vit de mouvements, de changements, d'agencements contractuels, de temps fluides, de dynamiques permanentes, de jeux dialectiques. Elle se crée, vit, change, se métamorphose, se construit en regard d'un vouloir issu de forces vivantes. Elle recourt à l'usage de la raison, au dialogue des parties prenantes, à l'agir communicationnel, à la diplomatie autant qu'à la négociation. La théocratie fonctionne à l'inverse : elle naît, vit et jouit de l'immobilité, de la mort et de l'irrationnel. La théocratie est l'ennemie la plus à craindre de la démocratie, avant-hier à Paris avant 1789, hier à Téhéran en 1978, et aujourd'hui chaque fois qu'Al-Qaïda fait parler la poudre.

5

Du fascisme musulman. Le fascisme excite toujours une poignée d'historiens contemporains jamais d'accord pour s'accorder sur une définition ferme et définitive. Pétain était-il fasciste ? Nationaliste, patriote disent certains, mais Vichy propose une extrême droite française pas forcément pour autant fasciste, concluent-ils... Débats byzantins : il a existé de nombreux fascismes au XXe siècle, tous avec leur spécificité. On pourrait d'ailleurs baptiser les cent dernières années le *siècle des fascismes*. Brun et rouge en Europe ou en Asie, kaki en Amérique du Sud. Mais aussi vert, on l'oublie trop souvent.

Car le renversement du shah d'Iran en 1978 et la prise de tous les pouvoirs par l'ayatollah Khomeyni quelque temps plus tard avec cent quatre-vingt mille mollahs, inaugurent un réel fascisme musulman – toujours en place un quart de siècle plus tard, avec la bénédiction de l'Occident silencieux et oublieux. Loin de signifier l'émergence de la *spiritualité politique* qui fait défaut aux Occidentaux, comme le croit faussement Michel Foucault en octobre 1978, la révolution iranienne accouche d'un fascisme islamique inaugural dans l'histoire de cette religion.

On le sait, Foucault passe gravement à côté de l'événement. Non pas seulement parce qu'il affirme dans le *Corriere della sera* du 26 novembre 1978 : « Il n'y aura pas de parti de Khomeyni, il n'y aura pas de gouvernement Khomeyni » – quatre mois plus tard les faits lui donnent cruellement tort –, mais parce qu'il identifie le « gouvernement islamique à la première grande

insurrection contre les systèmes planétaires, la forme
la plus moderne de la révolte » sans songer une seule
seconde à la possibilité d'une gouvernementalité inspirée par la charia... Que connaissait vraiment Foucault
du Coran et de l'islam ?

Plus que tout autre, lui qui, au moment où il écrit
ces articles pour le quotidien italien sur la révolution
iranienne, a réfléchi sur l'enfermement, la folie, la
prison, l'homosexualité, la déraison, aurait dû savoir
qu'un gouvernement islamique activait par essence
tout ce qu'il combattait : la discrimination sexuelle,
l'emprisonnement des marges, la réduction des différences, la logique des aveux, le système carcéral, la
discipline des corps, le biopouvoir généralisé, le
modèle panoptique, la société punitive, etc. Lire le
Coran, prendre connaissance des Hadith – les deux
sources de la charia – suffisait pour savoir qu'un gouvernement islamique, loin de signifier le retour du spirituel en politique, signait l'entrée de l'islam dans la
politique post-moderne qui, sur le principe théocratique, inaugurait un fascisme islamique ayant échappé
au très habile philosophe de la microphysique du pouvoir...

6

Paroles d'ayatollah. Les hommes politiques qui
théorisent le pouvoir laissent habituellement des ouvrages secs, directs, qui vont à l'essentiel et ramassent
soit leur programme, soit leur bilan. Richelieu et son
Testament politique, Lénine signant *L'Etat et la révolu-*

tion, le général de Gaulle publiant *Le Fil de l'épée*, Mussolini avec *La Doctrine fasciste*, Hitler avec le trop célèbre *Mon combat*, etc. Où l'on retrouve une théorie de la légitimité monarchique, un manuel de marxisme-léninisme à usage bolchevique, un traité de polémologie moderne, un manuel de fascisme, une doctrine raciale nationale-socialiste.

L'ayatollah Khomeyni laisse après sa mort un *Testament politico-spirituel* qui théorise le fameux gouvernement islamique qui excitait intellectuellement Michel Foucault dans les premiers jours de la révolution iranienne. Le dignitaire chiite met en mots, de manière simple voire sommaire, le programme politique d'une république islamique : comment, avec le Coran et les hadith du Prophète, en s'appuyant sur la charia donc, peut-on gouverner les esprits, les corps et les âmes selon les principes de la religion musulmane ? Bréviaire de théocratie islamique – bréviaire indiscutablement fasciste.

La théocratie musulmane – comme toute autre – suppose la fin de la séparation entre croyance privée et pratique publique. Le religieux sort du for intérieur et conquiert la totalité des domaines de la vie sociale. On n'entretient plus un rapport direct à Dieu, pour soi, sur le registre de l'intimité mystique, mais un rapport indirect, médiatisé par la communauté politique et situé sur le plan de la gouvernementalité d'autrui. Fin du religieux pour soi, avènement de la religion pour autrui.

La religion devient dès lors une affaire d'Etat. Non pas de communauté restreinte, de groupe limité, mais de société tout entière. Le totalitarisme définit cet élargissement du politique à la totalité de la sphère humaine. L'Etat sert une idée – raciale, fasciste, islamique, chrétienne, etc. –, et la famille, le travail, l'alcôve, l'école, la caserne, l'hôpital, le journal, l'édition, l'amitié, les loisirs, les lectures, la sexualité, le tribunal, le stade, la culture, etc., relaient l'idéologie dominante. D'où : famille islamique, travail islamique, alcôve islamique, école islamique, et passim.

7

L'islam, structurellement archaïque. Comment légitimer l'usage totalitaire et immanent du Coran ? En prétendant détenir la seule et unique lecture légitime du livre saint. Les prélèvements permettent un islam à la carte avec un spectre large. On peut se réclamer aujourd'hui du Prophète et boire de l'alcool, manger du porc, récuser le voile, refuser la charia, jouer aux courses, aimer le football, adhérer aux droits de l'homme, vanter les Lumières européennes – comme le prétendent ceux qui veulent moderniser la religion musulmane, vivre un islam laïque, moderne, républicain, et autres billevesées intenables.

Dans cette même logique incohérente, on peut aussi être chrétien et ne pas croire vraiment en Dieu, rire des bulles papales, moquer les sacrements, ne pas souscrire aux mystères de l'eucharistie, abolir les dogmes, écarter tout enseignement conciliaire ! La théorie des prélèvements permet aujourd'hui de vouer un culte au seul signifiant, tout en le vidant totalement de son signifié. Dès lors, on adore une coquille vide, on se prosterne devant le rien – l'un des nombreux signes du nihilisme de notre époque.

A l'autre extrémité de ce spectre, on trouve l'inverse : un respect scrupuleux des enseignements coraniques. D'où la pratique de la polygamie, les comportements misogynes et phallocrates au quotidien, le déni de qualité existentielle à toute personne non musulmane, la justification de la mise à mort des infidèles – du monothéiste à l'athée –, le respect zélé des rituels et obligations du pratiquant, la condamnation de tout usage de la raison, etc.

Le Coran ne permet pas la religion à la carte. Rien ne légitime qu'on écarte d'un revers de la main toutes les sourates qui gênent une existence confortable, bourgeoise et intégrée dans la post-modernité. En revanche, rien n'interdit, tout l'autorise même, une lecture scrupuleuse à partir de laquelle se justifient toutes les exactions auxquelles invite le texte saint : personne n'est obligé d'être musulman, mais quand on se proclame tel, on doit adhérer à la théorie, aux enseignements et pratiquer en conséquence. Il en va du pur et simple principe de cohérence. La théocratie islamique illustre le maximum de cohérence possible sur ce sujet.

Car l'islam est structurellement archaïque : point par point, il contredit tout ce que la philosophie des Lumières a obtenu depuis le XVIIIe siècle en Europe et qui suppose la condamnation de la superstition, le refus de l'intolérance, l'abolition de la censure, le rejet de la tyrannie, l'opposition à l'absolutisme politique, la fin de toute religion d'Etat, la proscription de la pensée magique, l'élargissement de toute liberté de pensée et d'expression, la promulgation de l'égalité des droits, la considération que toute loi relève de l'immanence contractuelle, la volonté d'un bonheur social ici et maintenant, l'aspiration à l'universalité du règne de la raison. Autant de refus clairement signifiés à longueur de sourate...

8

Thématiques fascistes. L'imam est présenté par l'ayatollah Khomeyni comme le *Coran ascendant* – sans jeu de mots. En tant que tel, il dispose des mêmes qualités que le pape, à savoir l'infaillibilité. Guide spirituel, il est aussi guide politique. Comme en leurs temps le führer, le duce, le caudillo, le conducator, le timonier, le dignitaire musulman dit la loi : *logique performative*. Il dispose du monopole de la lecture correcte du livre saint, lui seul est habilité à prélever comme il l'entend ce qui justifie une théocratie intégrale.

Car tout est dans le Coran. Le lire permet de trouver toutes les réponses à toutes les questions possibles et imaginables. L'argent ? Le commerce ? La loi ? La justice ? Le droit ? L'éducation ? La souveraineté ? Les femmes ? Le divorce ? La famille ? Le bon régime ? L'écologie ? La culture ? Rien n'y échappe, tout s'y trouve. Chaque ministère d'un gouvernement occidental peut trouver matière à conduire son action. Le chef suprême dispose donc d'une source suprême, le texte saint, sa parole s'identifie à la loi et au droit. Théorie de l'homme providentiel.

A quoi il faut ajouter une *logique binaire* qui oppose

amis et ennemis. Pas de quartiers, pas de détails, pas de finesse. Pas besoin de pinailler pour savoir avec qui et contre qui on mène le combat. Dans la logique de la révolution iranienne, les ennemis sont l'Amérique, Israël, l'Occident, la modernité, les superpuissances. Noms multiples et déclinés d'une même entité : Satan. Le diable, le démon, le prince du Mal. Tout fascisme procède ainsi en désignant l'ennemi, diabolisé au maximum afin de galvaniser les troupes prêtes au combat. Théorie du bouc émissaire.

Ensuite, thématique commune au fascisme et à l'islamisme, la prétention à une *logique post-politique*. A savoir ? Ni droite, ni gauche, mais ailleurs, au-delà, au-dessus en l'occurrence. Du côté de Dieu. Donc rien à voir avec la gauche marxiste, bolchevique, soviétique à l'époque, athée, matérialiste, communiste – Khomeyni l'étend au communisme des femmes ! –, rien non plus avec la droite américaine, consumériste, jouisseuse, corrompue, affairiste et capitaliste. Les deux systèmes se trouvent renvoyés dos à dos. Théorie de la fin du politique.

Donc, une *logique transcendante* : Dieu comme résolution des contradictions. Cette synthèse conserve tout de même partiellement les deux temps honnis : à la gauche on emprunte un discours de solidarité avec les plus démunis, on destine son propos aux miséreux, on manifeste verbalement un réel souci populiste d'en finir définitivement avec la misère du monde ; dans le giron de la droite, on prélève le petit capitalisme privé et la propriété foncière. L'ensemble paraît disposer d'une cohérence assurée par Allah, acteur de la liaison. Théorie de la fin de l'histoire.

Par ailleurs, fascisme et islamisme communient dans une *logique mystique*. Aux antipodes de la raison dans l'Histoire, des enchaînements rationnels de causalités ou de toute dialectique constructive, l'ayatollah promulgue la loi de l'irrationnel. Le collectif appelle le sacrifice du singulier. Toute individualité doit se perdre dans la totalité ainsi constituée. De sorte qu'elle reçoit de son sacrifice une identité nouvelle, fusionnelle : une participation au corps mystique de la société, donc de la communauté, c'est-à-dire de Dieu. D'où un devenir (faussement) divin de l'humain. Théorie de la fin de la raison.

Cette *logique panthéiste* de la communauté suppose la dilution du moi dans la totalité englobante. La fusion dans l'éther du corps politique justifie le martyre qui permet à l'individu non pas de périr comme tel, individuellement, subjectivement, mais, au contraire, de réaliser une transmutation de son être persistant dans la communauté mystique d'une manière sublimée, parce qu'éternelle, anhistorique et trans-historique. D'où les kamikazes musulmans. Théorie de l'eschatologie existentielle.

De même, la théocratie islamique s'appuie – comme tout fascisme – sur une *logique hypermorale*. Dieu commande l'Histoire, son plan s'inscrit dans le réel, son dessein se manifeste en permanence. Toute subjectivité obéit aux ordres d'Allah qui exige la purification éthique du croyant : d'où la haine du corps, de la chair, de la sexualité libre, des désirs, etc. La réalisation de l'ordre moral comme occasion d'hypostases conduit vers l'empyrée mystique. Ce qui suppose une condamnation de la luxure, de l'homosexualité, du jeu, de la

drogue, des boîtes de nuit, de l'alcool, de la prostitution, du cinéma, du parfum, de la loterie et autres vices
dénoncés par l'ayatollah. Théorie de l'idéal ascétique.

Enfin, fascisme et islamisme supposent une *logique
de conscription*. Rien ni personne ne doit manquer à
l'appel, d'où une mobilisation générale de la totalité
des rouages de la machine étatique. Verrouillage des
institutions, de la presse, de l'armée, du journalisme,
de l'éducation, de la magistrature, de la police, des
fonctionnaires, des intellectuels, des artistes, des scientifiques, des écrivains, des orateurs – dixit le texte... –,
des chercheurs. La compétence dans le domaine d'activité passe au second plan. Le premier plan ? La foi, la
ferveur, la religiosité, le zèle à pratiquer la religion.
Théorie de la militarisation de la société.

Tout ce qui définit habituellement le fascisme se
retrouve dans la proposition théorique et la pratique du
gouvernement islamique : la masse dirigée par un chef
charismatique, inspiré ; le mythe, l'irrationnel, la mystique promus au rang de moteur de l'Histoire ; la loi et
le droit créés par la parole du chef ; l'aspiration à abolir
un vieux monde pour en créer un nouveau – nouvel
homme, nouvelles valeurs ; le vitalisme de la vision
du monde doublé d'une passion thanatophilique sans
fond ; la guerre expansionniste vécue comme preuve
de la santé de la nation ; la haine des Lumières – raison, marxisme, science, matérialisme, livres ; le régime
de terreur policière ; l'abolition de toute séparation
entre sphère privée et domaine public ; la construction
d'une société close ; la dilution de l'individu dans la
communauté ; sa réalisation dans la perte de soi et le
sacrifice salvateur ; la célébration des vertus guerrières

– virilité, machisme, fraternité, camaraderie, discipline, misogynie ; la destruction de toute résistance ; la militarisation de la politique ; la suppression de toute liberté individuelle ; la critique foncière de l'idéologie des droits de l'homme ; l'imprégnation idéologique permanente ; l'écriture de l'histoire avec slogans négateurs – antisémites, antimarxistes, anticapitalistes, antiaméricains, antimodernes, antioccidentaux ; la famille promue premier maillon du tout organique. Peu ou prou, cette série autorise la définition d'un contenu pour le fascisme, les fascismes. La théocratie brode toujours avec des variations sur ce thème...

9

Fascisme de renard, fascisme de lion. Le XXIᵉ siècle s'ouvre sur la lutte sans merci. D'un côté un *Occident judéo-chrétien* libéral, au sens économique du terme, brutalement capitaliste, sauvagement marchand, cyniquement consumériste, producteur de faux biens, ignorant toute vertu, viscéralement nihiliste, sans foi ni loi, fort avec les faibles, faible avec les forts, rusé et machiavélique avec tous, fasciné par l'argent, les profits, à genoux devant l'or pourvoyeur de tous les pouvoirs, générateur de toutes les dominations – corps et âmes confondus. Selon cet ordre, c'est liberté théorique pour tous, en fait, liberté seulement pour une poignée, très peu, pendant que les autres, la plupart, croupissent dans la misère, la pauvreté, l'humiliation.

De l'autre, un *monde musulman* pieux, zélé, brutal, intolérant, violent, impérieux et conquérant. Fascisme de renard contre fascisme de lion, l'un faisant ses victimes en post-moderne avec des armes inédites, l'autre en recourant à un hyper-terrorisme de cutters, d'avions détournés et de ceintures d'explosifs artisanales. Dieu revendiqué par les deux camps, chacun souscrivant à l'ordalie des primitifs. Axe du bien contre axe du mal, à fronts perpétuellement renversés...

Cette guerre se mène entre religions monothéistes. D'un côté, juifs et chrétiens, nouveaux croisés ; de l'autre, les musulmans, sarrasins post-modernes. Faut-il choisir son camp ? Opter pour le cynisme des uns sous prétexte de combattre la barbarie des autres ? Doit-on vraiment s'engager ici ou là quand on tient ces deux versions du monde pour deux impasses ? Entrant naguère dans le manichéisme et acceptant l'enfermement dans ce piège, Michel Foucault salua la perspective d'une politique spirituelle de la révolution iranienne parce qu'elle offrait une alternative à ce qu'il nommait les « systèmes planétaires » – en 1978 on ne parle pas encore de mondialisation. En revanche, dès cette époque, Foucault remarque que la question de l'islam politique est essentielle pour l'époque, mais aussi pour les années à venir. Dont acte.

10

Contre la religion des laïcs. Dans ce paysage dévasté d'un Occident aux abois, le combat de certains laïcs paraît parfois contaminé par l'idéologie de l'adversaire : nombre de militants de la cause ressemblent à s'y méprendre à des cléricaux. Pire : à des caricatures de cléricaux. Malheureusement, la libre-pensée contemporaine sent souvent l'encens, elle se parfume éhontément à l'eau bénite. En clergymen d'une Eglise de bigots athées, les acteurs de ce mouvement historiquement considérable ont, semble-t-il, manqué le train de la post-modernité. On ne combat pas le monothéisme aujourd'hui avec les armes de la République de Gambetta.

Certes, le combat libre-penseur a produit des effets considérables dans l'avènement de la modernité : déconstruction des fables chrétiennes, déculpabilisation des consciences, laïcisation du serment juridique, de l'éducation, de la santé et de l'armée, lutte contre la théocratie au profit de la démocratie, plus particulièrement sous sa forme républicaine, séparation de l'Eglise et de l'Etat, pour la plus célèbre victoire.

Pour autant, les catéchismes laïcs, les cérémonies civiles – baptêmes, communions (!) –, les fêtes de la jeunesse, le combat contre les sonneries de cloches dans les villages, l'aspiration à un calendrier nouveau, l'iconoclasme, la lutte contre le port de la soutane sentent un peu trop les pratiques du fagot chrétien... La déchristianisation ne passe pas par des babioles et brimborions mais par le travail sur l'épistémè d'une époque, par une éducation des consciences à la raison. Car l'épisode révolutionnaire de déchristianisation produit tout aussi vite un culte de l'Etre suprême et autres fêtes tout aussi cléricalement sottes et mal venues.

Pensons en termes dialectiques : les excès s'expliquent et se justifient par la rudesse du combat de l'époque, la coriacité des adversaires qui disposent des pleins pouvoirs sur les corps, les âmes, les consciences et la confiscation de la totalité des rouages de la société civile, politique et militaire par les chrétiens. Quand les libres-penseurs stigmatisent leurs ennemis en les traitant de poux et de vermine – parasites –, d'araignées et de serpents – ruse –, de cochons et de boucs – saleté, puanteur, lubricité –, de hiboux et de chauves-souris – obscurité, obscurantisme –, de vautours – goût de la charogne ! – et de corbeaux – noirceur –, les cléricaux répondent : singe – Darwin ! –, cochon – l'increvable pourceau épicurien... –, chien – l'aboyeur copulant en public cher à Diogène... Le folklore gagne en saveur, le débat perd en qualité...

11

Fond et forme de l'éthique. Plus gênant : la laïcité militante s'appuie sur l'éthique judéo-chrétienne qu'elle se contente bien souvent de démarquer. Emmanuel Kant écrivant *La Religion dans les limites de la simple raison* fournit bien souvent un bréviaire à la pensée laïque : les vertus évangéliques, les principes du décalogue, les invites testamentaires bénéficient d'une nouvelle présentation. Conservation du fond, changement de la forme. La laïcisation de la morale judéo-chrétienne correspond bien souvent à la réécriture immanente d'un discours transcendant. Ce qui vient du ciel n'est pas aboli mais réacclimaté pour la terre. Le curé et le hussard noir de la République se combattent, mais, finalement, ils militent pour un monde semblable pour l'essentiel.

Les manuels de morale dans les écoles républicaines

enseignent l'excellence de la famille, les vertus du travail, la nécessité de respecter ses parents et d'honorer les vieux, le bien-fondé du nationalisme, les obligations patriotiques, la méfiance à l'endroit de la chair, du corps et des passions, la beauté du travail manuel, la soumission au pouvoir politique, les devoirs envers les pauvres gens. Que trouverait à redire le curé du village ? Travail, Famille, Patrie, sainte trinité laïque et chrétienne.

La pensée laïque n'est pas une pensée déchristianisée, mais chrétienne immanente. Avec un langage rationnel, sur le registre décalé du concept, la quintessence de l'éthique judéo-chrétienne persiste. Dieu quitte le ciel pour descendre sur terre. Il ne meurt pas, on ne le tue pas, on ne l'économise pas, on l'acclimate sur le terrain de la pure immanence. Jésus reste le héros des deux visions du monde, on lui demande seulement de ranger son auréole, d'éviter le signe ostentatoire...

D'où une définition relativiste de la laïcité : pendant que l'épistémè demeure judéo-chrétienne, on fait comme si la religion n'imprégnait pas, n'imbibait pas les consciences, les corps et les âmes. On parle, pense, vit, agit, on rêve, on imagine, on mange, souffre, dort, on conçoit en judéo-chrétien, construits par deux mille ans de formatage du monothéisme biblique. Dès lors, la laïcité se bat pour permettre à chacun de penser ce qu'il veut, de croire à son dieu, pourvu qu'il n'en fasse pas état publiquement. Mais publiquement, la religion laïcisée du Christ mène le bal...

Nulle difficulté, dans ce cas, pour affirmer dans la République française contemporaine l'égalité du juif, du chrétien, du musulman, mais aussi du bouddhiste, du shintoïste, de l'animiste, du polythéiste, ou de l'agnostique et de l'athée. Tout peut bien donner l'impression de se valoir, une fois vécu dans le for intérieur et l'intimité de la conscience, puisque dehors, dans le registre de la vie publique, les cadres, les formes, les forces, autant dire l'essentiel – éthique, politique, bio-éthique, droit, politique – demeure judéo-chrétien !

12

Pour une laïcité post-chrétienne. Dépassons donc la laïcité encore trop empreinte de ce qu'elle prétend combattre. Bravo pour ce qu'elle fut, éloge de ses combats passés, un toast pour ce qu'on lui doit. Mais avançons de manière dialectique. Les combats du jour et de demain nécessitent de nouvelles armes, mieux forgées, plus efficaces, des outils de l'époque. Encore un effort, donc, pour déchristianiser l'éthique, la politique et le reste. Mais aussi la laïcité, qui gagnerait à s'émanciper plus encore de la métaphysique judéo-chrétienne, et qui pourrait servir vraiment dans les guerres à venir.

Car en mettant à égalité toutes les religions et leur négation, comme y invite la laïcité qui triomphe aujourd'hui, on avalise le relativisme : égalité entre la pensée magique et la pensée rationnelle, entre la fable, le mythe et le discours argumenté, entre le discours thaumaturgique et la pensée scientifique, entre la Torah et le *Discours de la méthode*, le Nouveau Testament et la *Critique de la raison pure*, le Coran et la *Généalogie de la morale*. Moïse vaut Descartes, Jésus, Kant et Mahomet, Nietzsche...

Egalité entre le croyant juif persuadé que Dieu s'adresse à ses ancêtres pour lui confier son élection et, pour ce faire, lui ouvre la mer, arrête le soleil, etc. – et le philosophe qui procède selon le principe de la méthode hypothético-déductive ? Egalité entre le fidèle convaincu que son héros né d'une vierge, crucifié sous Ponce Pilate, ressuscité le troisième jour, coule des jours tranquilles depuis assis à la droite du père – et le penseur qui déconstruit la fabrication de la croyance, la construction d'un mythe, la création d'une fable ? Egalité entre le musulman persuadé que boire du beaujolais et manger un rôti de porc lui interdit définitivement l'accès au paradis quand l'assassinat d'un infidèle, en revanche, lui en ouvre grandes les portes – et l'analyste scrupuleux qui, sur le principe positiviste et empirique, démontre que la croyance monothéiste vaut celle de l'animiste dogon croyant que l'esprit de ses ancêtres revient sous forme d'un renard ? Si oui, alors cessons de penser...

Ce relativisme est dommageable. Désormais, sous prétexte de laïcité, tous les discours se valent : l'erreur et la vérité, le faux et le vrai, le fantasque et le sérieux. Le mythe et la fable pèsent autant que la raison. La magie compte autant que la science. Le rêve autant que la réalité. Or tous les discours ne se valent pas : ceux de la névrose, de l'hystérie et du mysticisme procèdent d'un autre monde que celui du positiviste. Pas plus qu'on ne doit renvoyer dos à dos bourreau et victime, bien et mal, on ne doit tolérer la neutralité, la bienveillance affichée pour la totalité des régimes de discours, y compris ceux des pensées magiques. Faut-il rester neutre ? Doit-on rester neutre ? A-t-on encore les moyens de ce luxe ? Je ne crois pas...

A l'heure où se profile un ultime combat – déjà perdu... – pour défendre les valeurs des Lumières contre les propositions magiques, il faut promouvoir une laïcité post-chrétienne, à savoir athée, militante et radicalement opposée à tout choix de société entre le judéo-christianisme occidental et l'islam qui le combat. Ni la Bible, ni le Coran. Aux rabbins, aux prêtres, aux imams, ayatollahs et autres mollahs, je persiste à préférer le philosophe. A toutes ces théologies abracadabrantesques, je préfère en appeler aux pensées alternatives à l'historiographie philosophique dominante : les rieurs, les matérialistes, les radicaux, les cyniques, les hédonistes, les athées, les sensualistes, les voluptueux. Ceux-là savent qu'il n'existe qu'un monde et que toute promotion d'un arrière-monde nous fait perdre l'usage et le bénéfice du seul qui soit. Péché réellement mortel...

BIBLIOGRAPHIE

ATHÉOLOGIE

1

Pauvreté athée. La bibliographie de la question athée est indigente. Rare en regard des publications consacrées aux religions – qui connaît un rayon athéisme dans les librairies ? quand toutes les variations sur le thème religieux disposent de leurs sous-sections –, et en plus de piètre qualité. Comme si les auteurs sur ce sujet travaillaient pour réjouir les déicoles ! Henri Arvon ouvre le feu avec un « Que sais-je ? » intitulé *L'Athéisme* en 1967 : la moitié de ce petit livre est consacrée à l'athéisme de Démocrite, Epicure, Lucrèce, La Mothe Le Vayer, Gassendi, Pierre Bayle, Thomas Hobbes, John Locke, Hume et d'autres qui n'ont jamais nié l'existence de Dieu ou des dieux... Même remarque pour Hegel – athée ! Stirner est traité dans un chapitre consacré à l'athéisme nietzschéen quand son unique livre *L'Unique et sa propriété* date de l'année de naissance de Nietzsche : voilà un nietzschéen précoce ! Autre bévue : l'absence de Freud, auteur, tout de même, de *L'Avenir d'une illusion* – qu'on peut lire aux PUF dans la traduction de Marie Bonaparte – qui démonte absolument la religion et s'inscrit dans le lignage des grands textes déconstructeurs du religieux. Henri Arvon, historien de l'anarchisme, a fini son existence converti au libertarisme – un ultra-libéralisme qui, en son temps, réjouissait Ronald Reagan...

On retrouve les mêmes défauts ou presque dans la monumentale *Histoire de l'athéisme* de Georges Minois, Fayard, 1998, 671 pages dont deux consacrées à Freud ! Outre l'usage abusif de l'épithète pour qualifier des polythéistes, des déistes, des chrétiens hétérodoxes – Epicure, Rabelais, Hobbes en couverture avec Sade, Nietzsche et Sartre ! – l'introduction dans laquelle l'auteur s'essaie à penser l'athéisme gagne à être sautée et le reste du livre considéré pour les fiches qu'il juxtapose à partir desquelles on peut envisager soi-même les lectures à faire. A prendre comme un recueil de fiches à trier...

2

Dieu est mort, ah bon ? Pour vérifier les conditions de l'assassinat, Nietzsche évidemment et le fameux paragraphe 125 – « L'insensé » – du *Gai savoir*. Lire également *Ecce homo* et *L'Antéchrist* dans « Œuvres », deux volumes, Bouquins, Laffont, 1993. Pour retrouver ce sujet de bac pour classes terminales – « Dieu est mort, alors tout est permis » –, Dostoïevski, *Les Frères Karamazov*, Pléiade.

A défaut d'une bonne histoire de l'athéisme, encore à écrire, on lira deux abords philosophiques de cette question : d'abord Jacques-J. Natanson, *La Mort de Dieu. Essai sur l'athéisme moderne*, PUF, 1975.

L'auteur effectue une lecture claire et intelligente des questions afférentes à l'athéisme en mélangeant l'information, l'analyse et le commentaire. Huit pages de bibliographie. Ensuite, et dans le même esprit : Dominique Folschied, *L'Esprit de l'athéisme et son destin*, La Table ronde, 1991. Nietzsche et Dostoïevski y sont abondamment analysés.

3

De l'antiphilosophie et de son contraire. La notion est explicitée dans le seul ouvrage me semble-t-il consacré à cette question : Didier Masseau, *Les Ennemis des philosophes. L'antiphilosophie au temps des Lumières*, Albin Michel. Jésuites, jansénistes, apologistes, catholiques de combat manifestent en plein XVIIIᵉ siècle une haine des philosophes – Rousseau, Voltaire, Diderot – et de la philosophie. L'historiographie a lissé ce siècle pour en faire celui des seules Lumières, oubliant qu'il existe d'un côté la tradition chrétienne, vindicative, militante et polémique, de l'autre ceux que j'appellerai les ultras de la philosophie – les athées – La Mettrie, d'Holbach, Helvétius que les valeurs sûres des Lumières critiquent et combattent au nom du déisme... Vingt-sept pages d'une excellente bibliographie.

La *Doctrine curieuse* de Garasse a ouvert le bal au siècle précédent. Réédition à paraître chez Encre-Marine. Pour constater que Vanini n'a jamais été athée, mais plutôt panthéiste et chrétien, *Œuvres philosophiques*, Adolphe Delahays, 1856, jamais réédité en français depuis... Traduction de X. Rousselot. Voir également Emile Namer, *La Vie et l'œuvre de J.C. Vanini*, Vrin, 1980.

Pour faire le pendant à l'antiphilosophie, ce recueil de textes réalisé sous la direction de Patrick Graille et Mladen Kozul, *Discours antireligieux français du dix-huitième siècle. Du curé Meslier au marquis de Sade*, L'Harmattan, Les Presses de l'Université de Laval, 2003 : une anthologie précieuse avec ses notices de présentation tout aussi indispensables. Un remède aux ennemis de la philosophie d'hier et d'aujourd'hui...

Le presque premier athée – Cristovao Ferreira – a écrit *La Supercherie dévoilée*. Le texte, une trentaine de pages, est laborieusement présenté par Jacques Proust, un universitaire suffisamment prétentieux pour mettre son patronyme sur la page de titre de cet ouvrage qu'il a traduit avec une Marianne du même nom. De sorte qu'on le croit auteur de ce livre et que le nom même de Ferreira n'y apparaît aucunement... Honnête, élégant ! Sous-titre du livre : *Une réfutation du catholicisme au Japon au XVIIᵉ siècle*– « dans le Japon » aurait permis de sentir un peu moins la plume universitaire, mais, bon... Publié chez Chandeigne. La bibliographie contient bien évidemment tous les articles de ce tandem d'enfer...

4

Tripes bourgeoises et boyaux catholiques. On connaît la phrase célèbre de l'abbé Meslier dans laquelle il souhaitait que tous les nobles fussent pendus et étranglés avec les boyaux des prêtres... On la retrouvera dans les trois volumes des *Œuvres* de Jean Meslier, éd. Anthopos, 1970. Pour ceux que les deux mille pages effraieraient, un compendium bien fait sous le titre *Mémoire*, Exils, 2000. L'incontournable travail probablement indépassable de Maurice Dommanget, *Le Curé Meslier. Athée, communiste et révolutionnaire sous Louis XIV*, Julliard, 1965, fait la somme de tout ce que l'on peut savoir sur cette œuvre d'un authentique philosophe évidemment écarté par l'historiographie classique car il avait tout pour déplaire : sa haine de Dieu, du christianisme, de l'idéalisme, de l'idéal ascétique et son éloge de la liberté, de l'hédonisme et de la vie terrestre. Pour les amateurs de raccourcis on regardera Marc Bredel, *Jean Meslier l'enragé. Prêtre athée et révolutionnaire sous Louis XIV*, Balland, 1983. Le démarquage presque intégral du sous-titre de Dommanget dit probablement ce que le second doit au premier...

Du même excellent Dommanget on peut lire la biographie intellectuelle critique *Sylvain Maréchal*. « *L'homme sans Dieu* ». *Vie et œuvre du Manifeste des égaux*, mais aussi dans le *Dictionnaire des athées*, Spartacus, 1950. Là encore une somme indépassée sur un penseur disparu lui aussi de la circulation intellectuelle contemporaine.

5

La coterie holbachique. Divin d'Holbach ! Grâce au courage et à la joyeuse détermination de Jean-Pierre Jackson – qui fait un excellent travail d'éditeur avec tout ce qu'il touche... – nous disposons d'une édition des *Œuvres philosophiques* en cours. Trois volumes monumentaux parus aux éditions Alive. Dont *Le Christianisme dévoilé*, *La contagion sacrée* et la *Théologie portative* dans le tome 1, l'*Essai sur les préjugés*, le *Système de la Nature* et l'incroyable *Histoire critique de Jésus-Christ* dans le tome 2, et, dans le tome 3, le *Tableau des saints*, *Le Bon Sens*, la *Politique naturelle* et l'*Ethocratie* : à enseigner absolument dans les cours où l'on informera du fait athée ! La puissance de feu athée de ce philosophe est considérable. Il pulvérise les minauderies déistes de Rousseau, les comédies anticléricales du Voltaire défenseur de la religion pour le peuple et les hésitations de Diderot sur la question de Dieu.

Un choix de textes dans un volume introuvable par René Hubert, *D'Holbach et ses amis*, André Depeuc éditeur, dans une collection antichrétienne qui éditait également Gourmont et Jules de Gaultier sur Nietzsche. Puis, de Pierre Naville, *D'Holbach et la philosophie scientifique au XVIII*e *siècle*, Gallimard, 1967. La réédition de quelques œuvres du philosophe dans l'excellente collection Corpus de Fayard a permis un recueil de contributions de la revue *Corpus* sur d'Holbach.

6

L'hydrothérapeute pneumatique. L'inexistence de Feuerbach sur le marché philosophique est également scandaleuse. Outre la captation d'héritage et la récupération de Louis Althusser traducteur des *Manifestes philosophiques. Textes choisis (1839-1845)* pour les PUF puis 10/18 en 1960, ou celles de son épigone

Jean-Pierre Osier à qui l'on doit la version française de *L'Essence du christianisme* pour Maspero, 1982, on chercherait en vain autre chose. Sinon la traduction de J. Roy datée de 1864, pour un volume intitulé *La Religion*, de *L'Essence de la religion* (1845), *Mort et immortalité* (1830), *Pensées diverses* et *Remarques*, repris chez Vrin en 1987. Plus récemment *Pensées sur la mort et l'immortalité*, Cerf, trad. Ch. Berner, 1991.

Sur Feuerbach, pas grand-chose : d'Henri Arvon – l'auteur du mauvais « Que sais-je ? » sur l'athéisme... – *Ludwig Feuerbach ou la transformation du sacré*, PUF, 1957 et, plus synthétique, avec un choix de textes, du même auteur, *Feuerbach*, PUF, 1964. Alexis Philonenko a rédigé une somme sur *La Jeunesse de Feuerbach (1828-1841) Introduction à ses pensées fondamentales*, Vrin, 1990 ; on aimerait le même travail de titan sur les trente dernières années du philosophe... Jean Salem y introduit brièvement avec *Une lecture frivole des écritures. « L'Essence du christianisme » de Ludwig Feuerbach*, Encre Marine, 2003.

7

Sur une épistémè judéo-chrétienne. Foucault met au point la notion d'épistémè dans *Les Mots et les choses* en 1966. Dans *Dits et écrits*, tome 2, il affirme : « ce sont tous les phénomènes de rapports entre les sciences ou entre les différents discours scientifiques qui constituent ce que j'appelle l'épistémè d'une époque ». A l'évidence, on ne peut saisir le détail d'une épistémè qu'en termes d'archéologie, sur un terrain très improbable. En parlant d'un corps chrétien dans

Féeries anatomiques j'ai proposé une piste pour aborder la question de l'épistémè à partir de la chair occidentale. On peut lire sur ce sujet Nicolas Martin et
Antoine Spire, *Dieu aime-t-il les malades ? Les religions monothéistes face à la maladie*, Anne Carrière,
2004, pour voir combien l'idéologie judéo-chrétienne
imprègne considérablement les questions de la santé,
de la maladie et, malheureusement, de la bioéthique.
Le détail de la position chrétienne sur les questions de
santé se trouve dans *Charte des personnels de la santé*
avec pour auteur le Conseil pontifical pour la pastorale
des services de la santé et pour éditeur la Cité du Vatican, 1995 : consternant pour mesurer combien notre
bioéthique piétine, voire régresse, à cause des positions
rétrogrades de l'Eglise défendues par des laïcs imbibés
d'eau bénite...

Sur la question du droit et de son formatage judéo-
chrétien, j'ai précisé ma position dans « Pour en finir
avec le jugement des hommes » in *L'Archipel des
comètes*, Grasset.

8

Un athéisme chrétien ! André Comte-Sponville ne
récuse pas ma formule mais préfère « athée fidèle ». Il
explique ce qu'il entend par là dans *A-t-on encore
besoin d'une religion ?*, Les Editions de l'Atelier,
2003. « Athée, puisque je ne crois en aucun Dieu ;
mais fidèle parce que je me reconnais dans une certaine tradition, une certaine histoire, et dans ces valeurs
judéo-chrétiennes (ou gréco-judéo-chrétiennes) qui
sont les nôtres », page 58. De même Luc Ferry qui

récuse la position athée pour lui préférer l'option agnostique – plus prudente en tout. Voir *L'Homme-Dieu*, Grasset.

Ce tropisme chrétien plus nettement assumé se retrouve en philosophie contemporaine chez Michel Henry et Giovanni Vattimo. Le premier aborde le christianisme en phénoménologue dans *Incarnation*, Seuil, 2000, *Paroles du Christ*, Seuil, 2004, et *C'est moi la vérité. Pour une philosophie du christianisme*, Seuil, 1996. Le second en herméneute... Voir *Espérer croire*, Seuil, 1998 et *Après là chrétienté*, Calmann-Lévy, 2004. Ou comment plonger la Bible dans l'eau lustrale de *Etre et temps* pour obtenir une solution – au sens chimique... – miraculeuse...

9

Permanence de la scolastique. Pas athées du tout, mais franchement chrétiens, on peut également lire Jean-Luc Marion, *Dieu sans l'être*, PUF, 2002 et René Girard, *Je vois Satan tomber comme l'éclair...*, Grasset, 1999. Puis, dans la tradition juive mâtinée de philosophie russe, italienne, espagnole, française, mais surtout pas allemande, Vladimir Jankélévitch, *Traité des vertus*, mille cinq cents pages composées de plusieurs volumes : *Le Sérieux de l'intention, Les Vertus et l'amour, L'Innocence et la méchanceté*. Même tradition, mais cette fois-ci mixée à la phénoménologie heideggérienne, Emmanuel Levinas, *Autrement qu'être ou au-delà de l'essence*, Nijhoff, 1974. D'où il ressort qu'il vaut mieux l'amour que la guerre, le courage que la lâcheté, le pardon que la rancœur, l'Autre que Soi. Parfait sur le papier.

MONOTHÉISMES

1

Le prix des livres uniques. Théoriquement, les trois monothéismes se présentent comme la seule religion d'un seul livre, en fait, ces livres uniques sont nombreux... La prestigieuse bibliothèque de la Pléiade chez Gallimard prend un étrange parti : elle édite ces ouvrages sous une reliure gris souris alors qu'elle propose les textes antiques en vert... Pourquoi ne pas relier dans la même couleur que Homère, Platon et Augustin la *Bible*, le *Coran*, les *Ecrits intertestamentaires* ou les *Ecrits apocryphes chrétiens* ? Car ce sont exclusivement des textes historiques...

J'ai utilisé la *Bible* d'Emile Osty et Joseph Trinquet, au Seuil. Elle a sur l'édition en trois volumes de la Pléiade le mérite d'intercaler des titres dans le texte, ce qui facilite les repérages. En revanche, le système de notes et de renvois est sans intérêt véritable... Le *Coran* est celui de la Pléiade, traduction D. Masson – version islamophile, on s'en doute. Système de notes à revoir lui aussi, et pour les mêmes raisons...

Sur l'historicité de la Bible : Israël Finkelstein et Neil Asher Silberman, *La Bible dévoilée*, Gallimard, fourmille de renseignements historiques sur l'atelier de confection mythologique que fut ce livre. Autres ouvrages de base : *Le Pentateuque*, traduction œcuménique, Cerf, Société Biblique Française. Et le *Talmud. Traité Pessahim*, traduit par Israël Salzer, Gallimard, Folio. Il manque une véritable édition critique et athée de tous ces livres !

On ne perd pas son temps non plus à lire le *Catéchisme de l'Eglise catholique*, Mame et Plon... Persistance et permanence des mythologies héritées de temps révolus depuis plus de mille ans ! Pour ceux qui voudraient se familiariser en angélologie, un pan entier de ce monde révolu, voir Pseudo-Denys l'Aréopagite, *Œuvres complètes*, trad. Maurice de Gandillac, Aubier. Et, synthèse magistrale, *Les Anges*, Philippe Faure, Cerf, Fides. Sur leurs lieux d'habitation : Soubhi el-Saleh, *La Vie future selon le Coran*, Vrin.

2

Livres sur les livres uniques. Les librairies et bibliothèques regorgent de livres religieux. Leur abondance n'a d'égale que la rareté des ouvrages consacrés à l'athéisme ! Le temps passant, ces rayons prolifèrent dans les librairies, non loin de ceux qui célèbrent le New Age, le développement personnel, l'astrologie, le bouddhisme, les tarots et autres manifestations de l'irrationnel – lire en passant l'ouvrage consacré par Adorno aux horoscopes, *Des étoiles à la terre*, trad. Gilles Berton, Exils, dans lequel nombre d'analyses fonctionnent, évidemment, pour comprendre la croyance religieuse.

Le principe du dictionnaire présente un réel intérêt. Voir le *Dictionnaire des monothéismes*, sous la direction de Jacques Potin et Valentine Zubert, Bayard :

trois parties, Judaïsme, Christianisme, Islam, des entrées alphabétiques, un index terminal et un autre à la fin de chaque entrée qui recoupe ces trois temps : de quoi disposer rapidement du minimum sur un concept. Le *Dictionnaire de l'Islam. Religion et civilisation*, Encyclopædia Universalis, Albin Michel, est remarquable. Malek Chebel réalise avec son *Dictionnaire des symboles musulmans*, Albin Michel, certainement son meilleur livre, du moins le moins partial. Renvois utiles aux sourates, bibliographie et corrélats utiles.

La lecture du Talmud est extrêmement fastidieuse ! Les lecteurs pas courageux pourront lire les livres d'Adin Steinsaltz, *Introduction au Talmud*, Albin Michel, et A. Cohen, *Le Talmud*, trad. J. Marty, Petite Bibliothèque Payot. D'excellentes synthèses historiques pour le premier livre, thématique pour le second abondamment rempli de citations. Mais le contact avec le texte même du Talmud est essentiel, certes pour le fond et les idées, mais aussi pour saisir l'économie d'une logique, d'une dialectique et d'une pensée.

Sur l'islam, on préférera Rohdy Alili, *Qu'est-ce que l'islam ?*, La Découverte, au *Dictionnaire amoureux de l'islam* de Malek Chebel, Plon, partial et partiel : l'islam, religion de paix et d'amour (!), qui tolère le vin (« il n'a jamais été question de supprimer radicalement le vin, mais seulement d'en dissuader les bons croyants », page 617), voilà un singulier paradoxe auquel on parvient en évitant dans les entrées de ce dictionnaire vraiment amoureux : Guerre, Razzias, Combats, Conquêtes, Antisémitisme – ce qui constitue tout de même l'essentiel de la vie du Prophète et de l'islam pendant des siècles –, en revanche il y a un texte sur les Croisades. Même remarque sur l'absence d'entrée à Juifs, Antisémitisme... Quant à sexualité, on lira avec bonheur : « L'islam a libéré le sexe et en a fait un lieu d'extrême sociabilité », page 561. On demandera aux femmes qui subissent la charia ce qu'elles en pensent, car Malek Chebel, voir l'article Femme, croit que le mauvais traitement des femmes a à voir avec des gouvernements rétrogrades, des politiques incompétents, mais jamais avec le texte même du Coran...

3

L'antidote aux impostures monothéistes. Lire Raoul Vaneigem : *De l'inhumanité de la religion*, Denoël. Mais aussi sa préface à *L'Art de ne croire en rien*, suivi du *Livre des trois imposteurs*, Payot-Rivages. Ces trois imposteurs étant Moïse, Jésus, Mahomet... Voir également le livre important, très fouillé, aux conclusions étonnantes – les juifs, « ce peuple mental (comme on parle d'art conceptuel) est une création verbale », page 118 – de Jean Soler, *Aux origines du Dieu unique. L'invention du monothéisme*, éd. de Fallois, 2002 : où l'auteur montre comment les Hébreux passent du polythéisme au monothéisme pour assurer leur existence ontologique à partir d'un livre unique. Mais aussi comment leur message d'amour ne concerne que leurs semblables – « Dieu de tous ou Dieu des Juifs ? », p. 184 à 186 –, pas leur prochain. Ce dernier point est développé dans *La Loi de Moïse*, même éditeur, 2003, p. 66-74 et 106-111, livre qui montre aussi, chapitre 1, la portée restrictive qu'il faut donner à l'impératif pré-

tendu universel : « tu ne tueras point ». (Merci à Jean
Soler pour ses précieux conseils de relecture de mon
manuscrit.)

4

Prépuces, raffinements et bibliothèques. Le même
Malek Chebel a publié *Histoire de la circoncision des
origines à nos jours*, Le Nadir, Balland. Dans l'introduction, page 11, il écrit : « les informations de ce livre
se veulent exactes et ne sont soumises à aucun prosély-
tisme ». L'envoi de ce livre, page 7, précise la nature
de cette objectivité : « Ce livre est dédié aux " chirur-
giens de la lumière " : les circonciseurs. » Et, page 30,
toujours neutre, après quelques développements et
considérations psychologiques – car Malek Chebel se
dit aussi psychanalyste... – il conclut : « peut-on véritablement considérer l'ablation d'une peau si fine
comme un acte " traumatique " et a fortiori traumatolo-
gique ? ». Reviens Sigmund...

Sur la circoncision, on préférera les analyses inspi-
rées de la méthode utilitariste et pragmatique anglo-
saxonne – aux meilleurs sens de ces termes – de Margaret Sommerville, *Le Canari éthique. Science, société
et esprit humain*, éditions Liber, notamment le chapitre 8 intitulé « Intervenir sur le corps du petit garçon.
Les enjeux éthiques de la circoncision », p. 201-216.
Ces pages ont changé mon avis sur cette question avant
lecture, puis emporté définitivement ma conviction.
Voir également Moïse Maïmonide, *Le Guide des égarés. Traité de théologie et de philosophie*, trad. de

l'arabe par S. Munk, Maisonneuve et Larose, p. 416-421.

Le même Malek Chebel, pour y revenir, a commis un livre au très beau titre, *Traité du raffinement*, Payot, dans lequel il célèbre le raffinement comme un art musulman quand, en fait, il procède de la civilisation arabe pré-islamique. Le fait que quelques cours aient persisté – Bagdad, Cordoue, au Maghreb, en Egypte –, sans souci des enseignements coraniques, à célébrer les parfums, les bijoux, les pierres précieuses, le vin (encore !), le luxe, la gastronomie, l'homosexualité, ne permet pas de conclure à la conversion de l'islam à l'hédonisme ! Autant juger de la nature du marxisme-léninisme par la seule vie quotidienne des hiérarques du Kremlin dans les années staliniennes...

Pour mesurer l'étendue de la libéralité hédoniste de l'islam (lire pour les frissons dans le dos Abd Allâh b.'Abd al-Rahmân al-Watbân, *Jalons sur le chemin de la chasteté*, suivi du texte de'Abd al'Aziz b'.'Abd Allâh b. Bâz, *Les Dangers de la mixité dans le domaine du travail*, éd. al-Hadith), son goût tolérant pour les livres qui ne sont ni le Coran ni religieux, on lira avec plaisir Lucien X. Polastron, *Livres en feu*, Denoël. On y trouvera des développements sur le goût chrétien des autodafés de l'origine de l'Etat totalitaire chrétien (IVe siècle) à l'*Index* – jamais aboli... Les juifs ont beaucoup subi les bûchers de livres durant toute leur existence et n'en ont jamais initié aucun. Admirable synthèse chez Anne-Marie Delcambre, *L'Islam des interdits*, Desclée de Brouwer, 2003 – on lui doit aussi une excellente biographie du Prophète, *Mahomet*, chez le même éditeur, 2003.

Sur les relations entre le Vatican et l'intelligence
– donc les livres... –, voir Georges Minois, *L'Eglise et
la science. Histoire d'un malentendu*, Fayard, extrêmement factuel, se perdant dans les détails (deux volumes, un seul aurait suffi...), sans jamais aucune
théorisation, ni conceptualisation. A lire avec en regard
Jean Steiman, *Richard Simon. Les origines de l'exé-
gèse biblique*, éditions d'Aujourd'hui. Richard Simon
(XVIIe siècle) introduit l'intelligence dans la lecture des
textes dits sacrés et comme tel fâche Bossuet, l'Oratoire, Port-Royal, les bénédictins, les jésuites, la Sor-
bonne, les protestants. Autant de bonnes raisons d'en
faire un héros... Voir également Jean Rocchi, *L'Irréductible. Giordano Bruno face à l'Inquisition*, avec un
avant-propos très roboratif de Marc Silbernstein, le
dynamique animateur des éditions – matérialistes mili-
tantes... – Syllepse !

CHRISTIANISME

1

La chair d'un ectoplasme. On compte par milliers,
évidemment, les histoires de Jésus... Celles qui nient
son existence historique et réduisent cette figure à la
cristallisation d'une fiction se comptent sur les doigts
d'une main. Evidemment... La plus célèbre est signée
Prosper Alfaric, *A l'école de la raison. Etudes sur les
origines chrétiennes*, Publications de l'Union rationaliste. Voir en particulier p. 97 à 200 « Le problème de
Jésus. Jésus a-t-il existé ? ». Réponse : Non... Aujour-

d'hui, Raoul Vaneigem défend cette position qu'il reprend à son compte dans *La Résistance au christianisme. Les hérésies des origines au XVIIIe siècle*, Fayard. Il parle notamment, page 104, de « la fable catholique et romaine d'un Jésus historique ». Clair...

D'autres croient à son existence historique, certes, mais pointent dans de gros ouvrages des milliers d'invraisemblances, d'incertitudes, de probabilités, de contrevérités dans la Bible, ils avouent tellement d'incapacités à conclure à des certitudes qu'on se demande ce qui les retient de basculer dans le camp des négateurs... Prudence ? Incapacité à prendre en charge cet iconoclasme majeur ? Impossibilité de dépasser leur formation intellectuelle – souvent d'anciens séminaristes ou d'individus ayant fait de solides études théologiques ? Car il existe une feuille de papier à cigarette entre leurs conclusions et celles des ultrarationalistes.

Ainsi Charles Guignebert, *Jésus*, La Renaissance du livre, 1933, et *Le Christ*, même éditeur, 1943, auxquels je dois quelques-uns des exemples retenus par moi pour souligner les extravagances du Nouveau Testament – *titulus*, langue de Pilate, etc. Gérard Mordillat et Jérôme Prieur ont effectué une synthèse de ce travail, complétée par quelques rares travaux récents, dans *Corpus Christi. Enquête sur l'écriture des Evangiles*, cinq petits volumes parus aux éditions Mille et Une Nuits en 1997 : *Crucifixion, Procès, Roi des Juifs, Pâque, Résurrection* et *Christos*. Ce travail a fait l'objet d'une série de douze films diffusés sur Arte. De Jérôme Prieur, *Jésus illustre et inconnu*, Desclée de Brouwer, 2001, et de Gérard Mordillat, *Jésus contre Jésus*, Seuil.

2

L'avorton de Dieu. C'est lui qui le dit... saint Paul... dans la première épître aux Corinthiens (XV, 8). Pour tous les textes de Paul ou sur lui, Epîtres, Lettres, Actes, etc., *La Bible*, trad. Osty, Seuil, 1973. Bibliographie évidemment abondante. Et pas toujours partiale... Les éditions Fayard passent pour sérieuses... Comment dès lors appréhender l'ouvrage tout entier quand on lit, sous la plume de Françoise Baslez, *Saint Paul*, 1991, ce détail dans le chapitre consacré à la conversion sur le chemin de Damas, page 81 : « il ne fera jamais la moindre allusion à une éventuelle cécité » et qu'on lit dans les Actes des apôtres (IX, 8) : « bien qu'il eût les yeux ouverts, il ne voyait rien » – et ce pendant trois jours...

Dans son style télévisuel – on l'entend en le lisant... – Alain Decaux a commis *L'Avorton de Dieu. Une vie de saint Paul*, Desclée de Brouwer, Perrin, 2003. L'historien ne cache pas son empathie catholique, mais effectue un honnête travail de compilation. Notamment sur les maladies attribuées au Tarsiote – page 101. Utile – parce qu'elle évite les lectures nécessaires pour son propre compte... Pas de critique, pas de réserves, pas d'interprétations propres, mais une narration introductive.

Alain Badiou, philosophe, mathématicien, lacanien, écrivain de roman et de pièces de théâtre, militant d'extrême gauche également, confie dans son *Saint Paul. La fondation de l'universalisme*, PUF, 1997, son intérêt – on le comprend... – pour le fondateur de religion, le créateur d'Empire. Dommage qu'il considère Paul comme le seul, sans intégrer à sa réflexion ce que Constantin ajoute pour rendre possible l'Eglise planétaire. L'ectoplasme a besoin de l'hystérique pour son incarnation, mais c'est le dictateur qui réalise l'extension du corps de Jésus à l'Empire...

3

Portrait de l'époque. Pour saisir l'ambiance psychologique du Bas-Empire, sa croyance au mystère, au merveilleux, aux mages, à l'astrologie, sa religion, ses craquements, son goût pour l'irrationnel : E. Dodds, *Païens et chrétiens dans un âge d'angoisse*, trad. H.D. Saffrey, 1979, La Pensée sauvage. Voir aussi H.I. Marrou, *Décadence romaine ou Antiquité tardive ?*, Seuil, 1977 – qui prouve la continuation du monde antique dans la période chrétienne primitive. C'est dans cet ouvrage qu'on peut lire l'expression « Etat totalitaire du Bas-Empire », page 172. Marrou, chrétien, a écrit sur Augustin, Clément d'Alexandrie et l'histoire de l'Eglise – entre autres sujets. Sur le fonctionnement et le contenu du paganisme que persécutent les chrétiens, Ramsay Macmullen, *Le Paganisme dans l'Empire romain*, trad. A. Spiquel et A. Rousselle, PUF, 1987. Et A.J. Festugière, *Hermétisme et mystique païenne*, Aubier-Montaigne, 1967. Gibbon – le Michelet anglais... – raconte l'Antiquité avec un réel bonheur : *Histoire du déclin et de la chute de l'Empire romain*, trad. M.F. Guizot, Laffont, Bouquins, 2 vol. 1983.

Pour un compte revu à la baisse des victimes chrétiennes des martyres et autres persécutions avant qu'ils ne deviennent eux-mêmes persécuteurs, voir Claude Lepelley, *L'Empire romain et le christianisme*, Flammarion, 1969. L'historiographie catholique a considérablement gonflé les chiffres à des fins de propagande – motivée là comme ailleurs par un dessein apologétique.

4

Sur le soudard converti. Portrait du tyran : Guy Gauthier, *Constantin. Le triomphe de la croix*, France-Empire, 1999. La proposition d'une lecture astronomique de l'apparition – donc rigoureusement scientifique – est longuement expliquée par ses soins. Et de manière convaincante. Pas de concessions, pas de détestation non plus, un ouvrage qui fait clairement la part des choses. Etrangement, la figure du premier empereur converti au christianisme n'a pas déchaîné l'écriture en France... L'ancien livre d'André Pigagniol, *L'Empereur Constantin*, éd. Rieder, 1932, reste une mine de renseignements qui n'a pas vieilli.

Une synthèse en « Que sais-je ? » de Bertrand Lançon, *Constantin*, PUF, 1998 ; dans la même collection on lira avec profit la continuation du travail de l'empereur touché par la grâce dans l'ouvrage de Pierre Maraval, *L'Empereur Justinien*, 1999.

5

Le vandalisme chrétien. J'ai cherché longuement les preuves de la persécution des païens par les chrétiens. Nombre d'ouvrages passent sous silence, nient, voire transforment les nouveaux arrivants au pouvoir en personnages tolérants, aimables, affables, amateurs de livres, constructeurs de bibliothèques... Je passe sous silence les ouvrages qui entretiennent ces lieux communs, ils sont les plus nombreux. Pour trouver traces réelles de persécutions, d'autodafés, de destruction de temples, de statues, d'arbres sacrés, d'incendies :

Les auteurs antiques d'abord : Julien, le héros du paganisme, qui résiste contre la christianisation de l'Empire, en vain malheureusement, a écrit un *Contre les galiléens : une imprécation contre le christianisme*, trad. Christophe Gérard, Ousia, 1995. Celse, autre porteur de l'étendard païen, a publié un *Contre les chrétiens*, trad. Louis Rougier, Phébus, 1999, détruit lui aussi, mais immortalisé par Origène qui, en le réfutant et en le citant abondamment, a sauvé l'essentiel du texte ! Dans Louis Rougier, *Celse contre les chrétiens*, Le Labyrinthe, 1997, il est fait mention du vandalisme chrétien. Le *Contre les chrétiens* de Porphyre est passé par les flammes – on ne sait à quoi ressemblait ce texte, une perte majeure... Libanios, enfin, *Contre la destruction des temples païens adressée à l'empereur Théodore Ier*, in Pigagniol, *op. cit.*

Voir également Maternus Firmicus, *L'Erreur des religions païennes* (XVI-XXIV), trad. Robert Turcan, Belles Lettres, 1982, et Sozomène, Socrate et Théodoret, *Histoire ecclésiastique tripartite*, traduction personnelle : Laure Chauvel, et Jean Chrysostome, *Homélie sur les statues* (1), in Robert Joly, *Origines et évolution de l'intolérance catholique*, éd. de l'Université de Bruxelles, 1986 : ces textes – merci à Laure Chauvel pour son aide précieuse en bibliothèque... –

détaillent les malversations chrétiennes et, étrangement, les historiens n'utilisent pas leurs travaux pour montrer comment se construit le christianisme : par la force, le sang, le glaive, la terreur.

Pas plus on ne lit le *Code théodosien*. Les livres XVI et IX, trad. Elisabeth Magnou-Nortier, Cerf, 2002, légitiment toutes les exactions chrétiennes contre les païens : peine de mort, violences physiques, confiscation des biens, brutalités policières, création de citoyens non protégés par la loi, interdits de toute capacité juridique et privés de protections... Un modèle pour le futur Code noir ou les lois antisémites de Vichy : comment le droit peut dire la loi qui nie une partie de la population – avant-hier les païens, hier les nègres et les juifs...

Des passages sur ces exactions chez Pierre Chuvin, *Chronique des derniers païens. La disparition du paganisme dans l'Empire romain, du règne de Constantin à celui de Justinien*, Belles Lettres-Fayard, 1991 ; Pierre de Labriolle, *La Réaction païenne. Etude sur la polémique antichrétienne du Ier au VIe siècle*, éd. Durand, 1934 ; Robin Lane-Fox, *Païens et chrétiens : la religion et la vie religieuse dans l'Empire romain, de la mort de Commode au concile de Nicée*, trad. Ruth Alimi, PU du Mirail, 1997 – qui sauvent l'honneur de la profession si unanime à passer sous silence le vandalisme chrétien...

6

La bouillie patrologique. Avec le christianisme, la philosophie devient la servante de la théologie, et celle-ci, une discipline de la glose et de l'entreglose. Philo-sopher devient dès lors commenter les textes de la Bible et pinailler sur des détails en créant un monde d'abstractions pures et de notions désincarnées. Quand ça n'est pas le cas, les auteurs de la Patrologie grecque et romaine construisent une morale de l'idéal ascétique dont les obsessions sont : haine du corps, des désirs, passions et pulsions, éloge du célibat, de la continence, de la chasteté.

Une bonne introduction à ces noms et à ce mode dans C. Mondésert, *Pour lire les Pères de l'Eglise dans les Sources chrétiennes*, Foi vivante, 1979 ; Jean-Yves Leloup, *Introduction aux « vrais philosophes ». Les Pères grecs : un continent oublié de la pensée occiden-tale*, Albin Michel, 1998. En effet ils s'affirment les « vrais philosophes » (!), mais l'ignorance de leur nom et de leurs textes n'a d'égale que leur diffusion réelle et effective dans la vie quotidienne depuis des siècles. Nous vivons avec un corps chrétien fabriqué par eux...

THÉOCRATIE

1

Totalitarismes, fascismes et autres brutalités. Incontournable, le travail d'Hannah Arendt bien sûr : *Les Origines du totalitarisme*, trad. M. Pouteau, M. Leiris, J.L. Bourget, R. Davreu et P. Lévy, édition revisitée par H. Frappat pour Quarto. Et puis : Emilio Gentile, *Qu'est-ce que le fascisme ?*, Folio, trad. P.E. Dauzat. Le titre italien donne plutôt *Fascisme. Histoire* *et interprétation*, mais le formatage de la collection induit ce titre d'un livre moins introductif que le choix de l'éditeur le laisse croire. Pour en finir avec les querelles d'historiens incapables de s'arrêter à une définition du phénomène – ce qui en conduit certains à exclure, par exemple, Vichy du fascisme...

Moins convenu, le livre excellent et prémonitoire de Jean Grenier, *Essai sur l'esprit d'orthodoxie*, Idées Gallimard, qui, dès 1938, dit tout ce qu'il faut savoir sur le sujet et que les Nouveaux Philosophes découvrent quarante ans plus tard, le nazisme, Hiroshima, Mai 68 en plus – sans toujours le citer vraiment... Autre lecture indispensable, Karl Popper, *La Société ouverte et ses ennemis*, tome 1, *L'Ascendant de Platon*, tome 2, *Hegel et Marx*, trad. J. Bernard et P. Monod, Seuil, 1979. Là encore, la quatrième de couverture renvoie aux Nouveaux Philosophes... L'édition originale date de 1962 et 1966.

2

Terreurs spécifiques. Yves-Charles Zarka et Cynthia Fleury, *Difficile tolérance*, PUF, 2004. Pour l'analyse convaincante de Cynthia Fleury selon laquelle « il n'existe pas d'équivalent réel de la tolérance en islam » et ses démonstrations pertinentes sur la dhimmitude. En revanche, la notion de *structure-tolérance* de Zarka ne convainc pas vraiment. Lire également Christian Delacampagne, *Islam et Occident. Les raisons d'un conflit*, PUF, une analyse qui conclut sur le succès militaire et politique des Américains en Irak... Bon exemple de rhétorique des intellectuels français et de leurs habituelles conclusions... On doit au même auteur deux synthèses pratiques : *Une histoire du racisme* et *Une histoire de l'esclavage*, Le Livre de Poche tous les deux. Brèves et rapides considérations sur l'esclavage et l'Ancien Testament, puis le christianisme. On préférera de Peter Garnsey, *Conceptions de l'esclavage. D'Aristote à saint Augustin*, trad. A. Hasnaoui, Les Belles Lettres, 2004. Sur le colonialisme, l'indépassable et indispensable travail de Louis Sala-Molins, *Le Code noir ou le calvaire de Canaan*, PUF Quadrige – consternant pour l'Eglise, la monarchie française et l'Occident...

Très intéressant petit ouvrage très dense de Jean-Paul Charnay, spécialiste en stratégie, intitulé *La Charîa et l'Occident*, L'Herne. Du même auteur, *L'Islam et la guerre. De la guerre juste à la révolution sainte*, Fayard, 1986, puis le volume III des *Classiques de la stratégie* : *Principes de stratégie arabe*, L'Herne, 1984. L'hypothèse d'un changement de l'islam est très prudemment envisagée comme plausible... dans plusieurs siècles...

Malek Chebel, quant à lui, propose pour accélérer le mouvement, et ne pas attendre dix siècles, un *Manifeste pour un islam des Lumières. Vingt-sept propositions pour réformer l'islam*, Hachette. En deux mots : si l'islam n'était pas l'islam il deviendrait nettement plus facile à défendre ! Car que serait un islam féministe ? démocratique ? laïc ? individualiste ? égalitaire ? tolérant ? acceptant le jeu ? etc., sinon le contraire de ce qu'il est fondamentalement... Pas besoin, pour défendre ces vertus occidentales, d'en appeler à un livre et une tradition qui les condamnent depuis toujours : l'abandon des références au Coran et aux Hadith paraît bien plus préférable pour réaliser le projet des Lumières de Malek Chebel !

3

Les forfaits chrétiens. Georges Minois, *L'Eglise et la guerre. De la Bible à l'ère atomique*, Fayard. Un peu long, délayé parfois, se perdant dans le détail, manque d'analyses, factuel, voire légèrement partial de temps en temps. Rien par exemple sur la bénédiction de l'équipage de l'*Enola Gay* qui détruisit Hiroshima par le père Georges Zabelka. J'ai trouvé ce détail chez Théodore Monod, *Le Chercheur d'absolu*, Actes Sud, page 89. Le même Théodore Monod m'a appris (p. 93) que l'Eglise catholique avait renoncé à la Sedia – le siège royal et papal porté à dos d'homme... – avec Jean XXIII seulement...

Sur le colonialisme Michaël Prior, prêtre formé par les lazaristes, *Bible et colonialisme. Critique d'une instrumentalisation du texte sacré*, trad. P. Jourez, L'Harmattan, 2003. La question du colonialisme, de l'esclavage, du commerce des Noirs pratiqués par les musulmans a généré peu de travaux : lire Jacques Heers, *Les Négriers en terre d'islam. La première traite des Noirs VIIᵉ -XVIᵉ siècles*, Perrin, 2003. Il donne ses raisons pour expliquer ce non-dit dans l'histoire qu'il met en perspective avec le talent français pour l'auto-punition et l'auto-dénigrement. On peut faire de l'histoire avec d'autres motivations.

Sur le Rwanda : Jean Damascène Bizimana, *L'Eglise et le génocide au Rwanda. Les Pères blancs et le néga-*

tionnisme, L'Harmattan, 2001. Dommage que le travail éditorial de cette maison ne soit pas fait consciencieusement : les quelques erreurs factuelles relevées ici ou là pourraient être utilisées – à tort – pour invalider les thèses justes de ces deux auteurs. Voir également l'impeccable livre de Jean Hatzfeld *Une saison de machettes*, Seuil, 2003 – un chef-d'œuvre à mettre sur le même rang que Primo Levi ou Robert Antelme. Voir le chapitre : « Et Dieu dans tout ça ? ». Du même auteur : *Dans le nu de la vie. Récits des marais rwandais*, Seuil, 2000.

L'Inquisition a généré une somme considérable de livres. Parmi ceux-ci : Joseph Pérez, *Brève histoire de l'Inquisition en Espagne*, Fayard, 2002. Même remarque sur les Croisades : voir les quatre volumes d'Albert Dupront, *Le Mythe de croisade*, Gallimard. Sur les rapports chrétiens et musulmans, John Tolan, *Les Sarrasins*, trad. P.E. Dauzat, Aubier, 2003.

4

Svastika et crucifix. On connaît les rapports entretenus par le Vatican avec le national-socialisme depuis les travaux de Saul Frielander, *Pie XII et le IIIᵉ Reich*, Seuil, 1964 ; Daniel Jonah Goldhagen, *Le Devoir de morale. Le rôle de l'Eglise catholique dans l'holocauste et son devoir non rempli de repentance*, trad. W.O. Desmond, Seuil — Les Empêcheurs de penser en rond, 2003. Imparable. L'Eglise peut difficilement répondre à cette somme de faits avérés, de prises de position, d'analyses, etc.

On connaît moins bien la défense faite par Hitler

de Jésus, du Christ, du christianisme, de l'Eglise... La lecture de *Mon combat* suffit pour constater de visu la fascination du Führer pour le Jésus chassant les marchands du Temple et pour l'Eglise capable d'avoir construit une civilisation européenne, voire planétaire. Le texte existe, mais qui lit ce livre dont tout le monde parle sans jamais l'avoir ouvert ? Traduction J. Gaudefroy-Demombynes et A. Calmettes pour les Nouvelles Editions latines, sans date. Lire plus particulièrement les pages 118, 119, 120, 306, 451, 457.

Les assertions hitlériennes sont confirmées par les dires du chancelier du Reich dans le privé. Albert Speer rapporte par exemple l'attachement d'Hitler au christianisme et à son Eglise, il désespère également de n'avoir pas un interlocuteur de qualité à la tête de l'Eglise avec lequel il puisse envisager de « faire de l'Eglise évangélique l'Eglise officielle ». Voir *Au cœur du Troisième Reich*, Fayard, Le Livre de Poche, 1971, les pages 130 et 131.

5

Sionisme : façade et coulisses. Le projet sioniste de Theodor Herzl ne peut manquer d'intéresser le lecteur contemporain. *L'Etat des juifs*, trad. C. Klein, La Découverte, 2003. On y apprend que la Palestine n'est pas une obsession : Herzl affirme que l'Argentine pourrait aussi convenir et qu'il faudra prendre ce qu'on leur proposera. Le modèle social est parfait : temps de travail – la journée de sept heures –, organisation, constitution, langue – pas l'hébreu, mais toutes les langues, l'une d'entre elles émergera –, législation, dra-

peau – blanc avec sept étoiles d'or –, armée – armée
de métier seulement et cantonnée dans les casernes –,
théocratie – surtout pas : que les religieux soient interdits de s'occuper des affaires politiques –, tolérance
– liberté de foi, de croyance et de culte. Sur la prise de
possession du sol : pas d'envahissement brutal, mais
un achat des terres mises aux enchères (p. 90). Tout
cela paraît bien idyllique. Pourquoi dès lors tait-on toujours son *Journal* ? Et particulièrement à la date du
12 juin 1895 : « Nous devrons exproprier en douceur
la propriété privée sur les terres qui nous seront accor-
dées. Nous essaierons d'envoyer discrètement la population pauvre dans les pays voisins en leur procurant
du travail dans les pays de transit sans leur en accorder
chez nous. Les propriétaires seront de notre côté... »
Cité par Michaël Prior, *op. cit.,* page 131.

6

Le philosophe et l'ayatollah. De l'imam Khomeyni, *Le Testament politico-spirituel*, éd. Albouraq,
présentation, traduction et annotation R. Alawî, 2001,
un manuel pour tout gouvernement islamique, toute
théocratie musulmane. A lire absolument et à méditer...
   Michel Foucault a commenté cette révolution iranienne dans une série d'articles commandés par le *Corriere della sera*. Les articles sont repris dans *Dits et
écrits*, tome III, 1976-1979. On ne peut effectivement
pas rester indifférent aux pages qu'il consacre à l'ayatollah comme espoir du peuple iranien, au retour du
spirituel dans le politique – ce qui semble le réjouir –,
à l'abolition d'un régime honni sur lequel il est en

revanche lucide et informé, à la naissance d'une résistance à la mondialisation par l'islam – où il suppose nettement les enjeux à venir.

Les textes méritent mieux que la polémique : Foucault aveugle/Foucault héros, Foucault suppôt de l'ayatollah/Foucault incapable de se tromper. Que celui qui, cette année-là, travaille au Collège de France sur la naissance du biopouvoir puisse exceller dans l'analyse de textes, mais en même temps errer dans l'analyse des faits, voilà qui intéresse l'histoire de la philosophie. On relira d'un autre œil son fameux texte intitulé « Les " reportages " d'idées », pages 706-707.

7

Une laïcité post-chrétienne. Pour une histoire de ces mouvements pionniers de la laïcité dans l'histoire, lire Jacqueline Lalouette, *La Libre-Pensée en France. 1848-1940*, Albin Michel. Une somme effectuée par une historienne qui porte à la connaissance un nombre considérable de faits sur la question. A partir de ce livre, une réflexion est possible sur une laïcité plus utile pour affronter les enjeux du XXIe siècle qui ne sont plus ceux, nationaux, de la lutte pour la séparation de l'Eglise et de l'Etat. Le travail reste à faire – et il est devenu planétaire...

D'où l'intérêt d'une pensée laïque post-moderne, donc post-chrétienne. Parmi une bibliothèque opportuniste sur ce sujet, voir l'ouvrage de synthèse de Henri Pena-Ruiz, *Qu'est-ce que la laïcité ?*, Folio. Partisan d'une définition Troisième République de neutralité tolérante, il défend pourtant l'idée que la laïcité ce sont aussi des valeurs républicaines, une politique de justice sociale, un espace public réel (page 97), on voit mal comment il peut défendre ces valeurs et le mono-théisme qui les contredit essentiellement. Son analyse, juste, des sectes qu'il exclut de la tolérance laïque – page 98 – et des « charlatans qui promettent le bon-heur à bon compte et cherchent à asservir les hommes à une quête presque infantile de recettes et de solutions toutes faites » – une définition qui me semble convenir totalement pour toutes les religions sans exception –, mériterait d'être élargie. Ce qui contribuerait largement à la définition d'une laïcité post-chrétienne !

Du même auteur :

PHYSIOLOGIE DE GEORGES PALANTE, *Portrait d'un nietzschéen de gauche*, Grasset, 2002.

LE VENTRE DES PHILOSOPHES, *Critique de la raison diététique*, Grasset, 1989. Le Livre de Poche, 1990.

CYNISMES, *Portrait du philosophe en chien*, Grasset, 1990, Le Livre de Poche.

L'ART DE JOUIR, *Pour un matérialisme hédoniste*, Grasset, 1991. Le Livre de Poche, 1994.

L'ŒIL NOMADE, *La peinture de Jacques Pasquier*, Folle Avoine, 1993.

LA SCULPTURE DE SOI, *La morale esthétique*, Grasset, 1993 (Prix Médicis de l'essai). Le Livre de Poche, 1996.

ARS MORIENDI, *Cent petits tableaux sur les avantages et les inconvénients de la mort*, Folle Avoine, 1994.

LA RAISON GOURMANDE, *Philosophie du goût*, Grasset, 1995. Le Livre de Poche, 1997.

MÉTAPHYSIQUE DES RUINES, *La peinture de Monsu Desiderio*, Mollat, 1995.

LES FORMES DU TEMPS, *Théorie du sauternes*, Mollat, 1996.

POLITIQUE DE REBELLE, *Traité de résistance et d'insoumission*, Grasset, 1997. Le Livre de Poche, 1999.

A CÔTÉ DU DÉSIR D'ÉTERNITÉ, *Fragments d'Egypte*, Mollat, 1998.

THÉORIE DU CORPS AMOUREUX, *Pour une érotique solaire*, Grasset, 2000. Le Livre de Poche, 2001.

ANTIMANUEL DE PHILOSOPHIE, *Leçons socratiques et alternatives*, Bréal, 2001.

ESTHÉTIQUE DU PÔLE NORD, *Stèles hyperboréennes*, Grasset, 2002, Le Livre de Poche, 2004.

L'INVENTION DU PLAISIR, *Fragments cyrénaïques*, Le Livre de Poche, 2002.

CÉLÉBRATION DU GÉNIE COLÉRIQUE, *Tombeau de Pierre Bourdieu*, Galilée, 2002.

SPLENDEUR DE LA CATASTROPHE, *La peinture de Vladimir Vélikovic*, Galilée, 2002.

LES ICÔNES PAÏENNES, *Variations sur Ernest Pignon-Ernest*, Galilée, 2003.

ARCHÉOLOGIE DU PRÉSENT, *Manifeste pour l'art contemporain*, Grasset-Adam Biro, 2003.

FÉERIES ANATOMIQUES, *Généalogie du corps faustien*, Grasset, 2003, Le Livre de Poche, 2004.

EPIPHANIE DE LA SÉPARATION, *La peinture de Gilles Aillaud*, Galilée, 2004.

LA COMMUNAUTÉ PHILOSOPHIQUE, *Manifeste pour l'Université populaire*, Galilée, 2004.

Journal hédoniste :

  I. LE DÉSIR D'ÊTRE UN VOLCAN, Grasset, 1996, Le Livre de Poche, 1998.

 II. LES VERTUS DE LA FOUDRE, Grasset, 1998, Le Livre de Poche, 2000.

III. L'ARCHIPEL DES COMÈTES, Grasset, 2001, Le Livre de Poche, 2002.

IV. LA LUEUR DES ORAGES DÉSIRÉS (à paraître chez Grasset).

Composition réalisée par P.C.A

Achevé d'imprimer en décembre 2006 en France sur Presse Offset par

BRODARD & TAUPIN

GROUPE CPI

La Flèche (Sarthe).
N° d'imprimeur : 38716 – N° d'éditeur : 81769
Dépôt légal 1re publication : octobre 2006
Édition 03 – décembre 2006
LIBRAIRIE GÉNÉRALE FRANÇAISE – 31, rue de Fleurus – 75278 Paris cedex 06.

31/1557/3